A Bruxa de Near

Obras da autora publicadas pela Galera Record

Série Vilões
Vilão
Vingança
ExtraOrdinários

Série Os Tons de Magia
Um tom mais escuro de magia
Um encontro de sombras
Uma conjuração de luz

Série Os Fios do Poder
Os frágeis fios do poder

Série A Guardiã de Histórias
A guardiã de histórias
A guardiã de vazios

Série A cidade dos Fantasmas
A cidade dos fantasmas
Túnel de ossos
Ponte das almas

A vida invisível de Addie LaRue
Vampiros nunca envelhecem (com outros autores)
Mansão Gallant
A Bruxa de Near

A Bruxa de Near

V.E. SCHWAB

Tradução
Thaís Britto

1ª edição

Galera

RIO DE JANEIRO

2024

PREPARAÇÃO
Ana Bittencourt

REVISÃO
Rodrigo Dutra

CAPA
Caio Maia

TÍTULO ORIGINAL
The Near Witch

CIP-BRASIL. CATALOGAÇÃO NA PUBLICAÇÃO
SINDICATO NACIONAL DOS EDITORES DE LIVROS, RJ

S425b Schwab, V. E.
    A bruxa de Near / V. E. Schwab ; tradução Thaís Britto. - 1. ed. - Rio de Janeiro: Galera Record, 2024.

    Tradução de: The Near witch
    ISBN 978-65-5981-434-3

    1. Ficção americana. I. Britto, Thaís. II. Título.

24-92969
           CDD: 813
           CDU: 82-3(73)

Gabriela Faray Ferreira Lopes - Bibliotecária - CRB-7/6643

Copyright © 2011, 2019 by V.E Schwab.
Publicado mediante acordo com a BAROR INTERNATIONAL, INC., Armonk, Nova York, U.S.A.

Todos os direitos reservados.
Proibida a reprodução, no todo ou em parte, através de quaisquer meios.
Os direitos morais da autora foram assegurados.

Texto revisado segundo o Acordo Ortográfico da Língua Portuguesa de 1990.

Direitos exclusivos de publicação em língua portuguesa somente para o Brasil adquiridos pela
EDITORA GALERA RECORD LTDA.
Rua Argentina, 120 – Rio de Janeiro, RJ - 20921-380 - Tel.: (21) 2585-2000,
que se reserva a propriedade literária desta tradução.

Impresso no Brasil

ISBN 978-65-5981-434-3

Seja um leitor preferencial Record.
Cadastre-se e receba informações sobre nossos lançamentos e nossas promoções.

Atendimento e venda direta ao leitor:
sac@record.com.br

Para meus pais,
por nunca duvidarem nenhuma vez.

Tudo começa com um estalo e uma faísca. O fósforo sibila e ganha vida.

— Por favor — diz a voz bem baixinho atrás de mim.

— Já está tarde, Wren — respondo. O fogo lambe o palito de madeira em minha mão. Levo o fósforo a cada uma das três velas que estão em cima do baú, perto da janela. — É hora de dormir.

Com as velas todas acesas, sacudo o fósforo e a chama se apaga, deixando um rastro de fumaça que se desenrola contra o vidro escuro.

Tudo parece diferente à noite. Mais definido. Para além da janela, o mundo está repleto de sombras, todas juntinhas, uma sobre a outra, de alguma forma mais nítidas do que durante o dia.

Os sons também parecem mais nítidos à noite. Um assobio. Um estalo. Um sussurro de criança.

— Só mais uma — implora ela, puxando as cobertas para mais perto.

Suspiro, ainda de costas para minha irmãzinha, e passo os dedos pelas capas dos livros empilhados ao lado das velas. Sinto que estou começando a ceder.

— Pode ser uma bem curtinha — diz ela.

Pouso a mão sobre um livro verde antigo enquanto o vento sopra ao redor da casa.

— Está bem. — Aparentemente, eu não consigo dizer não para a minha irmã. — Só uma — acrescento e volto para a cama.

Wren suspira feliz, e eu me deito ao lado dela.

As velas criam desenhos de luz nas paredes do quarto. Respiro fundo.

— O vento na charneca pode pregar peças — começo a contar, e o corpinho de Wren afunda ainda mais na cama.

Suspeito que ela esteja ouvindo mais a ressonância da minha voz do que as palavras em si. Nós duas sabemos a história de cor: eu, por causa do meu pai, e ela, por minha causa.

— De todas as características da charneca, da terra até as pedras, passando pela chuva e pelo fogo, em Near, a mais forte é o vento. Aqui, nas cercanias da aldeia, o vento é sempre forte, faz as janelas rangerem. O vento sussurra, uiva e canta. Ele consegue transformar a própria voz e dar a ela a forma que quiser, seja longa e fina o suficiente para deslizar por debaixo da porta, seja tão robusta a ponto de parecer ser feita de carne e osso.

— O vento já estava aqui quando você nasceu, quando eu nasci, quando nossa casa foi construída, quando o Conselho foi instituído e até mesmo quando a Bruxa de Near era viva — digo, com um sorriso discreto, exatamente como meu pai sempre fazia, porque é *aí* que a história começa. — Muito, muito tempo atrás, a Bruxa de Near vivia em uma pequena casa no ponto mais distante da aldeia e cantava para fazer as colinas dormirem.

Wren puxa as cobertas para cima.

— Ela era muito velha e muito jovem, dependendo do lado para onde virasse a cabeça, porque ninguém sabe a idade das bruxas. As correntezas da charneca eram seu sangue, a grama era sua pele, e ela tinha um sorriso gentil e mordaz ao mesmo tempo, como a lua em uma noite muito escura...

É raro eu chegar até o fim da história. Logo Wren vira um emaranhado de cobertores e respiração leve, dormindo pesado ao meu lado. As três velas ainda queimam sobre o baú, caídas umas sobre as outras, pingando cera na madeira.

Wren tem medo do escuro. Eu deixava as velas acesas a noite toda, mas ela dorme rápido e, se acorda, consegue chegar até o quarto da nossa mãe de olhos fechados. Agora me acostumei a ficar acordada até ela pegar no sono e só então apago as velas. Não há necessidade de desperdiçá-las e nem correr o risco de colocar fogo na casa. Eu me levanto da cama, os pés descalços tocando o piso antigo de madeira.

Quando chego até as velas, olho para as marquinhas de digitais na poça de cera, onde Wren gosta de desenhar enquanto a cera está morna, ficando na ponta dos pés para alcançar. Passo meus próprios dedos ali distraidamente quando alguma coisa, um movimento breve, chama a minha atenção para a janela. Não há nada lá. Do lado de fora, a noite está calma e iluminada pelo luar, e o vento sopra contra o vidro em um sussurro oscilante que faz a moldura de madeira ranger.

A ponta dos meus dedos se move da cera até o parapeito da janela, sentindo o vento passar por entre as frestas. Está ficando mais forte.

Quando eu era pequena, o vento cantarolava canções de ninar para mim. Eram sons alegres, sussurrados, agudos, que preenchiam o espaço ao meu redor de modo que, mesmo quando tudo parecia silencioso, na verdade, não era. Eu vivi a vida inteira com este vento.

Mas há algo de diferente esta noite. Como se um novo acorde de música tivesse entrado na melodia, um mais triste e mais grave do que os outros. Nossa casa fica na fronteira norte da aldeia de Near, e, para além do vidro gasto, a charneca se desenrola como se saísse de uma bobina de tecido: colina atrás de colina coberta com relva, salpicada de pedras, com um ou dois rios no caminho. Parece não ter fim, e é como se o mundo fosse pintado de preto e branco, nítido e imóvel. Algumas poucas árvores brotam da terra em meio às pedras e às ervas daninhas, porém mesmo com todo esse vento, tudo parece estranhamente estático. Mas eu poderia jurar que vi...

Alguma coisa se move de novo.

Dessa vez eu consigo enxergar. Lá no fim do nosso jardim, na linha invisível onde termina a aldeia e começa a charneca, um vulto se move na escuridão da noite. A sombra tremula, dá um passo à frente e capta um feixe de luar.

Aperto os olhos com as mãos apoiadas no vidro frio. O vulto é uma pessoa, mas sua figura é muito tênue, como se o vento estivesse lhe arrancando pedaços. O luar ilumina a frente do vulto, tecido e pele, uma garganta, um queixo, uma bochecha.

Não existem estranhos na aldeia de Near. Já vi todos os rostos daqui milhares de vezes, mas nunca vi este.

A figura masculina está parada lá, olhando para o lado. E, no entanto, ela não está lá *completamente*. Alguma coisa no modo como a luz fria e azulada toca seu rosto me faz acreditar que eu poderia passar as mãos através dela.

A silhueta está borrada, misturando-se com a noite, como se ela estivesse se movendo rápido demais, mas deve ser efeito do vidro velho, porque ela está imóvel. Está em pé ali, olhando para o nada.

As velas tremeluzem ao meu lado e, lá fora, na charneca, o vento fica mais forte e o corpo do estranho parece se mover e desvanecer. Sem pensar muito, me apoio na janela e busco a tranca para abrir, falar, chamar o vulto de volta, e, então, ele se mexe. Vira o rosto na direção da casa, da janela, na minha direção.

Fico sem fôlego quando seu olhar encontra o meu. Olhos tão escuros quanto as pedras do rio e, ainda assim, brilhantes, transbordando luar. Olhos que se arregalam ligeiramente ao encararem os meus. Uma olhada só, longa e contínua. E então, em um instante, o estranho parece se desfazer e uma forte rajada de vento faz as venezianas baterem contra o vidro.

O barulho acorda Wren, que balbucia alguma coisa, se levanta da cama ainda meio dormindo e cambaleia pelo cômodo banhado pelo luar. Ela nem me vê parada ali ao lado da janela, encarando as venezianas de madeira que encobriram o estranho e a charneca. Ouço-a caminhar pelo corredor, abrir a porta do quarto da nossa mãe e ir lá para dentro. O cômodo fica silencioso. Faço um esforço para abrir a janela, a madeira emperrada lutando contra, mas consigo abrir a veneziana novamente.

O estranho foi embora.

Tenho a sensação de que deveria haver uma marca no ar onde ele estava, mas não há qualquer rastro. Posso olhar o tempo que for, não há nada além de árvores, pedras e colinas.

Encaro aquela paisagem vazia e parece impossível que eu o tenha visto, que tenha visto qualquer pessoa. Afinal, não existem estranhos na aldeia de Near. Não existem há muito tempo, desde antes de eu nascer, de a casa ser construída, do Conselho... E ele nem parecia real, nem parecia *estar lá*. Esfrego os olhos e percebo que estava prendendo a respiração.

Uso esse ar para apagar as velas.

— Lexi.

A luz entra em meio aos lençóis. Puxo as cobertas para cima na tentativa de recriar a escuridão e minha mente volta para a noite anterior, para os vultos na charneca iluminada pelo luar.

— Lexi. — Ouço minha mãe me chamar de novo e, dessa vez, a voz dela adentra o casulo de cobertores e posiciona-se ao meu lado junto com a luz da manhã. A lembrança difusa da noite começa a desaparecer.

De dentro do meu ninho, ouço passos no piso de madeira seguidos por uma pausa. Eu me preparo, completamente imóvel, e alguém se joga na cama. Pequenos dedinhos puxam o cobertor de cima do meu rosto.

— Lexi — diz outra voz, mais aguda que a da minha mãe. — Acorde. — Continuo fingindo que estou dormindo. — Lexi?

Estendo os braços em meio aos lençóis e prendo minha irmã em um abraço com o cobertor.

— Peguei você! — digo.

Wren solta um gritinho. Ela se liberta e eu luto para me livrar das cobertas. Meu cabelo escuro está todo bagunçado sobre meu rosto. Sinto as mechas rebeldes enquanto Wren ri daquele seu jeito barulhento, sentada à beira da cama. O cabelo dela é loiro e muito liso. Nunca se move da lateral de seu rosto, nunca fica arrepiado. Enfio os dedos por entre os fios, tentando bagunçá-los, mas ela apenas balança a cabeça, ri e o cabelo volta ao seu lugar, perfeito e arrumado.

Esses são nossos rituais matinais.

Wren se levanta e vai até a cozinha. Já estou de pé e, no caminho até a cômoda para pegar umas roupas, meus olhos se voltam para a janela, para o vidro e a manhã lá fora. A charneca, com sua grama emaranhada e pedras espalhadas, parece tão vasta e suave assim à luz do dia. É quase um mundo diferente na manhã cinzenta. É difícil não imaginar se o que eu vi ontem não passou de um sonho. Se *ele* era apenas um sonho.

Toco o vidro para examinar a temperatura lá fora. Estamos no fim do verão, aquele momento em que os dias podem ser quentinhos e agradáveis ou gelados e revigorantes. O vidro está frio, mas meus dedos produzem pequenas marcas de calor. Tiro as mãos dali.

Faço o possível para desembaraçar o cabelo e prendo-o em uma trança.

— Lexi! — chama de novo minha mãe. O pão deve estar pronto.

Ponho um vestido longo e simples, ajustado na cintura. Daria tudo por uma calça. Tenho quase certeza de que meu pai teria se apaixonado pela minha mãe se ela usasse calças e chapéu de caça, mesmo se já tivesse passado dos dezesseis, a idade de se casar. Minha idade. *Idade de se casar*, penso com deboche, olhando com desânimo para um par de sapatos femininos. São verde-claros e de sola fina, péssimos substitutos para as botas de couro do meu pai.

Olho para meus pés descalços, cheios de marcas dos quilômetros que já caminhei pela charneca. Preferia ficar aqui fazendo as entregas do pão da minha mãe, ou então ficar velha e encurvada como Magda e Dreska Thorne, do que ser obrigada a usar saias e sapatos rebuscados e me casar com um garoto da aldeia. Calço os sapatos.

Já me vesti, mas ainda tenho a sensação de estar esquecendo alguma coisa. Vou até a mesinha de madeira ao lado da cama e suspiro ao ver a faca do meu pai embainhada na tira de couro escuro, o cabo já gasto pela pegada da mão dele. Gosto de colocar meus dedos finos sobre as marcas. É como se eu pudesse sentir a mão dele na minha. Costumava usá-la todos os dias, até que a irritação de Otto começou a passar dos limites, mas ainda assim às vezes eu me arriscava. Devo estar me sentindo corajosa hoje, porque fecho os dedos ao redor da faca e a sensação daquele peso é muito boa. Coloco-a ao redor da cintura como um cinto, a lâmina protegida tocando a parte inferior das minhas costas, e me sinto segura de novo. Vestida.

— Lexi, venha logo! — chama minha mãe, e eu me pergunto por que toda essa pressa, já que os pães da manhã vão esfriar antes mesmo de eu chegar aos compradores. Mas então ouço uma segunda voz através das paredes, um murmúrio grave e tenso que contrasta com o tom mais agudo da minha mãe. Otto. Entro na cozinha e sou recebida pelo cheiro de pão levemente queimado.

— Bom dia — digo, encarando os dois pares de olhos, um claro e cansado, mas que não pisca, e o outro escuro sob a testa franzida. Os olhos do meu tio parecem muito com os do meu pai, o mesmo marrom profundo emoldurado por cílios escuros. Porém, enquanto os do meu pai estavam sempre alegres, os de Otto são linhas retas, imóveis. Ele se inclina para a frente, os ombros largos por cima do café.

Vou até o outro lado do cômodo e dou um beijo na bochecha da minha mãe.

— Até que enfim — diz meu tio.

Wren passa por trás de mim e o abraça pela cintura. Ele amolece um pouco, passa a mão pelo cabelo dela e, então, ela sai correndo, só vejo um borrão de tecido passando pela porta. Otto se vira para mim como se esperasse uma resposta, uma explicação.

— Por que a pressa? — pergunto, e o olhar da minha mãe vai em direção à tira de couro na minha cintura, mas ela não diz nada, apenas se vira de costas e vai deslizando até o fogão. Os pés da minha mãe quase nunca tocam o chão. Ela não é linda nem charmosa, só mesmo daquele jeito que toda mãe parece ser para as filhas, mas ela simplesmente flutua.

Esses também são rituais matinais. O beijo da minha mãe. A presença de Otto na cozinha, tão habitual que ele já podia deixar a própria sombra por ali. Sua expressão austera quando me olha de cima a baixo e para na faca do meu pai. Acho que ele vai fazer algum comentário, mas isso não acontece.

— Você chegou cedo, Otto — digo, pegando uma fatia de pão quente e uma caneca.

— Não tão cedo quanto deveria — responde ele. — A cidade inteira já está em polvorosa.

— Por quê? — pergunto, me servindo chá do bule ao lado da lareira.

Minha mãe se vira para nós, as mãos cheias de farinha.

— Precisamos ir até a cidade.

— Há um estranho por aí — resmunga Otto, bebendo de sua xícara. — Apareceu ontem à noite.

Quase deixo o bule cair e por pouco não queimo as mãos.

— Um estranho? — pergunto, ajeitando o bule.

Então não foi um sonho nem um fantasma. Havia *mesmo* alguém ali.

— Quero saber o que ele veio fazer aqui — diz meu tio.

— Ele ainda está aqui? — indago, com dificuldade para reprimir a curiosidade em minha voz. Bebo um gole de chá e queimo a boca. Otto acena brevemente com a cabeça e termina sua xícara, e, antes que eu morda minha língua, as perguntas começam a transbordar. — De onde ele veio? Alguém falou com ele? Onde está agora?

— Chega, Lexi. — As palavras de Otto quebram o aconchego da cozinha. — É tudo boato por enquanto. Muita gente falando ao mesmo tempo. — Ele começa a se transformar ali diante de mim, as costas eretas, mudando da versão tio para a versão Defensor da aldeia, como se o título tivesse um peso literal. — Ainda não sei quem é o estranho, de onde ele veio nem quem o abrigou, mas pretendo descobrir.

Então alguém lhe ofereceu abrigo. Mordo o lábio para disfarçar um sorriso. Acho que sei quem está escondendo o estranho. O que quero saber é *por quê*. Engulo o chá ainda quente demais e sinto o calor chegar até o estômago, e morro de vontade de sair dali. Quero ver se estou certa. Se eu estiver, quero chegar lá antes do meu tio. Otto se levanta da mesa.

— Pode ir na frente — sugiro, fingindo um sorriso inocente.

Otto solta uma risada bruta.

— Acho que não. Hoje não.

A decepção cobre meu rosto.

— Por que não?

Otto franze as sobrancelhas.

— Eu sei muito bem o que você quer, Lexi. Quer ir procurá-lo sozinha. Não vou deixar você fazer isso.

— O que eu posso dizer? Sou filha do meu pai.

Otto assente com um sorrisinho.

— Isso é claro como água. Agora, vá se arrumar. Vamos *todos* juntos para a aldeia.

Levanto uma sobrancelha.

— Não estou arrumada?

Otto se apoia devagar sobre a mesa. Seus olhos escuros encaram os meus como se pudesse me intimidar apenas com o olhar. Mas a força do olhar dele não é tão forte quanto a da minha mãe ou a minha, e não consegue exprimir tantas coisas. Eu encaro de volta com serenidade, aguardando a última parte do nosso ritual matinal.

— Tire essa faca da cintura. Você parece uma tola.

Eu o ignoro, termino minha torrada e me viro para minha mãe.

— Estarei no jardim quando vocês dois estiverem prontos.

A voz de Otto preenche a cozinha atrás de mim depois que saio.

— Você devia educar direito essa menina, Amelia — resmunga ele.

— Seu irmão achou que era adequado ensinar a ela o ofício dele — responde minha mãe, embalando os pães.

— Amelia, não é certo que uma menina, principalmente na idade dela, fique andando por aí com coisas de garotos. Não pense que não reparei que ela fica usando botas. É tão ruim quanto andar descalça. Ela tem ido às aulas na aldeia? Helena Drake já sabe costurar, cozinhar e cuidar... — Quase consigo ver seus dedos passando pelo cabelo escuro, depois pela barba e pelo rosto, como ele sempre faz quando está frustrado. *Não está certo. Não é adequado.*

Logo quando comecei a parar de prestar atenção neles, Wren surgiu do nada no jardim. Ela parece mesmo um passarinho. Sai voando em um piscar de olhos. Aterrissa no outro. Ainda bem que ela é barulhenta, senão suas chegadas repentinas dariam sempre um susto.

— Aonde vamos? — pergunta, animada, me abraçando pela cintura.

— Para a aldeia.

— Pra quê? — Ela solta meu vestido e recua para me olhar.

— Para vender você — digo, tentando manter o rosto sério. — Ou talvez dar você de graça mesmo.

Não aguento e sorrio.

Wren franze a testa.

— Não acho que seja pra isso.

Solto um suspiro. Essa menina pode até parecer um emaranhado de alegria e pureza, mas não se assusta fácil como uma criança de cinco anos deveria se assustar. Ela olha para cima, para além da minha cabeça, e eu olho também. As nuvens no céu estão se concentrando, se juntando como fazem todo dia. Como se fosse uma peregrinação, era o que meu pai dizia. Me afasto da minha irmã e vou caminhando na direção da casa de Otto, além dela, atrás das colinas, está a aldeia. Quero chegar lá o mais rápido possível e ver se meu palpite sobre o estranho está correto.

— Vamos — diz meu tio, minha mãe logo atrás dele.

Otto dá uma última olhada na faca em minha cintura, mas só resmunga e segue a trilha. Eu sorrio e vou atrás.

A aldeia de Near tem formato de círculo. Não há muros ao redor, mas todo mundo parece saber onde termina a aldeia e começa a zona rural. Há muros de pedra pela aldeia, todos batendo no máximo na minha cintura e quase que tomados pelas ervas daninhas e pela relva. Eles contornam punhados de chalés que se espalham por colinas e campos vazios até chegar ao centro da aldeia, onde as casas já aparecem em maior quantidade. O centro da cidade fica cheio de costureiras, carpinteiros e quem mais conseguir trabalhar tão perto um do outro. A maior parte dos moradores vive próximo à praça. Ninguém se aventura muito na charneca se puder evitar, mas há alguns chalés, incluindo o nosso e o das irmãs Thorne, que ficam no limite da cidade, bem na fronteira onde Near e a charneca se encontram. Só os caçadores e as bruxas vivem nessa área, dizem.

Logo o círculo mais denso de casas já aparece à vista. Os imóveis, feitos em pedra talhada, acabamento em madeira e telhado de palha, ficam todos amontoados. As casas mais novas são mais claras, as antigas já estão escurecidas pelas tempestades, o musgo e as ervas daninhas. Há trilhas estreitas e já bem gastas em meio a cidade.

Dá para ver, mesmo à distância, que, no centro de Near, está cheio de gente.

As notícias se espalham como ervas daninhas em um lugar tão pequeno.

Quando chegamos à praça, a maioria dos moradores já está circulando, fofocando e resmungando. À medida que vão chegando, eles se separam em círculos e vão se dividindo em grupinhos cada vez menores. Isso me lembra das nuvens, só que ao contrário. Otto vai atrás de Bo e de seus outros homens, provavelmente para distribuir ordens. Minha mãe vê algumas das outras mães e dá um aceno cansado. Solta a mão de Wren, e minha irmã sai em disparada para o meio da multidão.

— Tome conta dela — ordena minha mãe, já se virando para encontrar o grupo do outro lado da praça.

Eu tenho outros planos, mas nem me dou ao trabalho de tentar argumentar contra. Minha mãe não pede. Ela apenas olha. Aquele olhar que diz: "Meu marido morreu, meu cunhado dá trabalho demais e eu tenho muito pouco tempo para mim mesma, então, a não ser que você queira ser um fardo para sua pobre mãe, seja uma boa filha e cuide da sua irmã." Tudo isso só com um único olhar. Minha mãe é uma mulher poderosa, de certa forma. Assinto e vou atrás de Wren tentando ouvir as conversas que zunem ao meu redor sobre todos os boatos.

Ao procurar Wren, passo por Otto e Bo, que conversam em voz baixa. Bo, um homem magro de andar meio claudicante, é bem mais novo que meu tio. Ele tem o nariz comprido e os cachos castanhos caem sobre a testa, mas o cabelo está rareando nas laterais, o que lhe confere um aspecto meio pontiagudo.

— ... Eu o vi perto da minha casa — diz Bo. — Era cedo e não estava tão escuro, mas também era tarde o suficiente para não confiar totalmente em meus olhos.

Wren vai um pouco mais longe, e Otto me lança um olhar, inclinando a cabeça para o lado. Eu me viro e vou embora, mas registro que Bo mora no lado oeste da aldeia, então o estranho deve ter dado a volta em Near naquela direção. Encontro Wren e passo por duas famílias da parte sul da cidade. Diminuo o passo, com cuidado para não perder minha irmã de vista.

— Não, John, eu juro que ele é alto como uma árvore — grita uma mulher mais velha, os braços abertos como um espantalho.

— Você está doida, Berth. Eu o vi, e ele é velho, muito velho, quase decrépito.

— Ele é um fantasma.

— Fantasmas não existem! Ele é um ser híbrido, parte homem, parte corvo.

— Rá! Então fantasmas não existem, mas pessoas metade corvo, sim? Você não o viu.

— Eu vi, eu juro.

— Ele deve ser um bruxo — opina uma jovem.

O grupo fica em silêncio por um momento, até que John volta a falar, meio enfático demais, ignorando o comentário.

— Não, se ele for essa coisa de corvo, então é um bom presságio. Corvos são bons presságios.

— Corvos são presságios terríveis! Você perdeu a cabeça, John. Eu sei que já disse isso semana passada, mas estava errada. Agora você perdeu de vez...

Perdi Wren.

Olho ao redor e finalmente vejo uma mecha de cabelo loiro se misturando a um grupo de crianças. Chego até eles e vejo minha irmã, bem menor que a maioria, mas tão barulhenta quanto, e duas vezes mais rápida. Estão de mãos dadas se preparando para a brincadeira. Uma menina chamada Cecilia, um ano mais velha que Wren, toda magrinha, em uma saia cor de urze, segura a mão da minha irmã. Cecilia tem sardas que parecem manchinhas de lama no rosto e que vão se espalhando pelas bochechas, até chegar ao cabelo ruivo cacheado. Observo enquanto ela balança a mãozinha de Wren para a frente e para trás até que um vulto tropeça na lama ali do lado e solta um choramingo.

Edgar Drake, um garoto de cabelo loiro quase branco, está sentado na lama esfregando as palmas das mãos.

— Você está bem? — pergunto, me abaixando para examinar as mãos raladas.

Ele morde o lábio e consegue assentir, e eu limpo suas mãos com meus dedos do jeito mais suave possível.

Ele tem a idade de Wren, mas ela parece indestrutível, enquanto ele é uma colcha de retalhos de cicatrizes e arranhões por causa dos tombos constantes. A mãe dele, costureira da aldeia, já remendou as roupas do menino tantas vezes quanto já precisou remendar o próprio filho. Edgar continua encarando os dedos com o olhar triste.

— O que a Helena faz para melhorar? — pergunto com um sorriso. Helena é minha melhor amiga e irmã mais velha de Edgar, e está sempre mimando-o.

— Dá um beijo — murmura ele, ainda mordendo o lábio.

Dou um beijo em cada palma. Eu me pergunto se Wren seria tão frágil e se abalaria por qualquer corte ou arranhão se eu a mimasse desse jeito. Bem nessa hora ela solta uma gargalhada e nos chama.

— Edgar, venha logo! — grita ela, se balançando na ponta dos pés enquanto espera a brincadeira começar. Ajudo o menino a se levantar e ele quase tropeça de novo no meio do caminho. Que garotinho desastrado. Ele chega até o círculo, entra ao lado de Wren e segura sua mão direita, ombro com ombro.

Observo enquanto a brincadeira se desenrola. É a mesma que eu costumava fazer, com Tyler de um lado e Helena do outro. A brincadeira de girar. Começa com uma música, a Canção da Bruxa. A canção existe há tanto tempo quanto as histórias de ninar sobre a Bruxa de Near, o que, aparentemente, é tão antigo quanto a charneca em si. A música gruda na cabeça, tanto que parece que o próprio vento aprendeu a assobiá-la. As crianças dão as mãos. Começam a girar devagar enquanto cantam.

> *O vento na charneca canta pra mim*
> *A grama, as pedras e o mar ao longe sem-fim*
> *Todos os corvos observam do muro*
> *Todas as flores crescem com apuro*
> *Pr'aquele jardim onde nós íamos ficar*
> *Pra ouvir a bruxa e vê-la brincar*

As crianças cantam mais rápido e vão aumentando a velocidade do rodopio. Essa brincadeira sempre me lembra da maneira como o vento faz voar folhas caídas, girando-as em pequenos círculos vertiginosos.

Ela falou com a terra e a terra estalou
Falou com o vento e ele soprou
Falou com o rio e ele se agitou
Falou com o fogo e ele serpenteou
Mas o garotinho Jack ficou ali tempo demais
Ouviu muito de perto a bruxa e seus vocais

Mais rápido.

Na cama do garotinho, seis flores diferentes
A casa dela queimou e ela fugiu de repente
Da charneca ela foi expulsa e excluída
Bruxa de Near, Bruxa da Charneca, já não mais havia

E ainda mais rápido.

A bruxa ainda canta para as colinas
Sua voz é alta e sua voz é límpida
Por baixo da porta, os sons escapam
Através do vidro, as palavras entram
A Bruxa de Near canta pra mim

E então a música começa de novo.

O vento na charneca canta pra mim.

As palavras rodopiam sem parar em torno deles, até que a certa altura as crianças caem, rindo e exaustas. O vencedor é o último a permanecer de pé. Wren consegue resistir mais do que a maioria, porém, em dado momento, ela mesma termina derrubada na lama, sorridente e sem fôlego. As crianças se levantam meio cambaleantes e se preparam para uma nova rodada da brincadeira, enquanto minha mente gira ao redor do mistério do estranho, com sua silhueta borrada e aqueles olhos que pareciam ter sugado a luz da lua.

Quem é ele? Por que está aqui? Então me pergunto: *Como ele desapareceu? Como simplesmente se desfez?*

Fico de olho em Wren enquanto dou uma circulada para prestar atenção nas conversas. Muitas pessoas dizem ter visto o vulto, mas não acredito em todas elas. Acredito que ele passou do lado oeste, perto de Bo, e ao norte, perto de mim. Parece ter caminhado pela linha invisível que separa Near da charneca, embora eu não tenha ideia de como ele reconheceu aquela fronteira.

A risada das crianças é substituída por uma voz familiar e, quando me viro, Helena está sentada em um dos muros baixos que vão diminuindo de tamanho ao longo de toda a extensão da praça. Ao redor dela há um grupo de homens e mulheres que talvez sejam as únicas pessoas na aldeia que não estão conversando. Na verdade, estão todos em silêncio, prestando atenção em Helena. Ela me olha de relance e dá uma piscadela antes de se voltar novamente para a plateia.

— Eu o vi — diz ela. — Estava escuro, mas sei que era ele.

Ela tira uma fita do cabelo e a coloca no pulso, deixando cair sobre os ombros os fios loiros quase brancos, iguais aos de Edgar. Helena, que nunca consegue falar alto nem ser ousada o suficiente, está ali sob os holofotes, absorvendo cada gota de atenção que lhe dão.

Faço uma careta. Ela não está mentindo. Suas bochechas pálidas sempre ficam vermelhas ao menor sinal de lorota, mas as palavras que saem de sua boca são suaves e confiantes, as bochechas em seu tom rosado de sempre.

— Ele era alto, magro, com cabelo bem escuro que caía sobre o rosto.

A multidão solta um murmúrio coletivo e vai crescendo à medida que as pessoas saem de outros grupos para ir até ali. Pela praça da cidade vai correndo o boato de que alguém conseguiu dar uma boa olhada no estranho. Vou me esgueirando entre as pessoas até chegar ao lado dela, muitas perguntas pipocando ao nosso redor. Aperto o braço de Helena.

— Aí está você! — exclama ela, me puxando para perto.

— O que está acontecendo? — pergunto, mas meu questionamento é engolido por dezenas de outros.

— Ele falou com você?

— Para onde ele estava indo?

— Qual era a altura dele?

— Deixem-na respirar — digo, e percebo que meu tio está do outro lado da praça. Ele viu a multidão se reunir em volta de Helena e está vindo em nossa direção para averiguar. — Só um minutinho.

Puxo Helena para o lado.

— Você o viu mesmo? — sussurro no ouvido dela.

— Eu vi! — sussurra ela de volta. — E, Lexi, ele era lindo. E estranho. E jovem! Queria que você tivesse visto também.

— Também queria — cochicho.

Há um zunido excessivo de vozes falando sobre o estranho, de olhos procurando por ele. Não vou acrescentar os meus. Não agora.

O grupo ao nosso redor cresceu e as perguntas redobraram. Otto vem andando pela praça.

— Conte pra gente, Helena.

— Conte o que você viu.

— Conte onde ele está — diz uma voz masculina, em um tom que carrega algo mais grave do que apenas curiosidade. Bo.

Helena se vira para responder, mas eu agarro seu braço e a puxo para perto com um pouco de força. Ela solta um gritinho.

— Lexi! — cochicha. — Calma.

— Hel, isso é importante. Você sabe onde ele está agora?

— Sim — responde. Seus olhos brilham. — Você não sabe? Lexi, a grande rastreadora, com certeza você já deduziu.

Otto está logo atrás da multidão e toca o ombro de Bo, que sussurra algo para ele.

— Helena Drake — chama Otto, por cima da multidão. — Uma palavrinha.

Ela desce do muro. Aperto o braço dela com mais força.

— Não conte a ele.

Ela olha para mim por cima do ombro.

— E por que não?

— Você conhece meu tio. Tudo o que ele quer é que esse estranho vá embora. — Embora dali e que tudo volte a ser como era, seguro e igual. Ela franze as sobrancelhas claras. — Só um tempinho de vantagem, Helena. É só isso que peço. Para avisar a ele.

A multidão se abre para meu tio passar.

— Bom dia, sr. Harris — diz Helena.

Do outro lado da praça, um sino toca, depois outro mais baixo, e um terceiro, ainda mais baixo. O Conselho. Otto para e se vira na direção do barulho. Três homens mais velhos que o mundo aguardam na porta de uma das casas, em pé nos degraus para serem vistos. Mestre Eli, Mestre Tomas e Mestre Matthew. Eles têm a voz mais fraca por causa da idade e, por isso, usam os sinos em vez de gritar para chamar a atenção da multidão. Eles não fazem nada além de envelhecer. Quando o Conselho começou, era formado pelos três homens que enfrentaram a Bruxa de Near e a expulsaram. Mas esses três esqueletos sobre os degraus são o Conselho apenas no papel, os herdeiros do poder. Ainda assim, há algo no olhar deles, algo frio e cortante, que faz as crianças sussurrarem e os adultos abaixarem a cabeça.

As pessoas caminham, diligentes, em direção aos velhos. Meu tio fecha a cara sem saber se interroga Helena ou segue a multidão. Ele bufa, resmunga, mas caminha de volta para o outro lado da praça. Helena me olha uma última vez e, então, vai atrás dele.

Essa é minha única chance.

Vou me esgueirando ao longo do muro, na direção oposta à de meu tio e do grupo de moradores. Já fora da praça, vejo Wren com as outras crianças de relance. Minha mãe está ao lado dela agora. Otto se posiciona bem ao lado dos três homens velhos, já com sua expressão de Defensor no rosto. Ninguém vai sentir minha falta.

— Como vocês ouviram dizer... — diz Mestre Tomas para a multidão, que fica em silêncio. Ele é mais alto até do que Otto e a voz, apesar de fraca, ressoa de um jeito impressionante. — ... temos um estranho entre nós.

Eu pego o caminho entre duas casas, que dá em uma trilha que vai para o leste.

Helena está certa: eu sei onde o estranho está.

Quase todo mundo já tinha se reunido na praça quando nós chegamos. Exceto duas pessoas. Não que elas costumem aparecer muito, mas a presença de um estranho deveria ser suficiente para fazer até as irmãs Thorne saírem de casa e virem até Near. A não ser que ele esteja com elas.

Ando pelas ruas na direção leste até não ouvir mais os sons da cidade e sentir o vento aumentar.

MEU PAI ME ENSINOU muita coisa sobre bruxas.

Bruxas conseguem fazer a chuva cair e invocar pedras. Conseguem fazer o fogo serpentear e dançar. Conseguem mover a terra. Conseguem controlar os elementos. Do mesmo jeito que Magda e Dreska Thorne conseguem. Uma vez perguntei o que eram e elas me responderam: *velhas. Velhas como pedras*. Mas não é só isso. As irmãs Thorne são bruxas, de verdade. E bruxas não são bem-vindas aqui.

Caminho para a casa das irmãs. A trilha é estreita e está meio esmaecida, mas nunca se apaga por completo, apesar de tão pouca gente andar por ali. Foi se desgastando e se misturando à vegetação. O chalé das irmãs fica atrás de um bosque, no topo de uma colina. Sei quantos passos preciso dar para chegar até lá, tanto saindo de casa quanto do centro de Near, e conheço todo tipo de flor que cresce no caminho, todos os desníveis do chão.

Meu pai me levava lá.

E mesmo agora, sem ele, eu venho para cá. Já fui ao chalé delas muitas vezes, atraída por seu charme estranho, só para observá-las colher ervas, fazer uma pergunta ou dar um oi. Todas as outras pessoas da aldeia dão as costas para as irmãs, fingem que elas não estão aqui, e parecem quase conseguir esquecer a presença delas. Mas, para mim, elas são como a gravidade, com um estranho poder de atração, e sempre que não tenho nada para fazer, meus pés acabam me levando na direção daquela casa. É o mesmo tipo de gravidade que senti vindo da janela ontem à noite, que me atraiu para o desconhecido na charneca. Uma espécie de peso que nunca entendi muito bem, mas meu pai me ensinou a confiar nisso tanto quanto nos meus olhos, então eu obedeço.

Eu me lembro da primeira vez que ele me levou para ver as irmãs. Eu devia ter uns oito anos, mais velha do que Wren é agora. A casa toda cheirava a terra, algo forte, robusto e fresco, tudo ao mesmo tempo. Eu me lembro dos olhos verdes penetrantes de Dreska e do sorriso encurvado de Magda, suas costas encurvadas, tudo encurvado. Elas nunca mais me deixaram entrar, não desde que ele morreu.

As árvores se assomam ao meu redor quando entro no bosque.

Paro e de cara sei que não estou sozinha. Algo está respirando e se movendo ligeiramente fora do meu campo de visão. Prendo a respiração e deixo que a brisa, o silêncio e os suspiros da charneca se misturem com o som ambiente. Vasculho com meus ouvidos, aguardando que algum barulho se sobreponha ao mar de sussurros, vasculho com os olhos, aguardando que algo se mexa.

Meu pai me ensinou a rastrear, a ler o chão e as árvores. Ele me ensinou que tudo tem uma linguagem e que, se você souber interpretar, pode fazer o mundo inteiro falar. *A grama e a terra guardam segredos*, dizia ele. *O vento e a água carregam histórias e alertas.* Todo mundo sabe que as bruxas nascem como são, não se tornam bruxas depois, mas, quando era mais nova, eu achava que ele tinha descoberto um jeito de trapacear, de persuadir o mundo a conspirar em favor dele.

Algo se move em meio às árvores bem ao meu lado direito.

Eu me viro e um punhado de galhos se afasta de um tronco. Percebo que não são galhos. Chifres. Um cervo saltita entre as árvores com suas pernas finas. Suspiro aliviada e volto à trilha, e então uma sombra se mexe mais à frente no bosque.

O lampejo de um tecido escuro.

Pisco e ele já sumiu, mas posso jurar que vi o relance de uma capa cinzenta em meio às árvores.

Ouço um estalo alto atrás de mim, me viro em um pulo e dou de cara com Magda, pequena, abaixada e olhando para mim. Seu olho esquerdo é de um azul frio, mas o direito é feito de algo escuro e sólido, como madeira envelhecida. Aquele olhar de dois tons diferentes está a poucos centímetros do meu rosto. Solto a respiração que nem sabia estar prendendo e a mulher de cabelo cheio, prateado, e pele envelhecida balança a cabeça. Ela dá uma risada, com os dedos encurvados segurando uma cesta.

— Você pode ser boa em rastrear, querida, mas se assusta fácil que nem um coelho. — Ela me cutuca com o dedo longo e ossudo. — E não, não há muita coisa aqui para rastrear.

Olho de novo, mas a sombra desapareceu.

— Oi, Magda — digo. — Estava indo visitar vocês.

— Eu imaginei — diz ela, piscando o olho bom. Por um breve momento, o olho escuro me encara e sinto um arrepio. — Venha, então. — Ela segue pelo bosque na direção da colina e da casa. — Vamos tomar um chá.

$$\backsim$$

Em três anos, nunca fui convidada para entrar.

Agora, Magda me conduz até o chalé em silêncio enquanto as nuvens acima vão ficando mais escuras. É uma caminhada lenta, porque ela precisa dar três passos para cada um dos meus. O vento sopra forte e meu cabelo está escapando da trança, os cachos revoando ao redor do rosto e no pescoço, e Magda seguindo ao meu lado.

Eu sou uns vinte centímetros mais alta do que ela, mas imagino que hoje ela seja mais baixa do que já foi um dia, então parece meio injusto comparar nossa altura. Ela se move mais como uma folha levada pelo vento do que como uma senhora, se balançando e alterando a rota enquanto sobe a colina que dá na casa que divide com a irmã.

Ao longo da minha infância em Near, ouvi dezenas de histórias sobre bruxas. Meu pai odiava essas histórias, dizia que tinham sido inventadas pelo Conselho para assustar as pessoas.

— O medo é um negócio estranho — dizia. — Tem o poder de fazer as pessoas fecharem os olhos, fingirem não ver. Nada de bom nasce do medo.

O chalé está lá nos esperando, tão torto quanto as mulheres para quem foi construído, a base da estrutura meio inclinada para cima, o telhado em um ângulo totalmente diferente. Nenhuma das pedras empilhadas parece estar no lugar certo, como as do centro da cidade. Essa casa é tão antiga quanto Near e foi se deteriorando ao longo dos séculos. Fica no extremo leste da aldeia, delimitada de um lado por um muro baixo de pedras e, do outro, por um galpão em ruínas. Entre o muro de pedras e a casa há dois canteiros retangulares. Um é uma pequena faixa de terra que Magda chama de jardim, e o outro, apenas um retalho de solo vazio onde nada cresce. Talvez seja o único lugar em Near que não foi invadido pelas ervas daninhas. Não gosto do segundo canteiro. Não parece natural. Atrás do chalé fica a charneca, assim como ao norte da minha casa, cheio de colinas, pedras e árvores.

— Vai entrar? — pergunta Magda, do batente da porta.

No céu, as nuvens se juntaram e estão ainda mais escuras.

Hesito sobre a soleira da porta. Mas por quê? Não tenho motivo para ter medo das irmãs Thorne e nem da casa delas.

Respiro fundo e entro.

Ainda tem cheiro de terra, algo forte, robusto e seguro. Isso não mudou. Mas o cômodo parece mais escuro do que quando eu vinha com meu pai. Podem ser as nuvens e o outono que se aproxima, ou o fato de que ele não está lá ao meu lado, iluminando o lugar com seu sorriso. Tento reprimir um arrepio e Magda apoia a cesta em uma grande mesa de madeira antes de soltar um suspiro profundo.

— Sente-se, querida, sente-se — diz ela, apontando para uma das cadeiras.

Eu me sento.

Magda anda com dificuldade até a lareira, onde a madeira está empilhada. Olha por cima do ombro para mim de relance, e então levanta os dedos bem devagar, centímetro a centímetro pelo ar. Eu me inclino para a frente e espero para ver se ela vai mesmo me deixar ver seu dom, se vai reunir os galhos ou fazer brotar uma faísca do chão da lareira. As irmãs não fazem questão de oferecer demonstrações, então tudo que tenho são algumas olhadas de relance quando o chão treme e as pedras se mexem, a estranha gravidade que sinto quando estou por perto e o medo dos moradores da aldeia.

A mão de Magda avança por cima da lareira até a prateleira, de onde ela pega um palito longo. Só um fósforo. Sinto uma pontada de frustração e me ajeito na cadeira enquanto Magda risca o fósforo na pedra e acende o fogo. Ela se vira de volta para mim.

— Qual é o problema, querida? — Há um brilho em seus olhos. — Parece decepcionada.

— Nada — digo, me sentando ainda mais empertigada e com as mãos entrelaçadas debaixo da mesa.

O fogo se acende sob a chaleira e Magda volta para a mesa e para sua cesta. Ela tira de lá vários punhados de terra, algumas flores da charneca, ervas, sementes e uma ou duas pedras que encontrou. Magda recolhe pedacinhos do mundo todos os dias. Imagino que seja para os amuletos. Coisas pequenas. De vez em quando, algumas dessas obras das irmãs aparecem no bolso de algum morador ou no pescoço de outros, ainda que eles aleguem não acreditar nessas coisas. Juro que já vi um amuleto costurado na saia do vestido de Helena, provavelmente para atrair a atenção de Tyler Ward. Por mim ela pode ficar com ele.

Com a exceção da coleção inusitada em cima da mesa, a casa das irmãs Thorne é perfeitamente normal. Se eu contar a Wren que estive aqui, dentro da casa de uma bruxa, ela vai querer saber o quão estranha era. Vai ser triste decepcioná-la.

— Magda — começo. — Vim aqui porque queria perguntar...

— O chá ainda não está pronto e sou muito velha para falar e ficar de pé ao mesmo tempo. Espere um minutinho.

Mordo o lábio e aguardo com a maior paciência possível enquanto ela circula por ali e pega as canecas. A brisa começa a sibilar contra as vidraças e a fazer a janela ranger. O agrupamento de nuvens está mais espesso. A água ferve.

— Não se preocupe com isso, querida, é só a charneca conversando — diz Magda ao notar que olho para a janela. Ela despeja a água dentro de xícaras pesadas através de uma tela de arame que mal segura as folhas. E então, enfim, se senta.

— A charneca fala mesmo? — pergunto, e observo o chá ficando mais escuro na xícara.

— Não do mesmo jeito que você e eu. Não com palavras. Mas ela tem seus segredos, sim. — Segredos. Era como meu pai descrevia.

— E como é o som? Como é a sensação? — pergunto, quase que para mim mesma. — Acho que deve ser mais uma sensação. Queria poder...

— Lexi Harris, mesmo se você comesse terra todos os dias e se vestisse só de ervas, ainda assim não ia chegar mais perto do que isso de entender.

A voz é de Dreska Thorne. Em um momento, a tempestade em formação estava do lado de fora, no outro, abriu a porta bruscamente e deixou a mulher ali, na soleira.

Dreska tem a mesma idade da irmã, e talvez seja até mais velha. O fato de as irmãs Thorne ainda estarem de pé, ou pelo menos claudicando, é um atestado de seu dom. Estão aqui desde a época do Conselho, e não apenas de Tomas, Matthew e Eli, mas dos ancestrais deles, o Conselho *de verdade*. Desde a época da Bruxa de Near. Desde que Near existe. Há séculos. Imagino que há pedacinhos se soltando delas, mas, quando olho bem, ainda estão ali, inteiras.

Dreska resmunga para si mesma, empurra a porta com força e finalmente consegue fechá-la antes de se virar para nós. Quando seus olhos param em mim, estremeço. Magda é redonda e Dreska é pontiaguda, uma é a bola e a outra uma bola cheia de espinhos. Até mesmo a bengala de Dreska é pontiaguda. Parece ter sido entalhada das pedras e, quando ela está irritada ou contrariada, os cantos parecem até se afiar ainda mais. Enquanto um dos olhos de Magda é escuro como madeira envelhecida ou pedra, ambos os de Dreska são de um verde profundo, a cor do musgo colado às pedras. E agora estão pousados em mim. Engulo em seco.

Já estive sentada nesta cadeira uma vez, enquanto meu pai apoiava as mãos nos meus ombros com cuidado e conversava com as irmãs, e Dreska olhava para ele com uma espécie de gentileza, de simpatia. Eu lembro muito bem porque nunca mais a vi olhar daquele jeito para ninguém.

Do lado de fora, a chuva começa a cair, gotas espessas sobre as pedras.

— Dreska está certa, querida — diz Magda, quebrando o silêncio, e despeja três pedrinhas de açúcar mascavo no chá. Ela não mexe, só deixa o açúcar chegar ao fundo e formar uma película granulada. — A gente nasce como nasce. Você nasceu do jeito que você é.

Magda leva as mãos rachadas ao meu queixo.

— Só porque não consegue fazer a água correr ao contrário ou as árvores se desenraizarem sozinhas...

— Habilidades que a maioria das pessoas não vê com bons olhos — interrompe Dreska.

— ... não significa que você não seja parte desse lugar — conclui Magda. — Todas as almas que nasceram na charneca têm a charneca dentro delas. — Ela se vira para a xícara, o olhar desfocado sobre o líquido escuro. — É o que faz o vento sacudir alguma coisa dentro da gente quando ele sopra. É o que nos mantêm aqui, sempre perto de casa.

— Falando em casa, o que está fazendo aqui na nossa? — pergunta Dreska, séria.

— Ela estava vindo nos visitar — responde Magda, ainda olhando para o chá. — Eu a convidei para entrar.

— Por que... — questiona Dreska, prolongando as palavras — ... você faria isso?

— Pareceu uma boa ideia — diz Magda, e lança um olhar austero para a irmã.

Nenhuma das duas fala mais nada.

Eu pigarreio.

As duas irmãs olham para mim.

— Bom, agora que está aqui — diz Dreska. — O que a trouxe para cá?

— Eu queria perguntar a vocês... — digo, finalmente — ... sobre o estranho.

Os olhos penetrantes de Dreska se estreitam e parecem ainda mais observadores dentro daquele ninho de rugas. As pedras da casa parecem resmungar e ranger. A chuva bate forte nas janelas e as irmãs têm uma conversa completa feita de acenos, olhares e suspiros. Algumas pessoas dizem que irmãos têm a própria língua, e acho que é verdade no caso de Magda e Dreska. Eu só sei falar inglês, e elas sabem inglês, irmã e charneca, e sabe-se lá o que mais. Alguns momentos depois, Magda respira fundo e fica de pé.

— O que tem ele? — pergunta Dreska, batendo com a bengala no chão. Do lado de fora, a chuva despenca, em pancadas cada vez menores. Não vai demorar para acabar. — Não sabemos nada sobre ele.

A chuva se transforma em um chuvisco.

— Não ofereceram abrigo para ele? — pergunto.

As irmãs ficam lá de pé, imóveis, em silêncio.

— Não estou perguntando por mal — acrescento logo. — Só queria ver e falar com ele. Nunca conheci um estranho. Só queria ver se ele é real e perguntar... — Como posso colocar em palavras? — Só me digam se estão com ele, por favor.

Nada.

Eu me sento ainda mais empertigada e mantenho a cabeça erguida.

— Eu o vi ontem à noite. Pela janela. Bo Pike diz que o viu primeiro, no lado oeste, e eu moro no norte. O estranho parecia conhecer o caminho que marca a fronteira da aldeia, e deve ter andado na direção leste. — Dou uma batidinha com o indicador na mesa. — Até aqui.

As irmãs com certeza o abrigariam. Tem que ter sido elas. Mas elas não dizem nada. Os olhos não dizem nada. Os rostos não dizem nada. É como se eu estivesse falando com estátuas.

— Vocês foram as únicas que não estavam na cidade essa manhã — digo.

Magda pisca.

— Nós somos reservadas.

— Mas vocês são as únicas que podem ter escondido...

De repente, Dreska volta à vida.

— É melhor ir para casa, Lexi — diz, ríspida. — Agora que a chuva deu uma trégua.

Olho para a janela. A tempestade parou e o céu está cinzento. O ar no cômodo é pesado, como se o lugar estivesse encolhendo. Elas me olham cautelosas, mais severas que antes. Até os lábios de Magda estão apertados em uma linha fina. Eu me levanto. Não toquei na minha xícara.

— Obrigada pelo chá, Magda — digo, e vou em direção à porta. — Desculpe incomodar vocês.

Fecho a porta com um baque atrás de mim.

Do lado de fora, o mundo é todo lama e poças d'água, e eu gostaria de ter trocado essa sandália ridícula pelas minhas botas de couro. Ando dois passos e meus pés já estão encharcados. O céu começa a abrir, as nuvens sumindo.

Olho para o oeste, para a aldeia.

Quando tinha a idade de Wren, perguntei ao meu pai por que as irmãs moravam tão longe de tudo. Ele disse que, para os moradores de Near, as

31

coisas ou eram muito boas ou muito ruins. Ele me contou que as bruxas são como qualquer pessoa, que elas existem de todas as formas e tamanhos, podem ser boas, más, espertas ou tolas. Mas, depois da Bruxa de Near, o povo da aldeia colocou na cabeça que todas as bruxas eram más.

As irmãs ficam tão longe porque os moradores têm medo. Mas a parte mais importante é que elas *ficam*. Quando perguntei ao meu pai o porquê, ele sorriu, um daqueles sorrisos ternos que ele só dava para mim, e disse: "Esse é o lar delas, Lexi. Não vão virar as costas para ele, mesmo que ele tenha virado as costas para as duas."

Olho mais uma vez para a colina das irmãs e vou embora. Elas estão protegendo o estranho. Tenho certeza disso.

Volto pela trilha quase apagada e passo pelo galpão que fica no lado norte do chalé.

Se elas o estão escondendo, deve haver um motivo...

Perco o fôlego por um momento.

Há uma capa cinza-escura pendurada em um prego no galpão, a bainha mais escura que o resto do tecido, como se tivesse queimado. A charneca está estranhamente silenciosa nesta tarde pós-chuva, e, de repente, tenho plena consciência do barulho que faço com meus passos na terra molhada ao me aproximar do galpão. A estrutura parece estar aos poucos perdendo a guerra contra a gravidade. É um emaranhado de vigas de madeira enfiadas no chão e que seguram um telhado bastante prejudicado. Em meio às ripas, a charneca vai tomando conta, as ervas daninhas crescem e contribuem para manter o galpão de pé e derrubá-lo ao mesmo tempo. Há uma porta ao lado da capa, mas sem maçaneta. As vigas empenadas deixam lacunas abertas, então me apoio nelas e tento ver por uma dessas aberturas. Lá dentro está escuro e vazio.

Dou um passo para trás, suspirando e mordendo o lábio. Então, do outro lado do galpão, escuto uma respiração bem suave. Sorrio e vou andando em silêncio na direção do som; com cuidado e torcendo para que a terra absorva o barulho dos meus passos sem me entregar. Dou a volta e não há ninguém. Nem mesmo pegadas no chão.

Respiro fundo, exasperada, e caminho ao redor do galpão. Conheço os barulhos que pessoas vivas fazem, e sei que havia alguém ali. Eu o ouvi respirar, eu vi a...

Mas não há nada no prego, a capa não está mais lá.

Aperto o passo na direção de casa, frustrada e morrendo de frio de tanto arrastar os pés na grama enlameada. Minhas sandálias estão destruídas. O caminho faz uma bifurcação, uma trilha estreita dá na cidade, a outra dá a volta em Near até a minha casa. Pego o rumo de casa, tiro os sapatos encharcados e ando descalça mesmo, sucumbindo à lama. Ela cobre meus pés, meus tornozelos e chega até a panturrilha, e eu penso na língua afiada de Dreska me dizendo que mesmo se eu comesse terra, não conseguiria ficar mais próxima da charneca. Imagino que me cobrir de lama também não vai ajudar muito.

A certa altura, vejo a casa de Otto, e a nossa logo atrás. A charneca se espalha depois do nosso jardim, flutuando como se fosse uma capa. Há uma pilha de troncos de um lado da casa e uma pequena horta de vegetais do outro, punhados de verde misturados com laranja e vermelho. A horta pertence mais a Wren do que a mim. Poucas coisas crescem no solo da charneca, mas Wren adora nosso canteirinho e revela um inesperado traço de gentileza quando está cuidando dele. É claro que ela está lá agora, agachada em uma pedra bem no limite do canteiro e arrancando com cuidado uma erva daninha da terra.

— Você voltou! — exclama ela quando me aproximo.

— Claro. Onde está todo mundo? — Sair da praça da cidade não foi exatamente minha fuga mais sutil e certamente meu tio vai ter algo a dizer.

— Wren. — A voz da minha mãe serpenteia como fumaça vinda da casa e um segundo depois ela está parada no batente da porta, o cabelo escuro e fino formando cachos ao redor do rosto.

Wren desce da pedra e vai até ela. Os olhos da minha mãe encontram os meus.

— Lexi. Aonde você foi? — A expressão em seu rosto confirma. Otto, sem dúvida, vai querer dar uma palavrinha comigo.

— Helena tinha esquecido uma coisa para mim na casa dela — digo, a mentira se formando na minha boca assim que a formulo. — Estava tão atolada com o povo em cima dela, que me pediu para ir buscar. — Levo a mão aos bolsos do vestido para procurar alguma coisa, mas estão vazios, então rezo para minha mãe não pedir provas. Ela não o faz, só solta um pequeno suspiro e volta para dentro de casa.

Sinto saudade da minha mãe. Sinto saudade da mulher que ela era antes de o meu pai morrer, aquela que estava sempre de cabeça erguida, orgulhosa, encarando o mundo de frente com seus olhos azuis intensos. Mas, em alguns raros momentos, até que vem a calhar ela ter se transformado nessa casca de pessoa, nesse fantasma do que um dia ela já foi. Fantasmas fazem menos perguntas.

Eu me afasto da casa. Estou perdendo meu tempo de vantagem. Logo Otto vai deduzir onde o estranho está, se é que já não fez isso. Para encontrá-lo, está evidente que precisarei pegá-lo desprevenido. Mas como? Ajeito o cabelo para trás e olho para o céu. O sol ainda está alto, a pilha de troncos ao lado da casa está baixa, e eu sinto que preciso me mexer. Deixo de lado as sandálias destruídas, pego as botas e saio em busca de madeira.

O machado bate na madeira com um estrépito. Meu vestido está sujo e minhas botas cobertas de lama de andar pelos campos depois da chuva. Elas eram do meu pai, feitas de couro marrom-escuro, com uma fivela antiga, macias, fortes e quentinhas, a parte de dentro gasta com o formato do pé dele. Preciso enfiar uma meia na parte da frente para que ela não saia do meu pé, mas vale a pena. Eu me sinto melhor usando as botas. E elas ficam bem mais bonitas assim, recém-sujas. Não consigo imaginá-las limpinhas dentro do armário.

Ficar parada quieta não é uma habilidade que eu possuo. Nunca consegui parar de me mexer, mas isso ficou ainda pior nos últimos três anos.

Uma gota de suor escorre pelo meu rosto e esfria instantaneamente com o ar do fim da tarde. Coloco mais um pedaço de madeira sobre um velho toco de árvore que fica entre a casa de Otto e a nossa, levanto o machado e golpeio de novo.

A sensação é boa.

Meu pai me ensinou a cortar lenha para a lareira. Perguntei a ele uma vez se gostaria de ter tido um filho e ele me disse: "Por quê? Tenho uma filha tão forte quanto." Ninguém diria uma coisa dessas, vendo meu corpo esguio, mas eu sou, sim.

O machado golpeia novamente.

— Lexi! — berra uma voz atrás de mim. Deixo o machado sobre o toco e começo a catar a madeira cortada.

— Sim, tio Otto?

— O que acha que está fazendo?

— Cortando madeira — respondo, minha voz no limite tênue entre dizer uma obviedade e ser grosseira.

— Você sabe que não precisa. Tyler pode vir fazer isso para você.

— A pilha estava pequena e minha mãe precisa da madeira para assar os pães. Só estou fazendo o que você queria, tio. Ajudando.

Me viro de costas na direção da pilha de madeira. Otto vem atrás.

— Há outras maneiras de você ajudar.

Otto ainda está com a expressão de Defensor da cidade no rosto; a voz austera, imbuída de poder. Ele pode ter a expressão e a voz, mas o título não é dele. Foi do meu pai primeiro.

— E onde estão seus sapatos? — pergunta ele, olhando para as botas enlameadas.

Coloco a madeira na pilha e me viro de volta.

— Não ia querer que eu os estragasse, não é?

— O que eu quero é que me escute quando lhe digo para fazer alguma coisa. E principalmente quando lhe digo para *não* fazer alguma coisa.

Ele cruza os braços e eu reprimo a vontade de imitá-lo.

— Não entendi.

— Lexi, eu disse que não queria que você saísse sozinha hoje. Não venha tentar me dizer que não fez isso.

A mentira chega até a boca, mas percebo que não vou enganar Otto tão facilmente quanto minha mãe.

— Você está certo, tio — digo, com um sorriso paciente. Ele levanta uma das sobrancelhas, como se suspeitasse que há alguma pegadinha, mas eu continuo. — Eu fui mesmo procurar o estranho e olhe só o que consegui. — Viro as palmas das mãos para cima. — Nada.

Pego o machado de cima do toco, os dedos deslizando nos sulcos formados pela mão do meu pai.

— Foi uma ideia idiota. Não consegui encontrá-lo. Ele já foi embora.

Enfio o machado com força no tronco, e ele fica bem preso com a batida.

— Então vim para casa. E estou aqui. Fique tranquilo, tio. Está tudo bem. — Esfrego as mãos para limpá-las e pouso uma delas no ombro de Otto. — Mas, e então, o que Helena tinha a dizer?

— Não muito — responde Otto, olhando para as botas do meu pai. — Disse que viu alguma coisa, uma sombra, talvez fosse o estranho, na clareira ao lado da casa. Diz que não sabe para que lado ele foi. Que ele simplesmente desapareceu.

— Helena sempre gostou de uma boa história — sugiro. — Ela consegue criá-las do nada. — É mentira, claro. Ela sempre prefere que eu conte as histórias para ela.

Otto nem está mais escutando. Ele olha para o horizonte, a mente bem longe. Os olhos escuros e perdidos.

— O que vai acontecer agora? — pergunto.

Ele pisca.

— Por enquanto, nós esperamos.

Faço um esforço para assentir antes de me virar de costas, uma careta se formando em meu rosto. Não confio nem um pouco que seja essa a intenção do meu tio.

Hoje não há lua, e, portanto, nada de luz do luar reluzindo nas paredes. Nada para entreter aqueles que não conseguem dormir. Não sinto o menor sono, mas nem é por causa do estranho.

É o vento.

Aquele mesmo acorde melancólico está de volta, ecoando no ar, e agora há outra coisa, um som que me dá arrepios. Não importa o quanto eu me vire e enfie o rosto sob as cobertas, eu continuo ouvindo algo, ou alguém, chamando alto o suficiente para atravessar as paredes. A voz sem dúvida é algo além do vento, serpenteando e se contorcendo em altos e baixos, como uma música abafada. Sei que se eu pudesse chegar mais perto, as palavras ficariam mais claras, mais nítidas. Palavras que não se desmanchariam antes mesmo de eu compreendê-las.

Afasto as cobertas, com cuidado para não acordar Wren, e deixo meus pés deslizarem sobre o piso de madeira. Então me lembro das palavras do meu pai e subo os pés de volta para a cama, pendurados de um jeito estranho, no meio do caminho entre o movimento de se levantar e o de voltar para as cobertas.

Todas as árvores sussurram, as folhas fofocam. As pedras são grandes pensadoras, do tipo mais taciturno e silencioso. Ele inventava histórias para tudo na natureza, lhes dava vozes e vidas. *Se o vento da charneca alguma vez cantar, você não deve ouvir, pelo menos não com os ouvidos todos abertos. Use só uma frestinha. Ouça do mesmo jeito que você olharia para alguma coisa com o canto do olho. O vento é solitário, querida, e está sempre procurando companhia.*

Meu pai oferecia lições e histórias, e era minha tarefa aprender a diferença entre as duas coisas.

O vento uiva e eu deixo de lado o alerta do meu pai, abrindo bem os ouvidos para compreender o som, para decifrá-lo. Minha cabeça começa a doer enquanto tento distinguir palavras onde elas não existem. Desisto, volto para baixo das cobertas e me enrolo em meu ninho para que a canção do vento chegue ali já distorcida.

Quando estou prestes a cair no sono, Wren se mexe ao meu lado. Ela desperta e ouço o som suave de seus passos ao descer da cama e atravessar o quarto em busca da cama da nossa mãe.

Mas tem algo de errado.

Há um leve rangido e som de passos sobre as tábuas empenadas que ficam entre a cama e a janela. Eu me sento. Wren está de pé, emoldurada pelo vidro e pela madeira da janela, o cabelo loiro quase branco na escuridão. Sem o casulo de cobertas, consigo ouvir o vento novamente, a música, as quase palavras que zunem na minha cabeça.

— Wren? — sussurro, mas ela não se vira. Será que estou sonhando?

Ela leva a mão até o fecho da janela e o gira. Segura a parte de baixo da moldura com os dedinhos pequenos e tenta levantá-la, mas é muito pesada para ela. Sempre foi muito pesada. Pela primeira vez me dou conta de que as venezianas estão abertas do lado de fora do vidro. Não me lembro de tê-las aberto, mas elas estão recuadas e revelam a noite lá fora. Wren empurra a borda de madeira e a janela começa a se abrir bem devagar.

— Wren!

Eu me levanto da cama em um pulo e chego ao lado dela antes que consiga avançar mais, puxo-a de volta para dentro do quarto e fecho a fresta por onde o ar frio está entrando. Procuro alguma coisa lá fora na charneca, algo que pudesse ter atraído minha irmã para a janela, mas não há nada. Nada além do preto e branco de sempre, as árvores espalhadas, as pedras e o vento sussurrante. Eu me viro para Wren, bloqueando o caminho, e ela pisca, o tipo de piscadela assustada de quem acordou de repente. Atrás de mim, o vento bate no vidro com força e, então, parece se acalmar, dissolvido na escuridão.

— Lexi? O que houve? — pergunta ela, e devo estar com uma cara apavorada, com o corpo bloqueando a janela, olhando para minha irmã como se ela estivesse possuída. Eu a levo de volta para a cama. No caminho, acendo as três velas e elas ganham vida, enchendo o quarto de luz amarela. Wren entra debaixo das cobertas e eu me sento ao lado dela, as costas na cabeceira da cama, de frente para as velas, a janela, a noite lá fora.

Toc. Toc. Toc.

Eu me aninho ainda mais debaixo das cobertas. Só pelo cheiro já sei que é de manhã. Pão e o ar do fim de verão. Não sei em que momento peguei no sono, ou se apenas fiquei naquele estado entre...

Toc. Toc. Toc.

Ouço a porta da frente se abrir.

Meus ombros e pescoço estão tensos, minha cabeça lateja e os pensamentos seguem muito confusos quando me sento na cama. Consigo escutar, mas as vozes na porta estão baixas demais para decifrar o que dizem através das paredes. Um dos resmungos é bem familiar e eu me pergunto desde que horas Otto está aqui. Eu me visto, abro a porta do quarto e fico na soleira.

— Às vezes os garotos saem andando por aí, Jacob — diz Otto.

Jacob Drake?

— Pense bem — acrescenta meu tio. — Aonde ele pode ter ido?

— Não — responde uma voz fina e nervosa. É mesmo o sr. Drake, pai de Helena e Edgar. — Ele não faria isso. Tem medo de escuro... tem medo do dia também. — Ele solta uma risadinha triste e abafada.

Ouço Otto caminhando de um lado para o outro.

— Bom, não fique parado aí — diz ele, por fim. — Entre. Você também, Bo.

Espero eles chegarem à cozinha para ir atrás deles.

— Será que alguém o levou? — pergunta Otto, e aceita uma xícara de café da minha mãe.

O sr. Drake é franzino e não muito imponente, com um cabelo que já deve ter sido loiro quase branco, como os de Helena e Edgar, mas que hoje está salpicado de fios prateados. Está parado no meio da cozinha, cruzando e descruzando os braços enquanto conversa com Otto.

— Não, não, não — diz ele, murmurando. — Quem? Quem o teria levado?

— Alguém viu alguma coisa?

Minha mãe sova a massa de pão e balança a cabeça lentamente. Bo vai até a mesa e se recosta no móvel. O andar claudicante é sutil, resultado de uma queda feia alguns anos atrás, mas faz seus passos soarem irregulares nas tábuas do piso. Ele mastiga uma fatia de pão recheado com frutos silvestres e reveza o olhar entre os outros dois homens.

— O que está acontecendo? — pergunto.

— Edgar sumiu — responde o sr. Drake, voltando o olhar cansado para mim.

Sinto um embrulho terrível no estômago.

— Como assim, sumiu?

Alguém bate à porta e minha mãe sai para atender. Otto ainda está tentando acalmar o sr. Drake.

— Vamos tentar entender — diz meu tio. — Conte exatamente o que aconteceu...

Minha mãe volta com um homem mais velho atrás dela. Não é velho como as irmãs, que parecem ir se deteriorando e, no entanto, nunca mudam. Apenas *velho*. Mestre Eli. Do Conselho. Seu cabelo grisalho está bem arrumado, emoldurando o rosto magro. Dou um passinho para trás, para abrir espaço. O sr. Drake e Otto abaixam a cabeça ao mesmo tempo, ainda falando, enquanto Bo faz apenas um movimento com um dos ombros, como se não estivesse muito interessado. Todos erguem o olhar quando Mestre Eli se senta.

— O que sabemos? — diz ele, com a voz rouca. Há um rangido e não sei se vem dele ou da cadeira. Otto endireita os ombros para falar com o membro do Conselho.

— Edgar desapareceu da cama ontem à noite — explica. — Não há sinal dele. Nem sinal de luta. Vamos montar uma equipe de busca. Ele não pode ter ido muito longe.

— Eu não entendo — murmura o sr. Drake.

Com uma expressão determinada no rosto, Otto deixa a xícara na mesa. Percebo que suas mãos estão vermelhas e que ainda está usando o avental de açougueiro. Ele segura o ombro fino do sr. Drake e promete que vão encontrar seu filho. Quanto solta, os dedos deixam um rastro de sangue quase seco.

— Não sabemos muito mais do que isso por enquanto, Eli — diz ele. Meu tio provavelmente é o único homem na cidade que tem liberdade para chamar os membros do Conselho pelo nome, e não pelo título. Uma pequena vantagem de sua posição, que ele parece gostar.

— Pobre garoto — murmura minha mãe, e eu a vejo consolando Wren, que parece perplexa. Dá para notar que minha irmã acha que minha mãe está exagerando.

— Não precisa se preocupar — diz Wren, tentando se desvencilhar. — Ele só está fazendo alguma brincadeira.

— Fique quieta, querida — pede minha mãe, olhando em volta para o resto do cômodo. Mestre Eli olha para ela com uma expressão estranha, é difícil dizer se é pena ou uma repreensão. Seus olhos escuros estão bem fundos debaixo das sobrancelhas. O rosto é enrugado como papel.

— É uma brincadeira — insiste Wren. — Tenho certeza.

Eu já não tenho tanta certeza. Vi minha irmã tentar sair pela janela ontem à noite. Seguro a mão de Wren enquanto os homens na cozinha reúnem suas armas e elencam os nomes de outras dezenas de homens que podem recrutar.

— Otto. — Bo entra na conversa pela primeira vez. — O restante do pessoal está esperando na cidade. Por onde vamos começar a busca?

— Vamos encontrar os outros na praça. Podemos iniciar lá e ir cobrindo todos os cantos.

— Isso é um desperdício de tempo — interrompo. — Deviam começar pela casa de Edgar e dali em direção ao perímetro da aldeia. Não na direção do centro.

— Lexi — diz Otto, como uma advertência, e olha ao redor do cômodo. Bo faz uma careta enrugando o nariz. O sr. Drake se vira de costas. Mestre Eli se recosta na cadeira e parece ligeiramente entretido. Ligeiramente. Otto fica vermelho.

— A casa de Edgar fica no lado oeste — insisto. — Então comecem por lá e andem para a fronteira da aldeia. Não faz sentido perder tempo caminhando para dentro.

— E por quê? — pergunta Mestre Eli. Está entretido, mas de um jeito frio e ríspido. Os olhos parecem dizer: "Sua garotinha tola."

— Se alguém o levou, não tentaria escondê-lo dentro da cidade — explico, com calma. — É um lugar muito pequeno e com muita gente. Levaria o Edgar para fora, para longe das casas. Na direção da charneca.

O sorriso do homem se desfaz e ele se vira para meu tio, esperando uma resposta. Otto pega a deixa.

— Lexi, tenho certeza de que sua mãe precisa de ajuda com os pães. Vá fazer algo de útil. — Preciso cerrar a mandíbula para não dar nenhuma resposta. — Vamos — diz ele, virando-se de costas para mim.

Bo e o sr. Drake vão atrás de Otto. Mestre Eli se levanta. Consigo ouvir seus ossos rangendo e voltando para o lugar. Ele passa por Otto e para, pousando a mão esquelética sobre o ombro do meu tio.

— Você tem um plano? — pergunta ele, e posso jurar que seus olhos fundos se voltam para mim.

Otto parece ofendido, mas logo se recompõe.

— Sim, é claro.

Mestre Eli assente rapidamente e continua caminhando à frente do meu tio, que volta para pegar a arma na cômoda.

— Me deixe ir com vocês, Otto — peço.

— Hoje não, Lexi — responde meu tio, a voz um pouquinho mais suave sem os outros homens em volta. — Não posso.

— *Todas as crianças* devem ficar dentro de casa até que o culpado seja capturado e o garoto encontrado — afirma Mestre Eli lá do batente da porta.

— Eu não sou criança, *Mestre.* — E com certeza não vou aceitar ordens de você, acrescento mentalmente.

— É quase — diz ele, e então vai embora. Otto vai atrás dele. Fico parada na porta, fora do campo de visão, e ouço quando eles chegam à porta da frente e encontram outros dois homens, as botas batendo na soleira.

— E o estranho? — pergunta o sr. Drake, e sinto um aperto no peito. O estranho. Quase me esqueci dele. Quase.

— Ele aparece na aldeia e logo em seguida uma criança some — diz Bo.

— Sabia que algo assim aconteceria — grunhe Otto. — Eu devia ter resolvido isso ontem.

— Ninguém te culpa por ter esperado.

— Vocês sabem onde ele está? — pergunta o sr. Drake.

— Claro que sabemos.

— Temos quase certeza — corrige o Mestre Eli, com sua voz falhada — de que está com as irmãs Thorne. Se ainda estiver na cidade.

— E por que um estranho levaria Edgar? — pergunta o pai do menino, em voz baixa.

— É mais fácil ter sido um estranho do que um de nós — intervém Otto. Eu o ouço mudar a arma de lugar nos braços.

— Por que *qualquer pessoa* o levaria?

— Vamos começar com o que sabemos.

— E o que seria?

— Há um estranho na aldeia de Near e agora um garotinho está desaparecido.

Isso não é muita coisa.

— Vamos começar pelo começo. Primeiro o garoto. Depois lidamos com o estranho.

A porta se fecha e os homens vão embora. Espero até o som das botas se afastarem antes de voltar para a cozinha. Minha mãe está de volta ao pão, a boca formando uma linha fina e uma ruga suave despontando entre os olhos enquanto os dedos tateiam distraídos as formas de pão e as tigelas onde os pães descansam. De volta ao trabalho, como se nada tivesse acontecido. Como se não houvesse um emaranhado cada vez maior de perguntas.

Eu me jogo em uma das cadeiras à mesa e tamborilo os dedos na madeira velha e cheia de marcas. Minha mãe passa uma espátula sobre a tábua e reúne alguns pedacinhos da massa que passaram do ponto, com farinha demais para virar pão. Contente, Wren pega aquele punhado e começa a moldar em formato de coração, de tigela, de uma pessoa.

Mais um ritual.

Minha mãe dá esses pedacinhos de massa a Wren todas as manhãs, deixa que ela os modele, destrua e depois modele de novo até ficar satisfeita. Então minha mãe assa aqueles brinquedos que só duram até o fim do dia.

Parece errado manter os rituais nesse momento, e que a rotina continue igual quando algo a abalou de maneira tão forte.

Está um silêncio pesado no cômodo. Eu me inclino para a frente e me levanto. Preciso esperar um tempo para que o grupo de homens se afaste e eu não corra o risco de cruzar o caminho deles, mas não posso ficar sentada aqui.

Se todo mundo estiver procurando Edgar, não estarão procurando o estranho. Agora é minha chance. Eu me viro para sair e paro no meio do caminho do hall de entrada.

Fico esperando que minha mãe tente me impedir, me alertar, me dar um sermão ou dizer alguma coisa, qualquer coisa, mas ela nem levanta a cabeça.

Em outros tempos, ela teria me impedido, me controlado com seu olhar forte. Teria feito com que eu precisasse brigar para poder sair de casa. Agora, ela só se vira para o fogão e começa a cantarolar.

Suspiro e vou até a sala.

Quando estou quase na porta de entrada, um vulto aparece na minha frente e quase tropeço em Wren. Como ela chegou da mesa até aqui sem fazer nenhum barulho, eu não faço ideia.

— Aonde você vai? — pergunta ela.

Eu me ajoelho, encaro os olhos dela, com as mãos em seus ombros.

— Vou ver as irmãs, Wren — digo, surpresa que as palavras tenham saído tão baixinho.

Ela arregala os olhos, bolas azuis como se fossem pedaços do céu.

— Isso é segredo? — pergunta ela, também sussurrando. No universo da minha irmã, segredos são quase tão divertidos quanto brincadeiras.

44

— Com certeza — confirmo, deslizando os dedos pelos braços dela e segurando suas mãos. Levo nossas mãos entrelaçadas até a boca e cochicho no espacinho entre as palmas dela. — Você consegue guardar esse segredo para mim?

Wren sorri e puxa as mãos de volta, ainda segurando o segredo como se fosse uma borboleta entre as mãos. Assim, beijo a testa da minha irmã e saio.

Meia hora depois, vou cambaleando pelo bosque, subindo a trilha para o chalé das irmãs. As janelas estão abertas, mas a casa está silenciosa e eu diminuo o passo, tentando abafar o som da minha chegada para não chamar a atenção. Não tenho a menor intenção de dar de cara com os rostos severos das irmãs agora.

Viro à esquerda para o galpão e lá está a capa cinza com as bordas escuras pendurada no prego. Por mais difícil que seja, ando o mais devagar possível para me aproximar sem fazer barulho. As pessoas costumam colocar o peso no peito do pé quando não querem ser ouvidas, mas, na verdade, é melhor pisar com o calcanhar primeiro, distribuindo o peso em movimentos suaves e vagarosos. Dou a volta na estrutura de madeira. Ela só tem uma saída, que é a porta diante de mim. Ou ele está lá, ou não está. Encosto a orelha na madeira antiga. Nada.

Mordo o lábio e considero as minhas opções. Não quero assustá-lo. Mas não quero deixá-lo escapar também. A minha ideia era pegá-lo desprevenido, mas parece não haver ninguém aqui para surpreender.

— Olá? — digo, enfim, a orelha ainda encostada à porta. Ouço minha própria saudação reverberar entre as tábuas e dou um passo para trás. — Só quero conversar — acrescento, com a voz mais baixa e suave, uma voz que se usa para trocar confidências. Não é uma voz que eu use muito, somente com Wren. É a voz que meu pai usava quando me contava histórias. — Por favor, fale comigo.

Nada. Abro a porta e ela range, mas o pequeno cômodo está vazio. A porta volta a se fechar quando chego para trás. Onde será que ele está? Eu me pergunto enquanto passo os dedos pela capa cinza, o tecido velho e gasto. Todo esse tempo perdido vindo até aqui em vez de ir atrás de Otto na cidade, em vez de procurar por Edgar.

— Que desperdício — murmuro para as tábuas de madeira. Elas grunhem em resposta. Meus olhos se arregalam, me afasto do galpão e o contorno. O estranho não vai fugir de novo.

Lá está ele. Tão perto que quase consigo tocá-lo. Está em pé diante da charneca e olha para mim, me encarando com os olhos grandes de um cinza como carvão ou as pedras de rio sem limo. O vento sopra seu cabelo escuro e as roupas que talvez tenham sido de outra cor um dia, mas agora são cinzentas, ou talvez fossem pretas e desbotaram. Assim como a capa. Ele cruza os braços como se estivesse com frio.

— Você. — É tudo o que consigo dizer. Há algo surpreendentemente familiar nele. Nunca vi alguém com a pele tão clara e o cabelo tão escuro, com olhos tão frios e sem cor. E, ainda assim, a luz dança dentro deles, e aquela atração estranha, como se fosse gravidade... — Quem é você? — pergunto.

Ele inclina a cabeça e pela primeira vez percebo que é bem jovem. Não deve ser muito mais velho do que eu, sendo apenas alguns centímetros mais alto e muito magro, mas é de carne e osso, e não o fantasma que vi pela janela na charneca, que parecia se dissolver na noite.

— De onde você veio? — pergunto, examinando suas feições, as roupas de diversos tons de cinza. Ele olha por cima do meu ombro e não diz nada. — Por que está aqui?

Nada ainda.

— Um menino desapareceu hoje. Você sabia? — pergunto, buscando alguma resposta em seus olhos, algum tipo de culpa.

Ele ergue a cabeça e passa por mim, caminhando na direção do galpão e da casa das irmãs. Vou atrás dele, mas, ao chegar ao galpão, ele ainda não faz qualquer menção de parar e falar comigo. Seguro o braço dele e o puxo para trás. Ele estremece com o meu toque e puxa o braço tão rápido que tropeça nas tábuas de madeira. Agora não quer nem olhar para mim, com o rosto virado para o lado da charneca.

— Diga alguma coisa! — Cruzo os braços. Ele se recosta no galpão. — Você pegou o Edgar?

Ele franze as sobrancelhas e seus olhos finalmente me encaram de novo.

— Por que eu faria isso?

Então ele *sabe* falar. E não só isso, tem uma voz suave que ecoa de modo estranho, como em um vácuo. Ele parece ter se arrependido de falar, porque fecha os olhos e engole em seco, como se pudesse retirar as palavras.

— Por que se escondeu de mim ontem?

— Por que estava tentando me encontrar? — retruca ele.

— Já disse. Um menino desapareceu.

— Hoje, sim. Mas você me procurou ontem. — Há um lampejo desafiador em seus olhos, mas logo se desfaz. Ele está certo, eu queria encontrá-lo ontem, quando Edgar estava são e salvo. Queria ver se ele era real.

— Não há estranhos na aldeia de Near — digo, como se isso explicasse tudo.

— Eu não estou em Near.

Ele aponta para o chão e eu compreendo. Estamos oficialmente fora dos limites da aldeia, na charneca. Ele se afasta da parede e endireita a postura, me olhando de cima.

Ele não é um espírito nem um fantasma, não é um homem-corvo nem um velho. É só um garoto, tão real quanto eu. Minha mão não atravessou sua pele e a batida de suas costas no galpão fez barulho. Ainda assim, ele não é como eu. Não é como nenhuma outra pessoa que eu já tenha visto. Não são apenas a pele fantasmagórica e os traços sombrios, mas sua voz e seu jeito.

— Eu me chamo Lexi. Qual é o seu nome?

Ele parece ter ficado sem palavras de novo.

— Bom, se não me disser, vou inventar um.

Ele olha para mim e juro ter visto um sorriso triste em seus lábios, mas ele não diz nada e o sorriso, se é que era isso mesmo, se desfaz sob a pele pálida.

— Acho que vou te chamar de Robert ou Nathan — digo, observando seu rosto. Seus olhos. Seu cabelo. — Ah, talvez Cole.

— Cole? — pergunta em voz baixa. Ele franze a testa. — Por quê?

— Seu cabelo e seus olhos. Parecem carvão, ou *coal* em inglês. Cinzas de carvão.

Ele faz uma careta e olha para o chão.

— Não gostou?

— Não, não gostei.

— Bom, sinto muito — digo, tranquilamente. — A não ser que me diga seu nome, vou ter que chamá-lo de Cole.

— Eu não tenho nome — diz ele e suspira, como se fosse cansativo falar.

— Todo mundo tem nome.

Um silêncio se instala entre nós. O garoto olha para a grama e eu olho para ele. Não consegue ficar quieto, como se estivesse desconfortável em estar aqui comigo, como se meu olhar fosse doloroso.

— Qual é o desperdício? — pergunta, de repente.

— Oi?

— Você disse isso na porta do galpão, que era desperdício. Como assim?

Cruzo os braços. O vento está ficando mais forte.

— Vir até aqui procurando você e não o encontrar. Isso teria sido um desperdício.

— Eles têm alguma ideia do que pode ter acontecido com ele? — pergunta, depois de alguns instantes. — Com o garoto desaparecido?

— Não. — Eu me viro na direção da casa das irmãs, torcendo para que *elas* tenham respostas. — Ninguém sabe. — Incluindo eu. Não estou mais próxima de encontrar Edgar agora do que estava esta manhã. Não sei por que achei necessário vir aqui questionar um garoto que mal tem o que dizer. Olho para trás uma última vez. — Você devia ir até a aldeia e se apresentar. Agora eles vão suspeitar de você.

— Você suspeita de mim?

Paro.

— Eu não conheço você.

Mais uma vez meu olhar se fixa no estranho. Há alguma coisa distante e triste nele, nesse garoto magro de olhos fundos e capa de viagem manchada. Não consigo nem piscar ao olhar para ele, com receio de que desapareça quando eu abrir os olhos. Ele levanta o queixo, como se estivesse tentando ouvir uma voz ao longe. Por um momento, parece completamente perdido e, então, se vira e segue na direção das colinas, colocando a maior quantidade possível de ervas daninhas e flores de distância entre nós.

Caminho para a casa das irmãs e observo o ângulo do sol no céu. Estou perdendo tempo. Quanto mais eu tenho até Otto voltar para casa? Eu devia simplesmente ter ido atrás da equipe de busca, mas não posso me culpar por querer falar com o estranho. Precisava vê-lo por mim mesma, saber se ele fez isso, se estava envolvido.

Chuto uma pedrinha. Agora tenho ainda mais perguntas.

Passo pela casa das irmãs e vou em direção à trilha para casa.

— Lexi — Magda me chama de volta. Está ajoelhada no canteiro de terra ao lado do chalé. Aquele que chama de seu jardim.

— Você mentiu para mim — digo quando estou mais perto. — Sobre o estranho. Ele está aqui.

Ela inclina a cabeça em minha direção.

— Nós dissemos que não sabíamos nada sobre ele. E não sabemos mesmo. — Ela olha por cima de mim, na direção da charneca. Sigo seu olhar. À distância, um vulto magro vaga pelas colinas que se avolumam em ondas atrás da casa das irmãs. Em uma das subidas, o garoto de cinza para e olha para o norte, para longe de Near.

Franzo o cenho e olho para Magda, que está mexendo no canteiro de novo.

— Por que me chamou? — pergunto, limpando as botas no trecho de terra árida.

Magda não responde, apenas segue sussurrando algo e passando os dedos retorcidos pelo canteiro vazio. Eu me abaixo ao lado dela.

— O que está fazendo, Magda?

— Cultivando flores, é claro. — Ela aponta para a terra, onde um brotinho mínimo desponta do solo. — Estou meio enferrujada, só isso.

Em geral, eu ficaria intrigada e continuaria ali para tentar ver um pouco dos dons de Magda, na esperança de que ela se esquecesse de que eu estava ali e os mostrasse, mas hoje não tenho tempo.

— Você plantou sementes? — pergunto.

Ela dá uma risada seca e sussurra mais algumas coisas para o solo.

— Não, querida. Não preciso de sementes. E, além disso, estou cultivando flores da charneca. Flores selvagens.

— Não sabia que era possível nesse solo.

— Lógico que não é possível. Essa é a ideia. Flores são seres com pensamento próprio. Elas crescem onde querem. Queria ver você tentar dizer a uma flor da charneca onde ela deve brotar. — Magda se senta e esfrega as mãos.

Olho para o canteiro vazio. Estou mais de uma hora atrasada em relação aos homens de Otto e não tenho nada para mostrar. E, pelo que sei, meu tio pode estar indo para casa agora mesmo. Talvez Magda saiba de alguma coisa. Qualquer coisa. Mas, se ela vai me *contar*, é outra história.

— Magda, um menino está desaparecido. Edgar. Ele tem cinco...

— Um loirinho, não é? O que aconteceu? — pergunta, virando o olho bom para mim.

— Ninguém sabe. Sumiu da própria cama ontem à noite. Ainda não encontraram nenhum rastro.

O rosto de Magda se altera muito ligeiramente, as linhas se aprofundam, o olho ruim fica mais escuro e o bom, focado no nada. Parece que vai dizer alguma coisa, mas muda de ideia.

— Acha que alguém o levou? — pergunto.

Ela franze a testa e assente.

— O chão é como uma pele, ele cresce em camadas — diz ela, pegando uma pitada de solo com os dedos curvos. — O que está em cima, descasca. O que está por baixo, às vezes consegue vir à tona.

Solto um suspiro, frustrada. Magda faz isso de vez em quando, fala coisas sem nexo. Na cabeça dela, até pode ser uma linha de raciocínio lógica, e problema do restante do mundo que não consegue acompanhar. Eu devia saber que ela não poderia, ou não iria, me ajudar.

— O vento é solitário... — acrescenta Magda em uma voz tão baixa que eu mal escuto. Parece que as palavras travam em alguma coisa, uma memória.

— O que você… — começo a perguntar.

— Lexi Harris — diz Dreska, aparecendo na porta. Faz um gesto para mim com a bengala, então me levanto e vou até lá. Ela segura minha mão e coloca algo ali. É uma bolsinha fechada por um cordão e tem cheiro de grama da charneca, chuva e pedrinhas molhadas. — Dê isso para sua irmã. Diga para ela usar. Por segurança.

— Então você *ouviu* falar de Edgar.

Dreska assente de um jeito sombrio e fecha meus dedos sobre o amuleto.

— Fizemos para todas as crianças.

— Darei a ela. — Coloco o pacote no bolso e me viro para ir embora.

— Lexi — chama Magda. — Eu chamei você pelo mesmo motivo que a convidei para entrar ontem. Por causa dele. Fiquei imaginando se você tinha ouvido falar sobre um estranho em Near. — Ela aponta o dedo sujo de terra na direção do estranho na charneca. Dou uma última olhada no garoto, que está de costas para nós. Ele desliza até o chão e de repente não parece mais uma pessoa, e sim uma pedra ou árvore caída no meio da grama.

— Outras pessoas também vão procurar por ele — diz Dreska.

Entendo o que ela quer dizer.

— Não vou contar a ninguém. Sou filha do meu pai.

— Torcemos para que seja.

Caminho de volta para a trilha, mas me viro para perguntar:

— Vocês não sabem mesmo nada sobre ele? De onde é?

— Ele está mais seguro aqui — murmura Magda, segurando um punhado de terra.

— Ele está guardando segredos — comento.

— E não estamos todos? — observa Dreska com uma risada seca. — Você não acha que ele pegou Edgar. — Não é uma pergunta, mas ela está certa.

— Não, não acho que tenha sido ele — digo, pegando o caminho de casa. — Mas pretendo encontrar quem foi.

Consigo chegar antes de Otto, o que é ótimo para mim. É de tarde, o sol está forte no céu, e já é tarde demais para arriscar ir até a cidade. As chances de cruzar com a equipe de busca são grandes demais. Não há sinal de Wren ou da minha mãe, mas a casa está aquecida e tem cheiro de fogão aquecido e pão. Eu me dou conta da fome que estou sentindo. Há metade de um pão em cima da bancada, ao lado de um frango frio que sobrou do almoço. Corto uns pedaços dos dois e devoro tudo, aproveitando a liberdade da solidão para comer com gosto, sem me preocupar em ser delicada.

Já me sentindo bem melhor, entro no quarto, tiro as botas e ajeito o cabelo. Ando de um lado para o outro na beira da cama tentando entender o dia de hoje. Meu pai me ensinou a ouvir minha intuição, e ela me diz que esse garoto estranho e perdido não levou Edgar. Mas isso não significa que confio nele. Eu ainda não o *compreendo*. E não gosto da forma que sinto meu peito apertar toda vez que olho para ele, assim como acontece com outras coisas selvagens.

Há mais uma coisa me incomodando, e me lembro das palavras sussurradas de Magda: "o vento é solitário."

Conheço essa frase.

Vou até a mesinha diante da janela, aquela onde estão as velas e a pilha de livros, e meus dedos vão direto para um deles. A capa é verde e está cheia de marcas em relevo, como as deixadas pelos dedos do meu pai na faca e no machado, mas essas são dos meus próprios dedos, minhas marcas tanto quanto dele.

As páginas frágeis têm cheiro de terra fresca, como se o miolo fosse feito de parte da charneca, e não de folhas de papel. Sempre que meu pai contava uma história, eu pedia que ele colocasse o livro perto de mim. O livro é estranhamente pesado, como uma pedra. Eu me sento na cama com ele, passando os dedos sobre a capa suave antes de o abrir e folhear. Três anos atrás a letra do meu pai sumiu do livro e foi substituída pela minha.

Havia tantas páginas em branco quando ele se foi. Eu tentei, na época, e ainda hoje, me lembrar de detalhes que ele talvez tenha se esquecido de escrever. Caminhando por aí, entregando pão ou cortando lenha, de repente me vinha uma frase em sua voz potente e eu corria para o quarto para escrever.

O vento é solitário.

Eu conheço essa frase.

Vou até uma anotação de alguns meses depois de minha letra substituir a dele:

As nuvens parecem seres tão sociáveis no céu da charneca.

Meu pai dizia que elas eram o que há de mais espiritual nela, que saíam em peregrinação todos os dias, assim que o sol nascia, e se juntavam para rezar. A chuva, ele brincava...

A anotação termina. A página fica ondulada aqui e ali, pontilhada com pequenos círculos molhados.

Folheio o livro procurando uma anotação mais antiga, uma que ele mesmo tenha escrito. Meu polegar para no canto de uma página, bem no começo.

Claro. É a história sobre a qual eu estava pensando ontem à noite.

Se o vento da charneca alguma vez cantar, você não deve ouvir, pelo menos não com os ouvidos todos abertos. Use só uma frestinha. Ouça do mesmo jeito que você olharia para alguma coisa com o canto do olho. O vento é solitário e está sempre procurando companhia.

Passo os dedos pela página. Por que Magda usou as palavras do meu pai?

E então eu vejo. No pé da página, estão as letras *M. T.*, Magda Thorne. A história não pertence ao meu pai, ele apenas a copiou. Mas então o que ela significa agora, vinda dos lábios de Magda, em seu jardim?

A porta da frente se abre com um rangido suave, pisco os olhos e fecho o livro. Há quanto tempo estou sentada aqui, divagando em histórias de ninar? Ouço os passinhos de Wren no corredor, leves e saltitantes sobre as tábuas de madeira. Não ouço os da minha mãe, mas ela deve estar junto. Eu me levanto da cama, seguro o livro contra o peito e vou até a cozinha.

Wren está sentada à mesa, as pernas penduradas balançando, e brinca com um de seus brinquedos assados.

Eu me recosto no batente da porta e seguro o livro com força enquanto minha mãe vaga por ali como um fantasma: deixa uma cesta vazia no chão, pega o avental, tudo sem fazer qualquer barulho. Wren sorri para mim e me chama para perto com os dedos. Ao chegar lá, ela se aproxima para dizer no meu ouvido:

— Você foi à casa das irmãs?

Dou um beijo em sua testa e sussurro de volta.

— Fui. Conto tudo mais tarde.

Ela se balança, toda feliz.

— Wren. — Minha mãe nem levanta o olhar, mas a voz ressoa pelo cômodo. — Pode pegar manjericão no jardim para mim?

Wren desce da cadeira e vai lá fora. A porta da frente se fecha em um rangido. Espero que minha mãe fale comigo, que me pergunte onde estive, mas ela não diz nada.

— Fui ver as irmãs — digo. — Elas não sabiam sobre o Edgar.

Seu olhar flutua ao redor. Por que ela não fala?

— Também encontrei o estranho. Falei com ele e não acho que seja culpado de nada. Ele tem o mais esquisito...

— Não devia ter ido, Lexi.

— Você não me impediu.

— Seu tio...

— Não é meu pai. Nem minha mãe.

Ela pega um pano e passa sobre a mesa.

— Otto só está tentando te proteger.

— E você? — Meus dedos apertam o livro. — Você podia ter me impedido.

— Você não teria escutado.

— Você podia ter tentado... — começo a falar, mas minhas palavras se esvaem quando minha mãe toca minhas costas com os dedos brancos de farinha. Seu toque é leve, não exatamente gentil, mas etéreo, suave. Por um momento, me lembro do estranho. Então os dedos pressionam com mais força, ela me olha nos olhos e algo desperta ali, algo intenso e quente.

— Eu *estou* tentando, Lexi — sussurra ela. — Tentando ajudar você.

Aquele vislumbre de quem minha mãe era me pega desprevenida. É só um momento, e logo passa, os dedos dela se afastam, suaves. Quero falar, mas, quando abro a boca, outra voz invade o cômodo vinda lá de fora. Depois outra. E mais outra.

O momento passou. Minha mãe já está atrás da bancada tirando a massa da forma de pão e com cara de quem está com a cabeça nas nuvens.

— Eu não o vi — digo rapidamente, o som dos homens se aproximando. — Nunca fui lá. — Espero que ela me olhe e abra um sorriso de compreensão, ou assinta, mas ela nem parece me ouvir.

Engulo em seco, coloco o livro debaixo do braço e ando pelo corredor. As vozes estão vindo do oeste, umas sobre as outras, crescendo como um trovão vindo da cidade, escondida pelas colinas. Fico parada na porta, tremendo com o vento.

O que minha mãe quis dizer?

Respiro fundo várias vezes, tentando fazer o ar passar pelo nó na minha garganta.

O livro se abre em minhas mãos na página da anotação de Magda enquanto começo a ver diversos membros da equipe de busca, todos parecendo sombras sob o sol. Seus rostos são compridos e magros, as sobrancelhas parecem pesar, os ombros estão arqueados. Suas esperanças de encontrar Edgar, ou de encontrá-lo vivo, pelo menos, parecem estar indo embora junto com a luz do dia. Eu os observo dali, erguendo o olhar do livro, e tento oferecer uma expressão de moça dócil e paciente. Meu polegar se arrasta por cima das palavras: *o vento é solitário.*

Os homens param diante da casa de Otto e conversam em voz baixa. Então o grupo se separa, como um punhado de sementes que se espalha com o vento.

Dou um passo para o lado e Otto entra em nossa casa pisando forte, evitando olhar para mim. E ali, alguns passos atrás dele, um garoto alto está vindo em nossa direção, seu cabelo loiro-escuro brilhando sob a luz do entardecer. Tyler Ward. Ele diminui o passo ao me ver e abre um sorrisinho de canto de boca, mesmo agora. Ele está tentando, sem sucesso, parecer sério, considerando a situação. Entra pela porta junto comigo, entrelaçando os dedos nos meus.

— Lindo pôr do sol — diz ele, e sua paródia de um comportamento sombrio e desamparado é quase engraçada.

— Não tiveram sorte? — pergunto, afastando a mão.

Ele nega com a cabeça e não consigo acreditar, mas é quase com desdém. Mordo a língua e me obrigo a abrir um sorriso calmo.

— Onde procuraram?

— Por quê? — Ele me encara com os olhos azuis.

— Poxa, Tyler. Você sempre reclama que não se aventura o suficiente. Vamos, me entretenha com as novidades. Aonde foram hoje? O que fizeram?

— Otto disse que você perguntaria e que tentaria procurar por conta própria. Isso não seria seguro, Lexi — diz ele, com uma careta. — Sinto muito, mas não posso arriscar que você se machuque. — Os olhos dele examinam minhas mãos e veem um pequeno corte, uma lasca de cortar madeira. Passa os dedos sobre o ferimento. — Eu podia ter feito isso para você.

— Eu não queria esperar — respondo, tirando minha mão. — E eu consigo fazer sem nenhum problema. — Tyler fica em silêncio, parecendo desconfortável, e eu chego mais perto e toco seu queixo, levantando a cabeça. — Na praça? Na casa dos Drake? Naquele campo onde a gente brincava, aquele cheio de urze?

Ele dá um sorrisinho.

— O que vai me dar em troca?

— Estou falando sério. Já está quase escuro e Edgar ainda está desaparecido.

Ele desvia o olhar e se recosta no batente da porta com a cara fechada. Aquilo parece até errado no rosto dele, que está sempre sorrindo.

— Eu sei, Lexi. Sinto muito.

— Você viu a Helena? Ela está bem?

Ele entrelaça as mãos na parte de trás da nuca e desvia o olhar.

Solto um suspiro cansado. O batente da porta não é grande o suficiente para nós dois, então passo por ele e vou até o jardim. Tyler vem atrás.

— Eu conto se você me responder uma pergunta.

Paro de andar, mas não me viro. Espero que ele chegue até mim enquanto seguro o livro contra o peito. O vento fica mais forte, o ar frio causando arrepios. O mundo vai caindo na escuridão enquanto a luz se esvai. Tyler para bem atrás de mim. Quase consigo sentir sua mão estendida enquanto ele decide se deve me tocar ou não.

— Por que está fazendo isso comigo? — Ouço a voz dele, baixa o suficiente apenas para preencher o espaço entre nós dois.

— Não estou fazendo nada, Tyler. — Mas sei que é mentira. E ele também sabe.

— Lexi — diz ele, a voz esquisita, quase um apelo. — Você sabe o que eu quero. Por que você nem...

— Por que eu não dou o que você quer, Tyler? — pergunto, me virando para ele. — É isso o que está perguntando?

— Lexi, seja justa, me dê uma chance. — Ele estende a mão e afasta um cacho de cabelo escuro do meu rosto. — Me fala do que você tem medo. Me fala por que, mesmo eu sendo seu amigo a vida inteira, você não consegue nem cogitar a ideia de...

— *Porque* você é meu amigo — interrompo. Isso não é totalmente verdade. *Porque eu amava o garotinho que você era, e agora você está crescendo e virando outra pessoa.*

— Sempre fui seu amigo, Lexi. Isso nunca vai mudar. Por que não podemos ser mais do que isso?

Respiro fundo. A relva rola com o vento na direção de Near.

— Você se lembra de quando a gente era criança e fazia todas aquelas brincadeiras, aqueles jogos de roda? — pergunto, por cima do vento forte.

— Claro que me lembro. Eu sempre ganhava.

— Você sempre *se soltava*. Você soltava a mão quando achava que ia ser engraçado, o círculo se quebrava e todo mundo caía no chão, menos você.

— Era só um jogo.

— Mas tudo é um jogo para você, Tyler. — Solto um suspiro. — Tudo. E agora não tem mais a ver com ralar os joelhos. Você só quer ganhar.

— Eu quero ficar com você.

— Então fique comigo como amigo, e me ajude a encontrar Edgar.

Tyler olha de volta para a minha casa, a silhueta do meu tio na janela enquanto lava as mãos. Quando olha de volta para mim, está sorrindo de novo, uma versão mais estreitada de seu sorrisinho habitual.

— Ninguém nunca será bom o suficiente para você, Lexi Harris.

Sorrio de volta.

— Talvez um dia...

— Quando a lua brilhar... — diz ele.

— No céu verde cor de grama — concluo. Uma frase que meu pai dizia. Tyler andou por aí durante dias repetindo essa frase. Por um instante, voltamos a ser duas crianças na brincadeira de roda em um campo de urze, rindo até as bochechas doerem.

O vento, então, se agita. O último raio de luz se esvai, sendo substituído por uma escuridão azul. Tento conter um arrepio e Tyler tira o casaco, mas faço que não com a cabeça. Ele fica paralisado entre as duas ações, com o casaco pendurado na mão enquanto os dois sentem frio.

— Agora é sua vez de falar — observo, tentando evitar meus dentes de baterem.

— Eu realmente gosto muito de falar, mas Otto vai arrancar minha cabeça se eu contar para você, Lexi.

— E isso alguma vez já te impediu?

O sorriso vai desaparecendo enquanto ele veste o casaco, ajeita os ombros e levanta a cabeça em uma imitação quase perfeita do meu tio.

— Fomos com o sr. Drake, pai do Edgar, até a casa dele. O quarto do Edgar estava intacto. A janela estava aberta, mas era só isso. Como se ele tivesse se levantado e saído. Escalado pela janela.

Lembro na mesma hora de Wren caminhando em transe para a janela e tentando abri-la.

— A mãe dele disse que o colocou na cama ontem à noite e que não ouviu nada de estranho.

— Edgar tem medo de tudo. Ele não ia simplesmente sair.

Tyler dá de ombros.

— Tudo que sabemos é que não houve nenhuma luta e que a janela estava aberta. Caminhamos na direção oeste, para os campos ao lado da casa, e por todo o caminho ao redor da fronteira da aldeia.

Eles seguiram meu conselho, afinal.

— Olhamos em todos os lugares, Lexi.

Todos os lugares em Near, penso.

Tyler suspira e não consigo deixar de pensar que ele é quase bonito sem aquele sorrisinho arrogante.

— Todos os lugares. Não há nenhum sinal dele. Como é que algo assim acontece? — Ele franze a testa e chuta uma pedrinha. — Todo mundo deixa rastros, não é? — Balança a cabeça e depois se ajeita. — Otto acha que foi aquele estranho. Faz sentido, parando pra pensar.

— Vocês têm algum indício? — pergunto com cuidado para parecer neutra. — Pelo menos sabem onde ele está?

Tyler assente.

— Temos uma boa ideia. Há poucos lugares onde alguém pode se esconder em Near, Lexi. Se ele ainda estiver aqui.

Espero que esteja. Aquele pensamento surge e de repente agradeço por estar escuro.

— E o que acontece agora?

— Lexi! — Uma voz grossa me chama da porta. Eu me viro e Otto está ali esperando, a silhueta emoldurada pela luz lá de dentro. Tyler faz um gesto na direção da casa e apoia a mão nas minhas costas, me conduzindo para a porta. Otto some no interior da casa.

— Agora — diz Tyler em voz baixa. — Precisamos fazer as bruxas entregarem o estranho. — O nariz dele franze ao dizer a palavra "bruxas".

— Isso se ele ainda estiver aqui — digo, quando chegamos à porta.

— E se as irmãs ainda estiverem com ele e se Dreska não for te lançar um feitiço por fazer essa cara. São muitas condicionais, Tyler.

Ele dá de ombros.

— Talvez a gente dê sorte.

— Vai precisar de mais do que sorte.

Ele pende a cabeça para o lado e o cabelo loiro cai sobre o olho.

— Que tal um beijo, então? — diz ele, se inclinando na minha direção com um sorrisinho. — Para ajudar na sorte.

Sorrio de volta e fico na ponta dos pés. Então dou um passo para trás e fecho a porta na cara de Tyler.

Juro que quase consigo ouvi-lo beijando a madeira do outro lado.

— Boa noite, moça cruel — diz ele, através da porta.

— Boa noite, moço bobo — respondo, e fico ali parada até ouvir seus passos se afastando.

Wren pula para cima e para baixo de camisola, brincando com as tábuas de madeira do chão. Seus pés descalços batem de leve, como chuva nas pedras. Wren tem milhares de brincadeiras para fazer no tempo livre, entre as refeições e a hora de dormir, nos momentos em que alguém presta atenção nela. Brincadeiras com palavras e regras, e outras sem nada disso. *Tum, tum, tum* no chão de madeira.

As tábuas do piso da nossa casa parecem ter melodia própria, então Wren toca uma espécie de música pisando em tábuas diferentes. Ela já até encontrou um jeito de tocar a Canção da Bruxa, de um jeito meio desajeitado. Já está no finalzinho da música quando passo na frente dela, e Wren só dá risada e continua pulando ao meu redor sem perder nenhuma das notas.

Entro em nosso quarto e devolvo o livro do meu pai à prateleira ao lado das três velas. Lá fora, pela janela, a escuridão vai caindo pesada.

Não consigo parar de pensar nas palavras de Tyler. "Todo mundo deixa rastros."

Pego um avental azul na gaveta, amarro na cintura e vou andando até a cozinha. Otto está sentado à mesa, com uma faixa amarela grossa amarrada em cada um dos braços, e conversa com a minha mãe. Fala naquele volume que os adultos usam quando pensam que estão sendo discretos, mas que é alto o suficiente para qualquer criança ouvir. Minha mãe limpa os farelos da mesa e assente com a cabeça. Ouço a palavra "irmãs" antes que Otto me veja, mude de assunto e de tom de voz.

— Você e Tyler tiveram uma boa conversa? — pergunta ele, interessado demais.

— Boa o suficiente.

— E como foi seu dia, Lexi? — Sinto os olhos dele em mim e uma provocação em sua voz. Engulo em seco e tento organizar minha mentira quando...

— Ela entregou pão junto comigo — intervém minha mãe, quase distraidamente. — Uma criança sumiu, mas o pessoal ainda precisa comer.

Mordo a boca por dentro para esconder o choque em meu rosto com a mentira da minha mãe. A imagem dela e Wren voltando para casa com a cesta vazia passa pela minha cabeça, seu olhar sério quando disse que estava tentando me ajudar.

Eu assinto e corto um último pedaço de pão em cima da mesa, acrescentando um pouco de queijo. Meu tio resmunga, mas não diz nada. Minha mãe enrola alguns pedaços extra de pão em um pano, depois tira o avental. É a última coisa que ela tira toda noite, quando acaba o serviço na cozinha.

— E você, tio? — pergunto. — Algum sinal de Edgar?

Ele franze as sobrancelhas e bebe um longo gole da caneca.

— Não, hoje não. Vamos recomeçar de manhã.

— Talvez amanhã eu possa ajudar.

Otto hesita e então responde:

— Vamos ver. — O que quase com certeza significa não, mas ele está cansado para discutir. Ele se levanta, arrastando a cadeira no chão. — Estou no primeiro horário da patrulha.

— Patrulha? — pergunto.

— Temos homens espalhados por toda a aldeia, só por segurança. — Ele dá um tapinha nas faixas amarelas nos braços. — Para marcar os meus homens. Só um idiota ficaria rondando por aí hoje à noite. Dei ordem para atirarem em quem aparecer.

Maravilha.

Meu tio se despede. Sento-me na cadeira agora vazia e tento me lembrar se tenho alguma coisa amarela. Lá do corredor ouço rangidos e batidas; Wren ainda está brincando. Minha mãe olha para mim, mas não diz nada, e eu imagino se ela tem ideia do que pretendo fazer. Ela boceja, beija minha testa, os lábios mal tocam minha pele, e vai colocar Wren na cama.

O tum-tum-tum no corredor é interrompido e minha irmã é conduzida para o quarto.

Fico sentada na cozinha, esperando as pedras na lareira esfriarem. Acho que minha mãe assa pães o dia inteiro, até os ossos e músculos doerem, para assim, quando cair na cama toda noite, não correr o risco de ficar acordada pensando, lembrando. Meu pai ficava acordado com ela contando histórias até o amanhecer, porque sabia que ela amava o som da sua voz, tão pesada quanto o sono.

Fico sentada ali até que a casa esteja escura e quieta, até que o silêncio fique carregado, como se tudo estivesse prendendo a respiração. Então me levanto e vou para o quarto.

As velas já estão queimando sobre a prateleira, formando luzes dançantes nas paredes. Sento-me sobre as cobertas, ainda vestida, e espero até que a respiração de Wren esteja calma e regular, em sono profundo. Ela parece tão pequena no meio desse ninho de lençóis. Sinto um aperto no peito ao imaginar Edgar escalando a janela e sumindo em meio à charneca. Sinto um calafrio e fecho os punhos. Então me lembro. A palma da minha mão ainda tem o cheiro das pedras molhadas, ervas e terra do amuleto que Dreska colocou ali. Como eu podia ter esquecido? Procuro nos bolsos e suspiro aliviada ao sentir a bolsinha. Eu a seguro e ela parece estranha em minhas mãos: pesada e leve demais ao mesmo tempo. Um punhado de grama, terra e pedras. Quanto poder aquilo pode conter? Reprimo um bocejo e amarro o amuleto no pulso da minha irmã. Ela se mexe e abre os olhos.

— O que é isso? — murmura Wren, olhando para ele.

— É um presente das irmãs — cochicho.

— O que ele faz? — pergunta Wren, se sentando. Ela o cheira. — Tem cheiro de urze? — pergunta, estendendo a bolsinha para mim. — E terra? Não devia haver terra aqui dentro de casa.

— É só um amuleto — digo, tocando-o com a ponta dos dedos. — Desculpe ter acordado você. Eu esqueci de te entregar mais cedo. Agora volte a dormir.

Wren assente e se deita de volta no travesseiro. Cubro-a com os lençóis e ela se enrola toda.

Eu me sento mais à beira da cama e espero novamente que a respiração de Wren fique regular. Ela logo pega no sono, os dedos agarrados ao amuleto.

É hora de começar os trabalhos.

Vasculho as gavetas de baixo e encontro um cachecol amarelo desbotado que foi presente de Helena há dois anos. Dou um beijo nele e agradeço mentalmente a minha amiga por seu amor pelo tricô. Depois amarro o cachecol no braço.

Pego a faca do meu pai e minha capa verde, e abro a janela devagar, prendendo a respiração quando começa a ranger. Wren não se mexe. Saio e dou um pulinho até o chão, fecho a janela e as venezianas.

As luzes estão acesas na casa de Otto, e ele deve estar fora do turno da patrulha, porque vejo sua silhueta dentro de casa, debruçado sobre a mesa. Bo está sentado ao lado dele, o cabelo caído sobre a testa, e os dois homens resmungam, bebem e conversam um pouco entre os goles. Tio Otto tem uma voz que consegue atravessar madeira, vidro e pedra, e eu chego perto o suficiente para ouvi-lo.

— É como se ele tivesse saído da cama e caído… — Otto faz um gesto com a mão — no nada.

Mas isso não é possível. Tenho certeza de que há rastros, ainda que sejam fracos. Será que Otto saberia o que procurar? Homens adultos definitivamente agem como garotinhos, mas será que conseguem pensar como eles?

— Não fica mais estranho do que isso. O que você acha? — pergunta Bo.

— Acho que é melhor eu encontrar esse garoto, e rápido.

— Você não pode fazer algo aparecer do nada — diz Bo, dando de ombros.

— Eu tenho que fazer — responde Otto, bebendo um longo gole. — É meu trabalho.

Os dois homens ficam em silêncio encarando seus copos e eu saio dali. Visto a capa verde-escura sobre os ombros, deixo os homens ali bebendo e volto minha atenção para a aldeia. A casa de Edgar fica em um grupo de três ou quatro casas a oeste, um campo plano entre este grupo de casas e o próximo. Se houver qualquer pista sobre quem levou Edgar, para onde e como, eu vou descobrir.

Saio andando com o vento me empurrando devagar.

❧

Sob a luz da lua, a charneca é um lugar vasto e fantasmagórico. A neblina faz a relva reluzir e a brisa sopra sobre as colinas em ondas lentas. O primeiro grupo de casas aparece do outro lado do campo e me pergunto se a equipe de busca chegou a procurar pelas pegadas do garotinho. Não seriam tão profundas quanto pegadas de cervo, mas haveria alguma coisa, algum sinal de vida e movimento. O chão ao redor da casa estaria remexido, daria alguma indicação da direção para onde Edgar foi. *Todo mundo deixa rastros.*

Na verdade, é isso que me preocupa. Todo mundo deixa rastros, e agora dezenas de pessoas já passaram por ali, caminhando ao redor da casa, destruindo possíveis pistas. Duvido que eu consiga enxergá-las sem a luz do dia, mas trazer uma vela ou lanterna seria muito arriscado, ainda mais com a patrulha noturna. Não posso ser descoberta pelos homens de Otto. Mesmo que não atirem em mim, vão arruinar minha busca e vou acabar ficando de castigo em casa. *Para meu próprio bem, minha própria segurança*, até parece. Grande ajuda que isso foi para Edgar, estando em casa, na própria cama.

Não, aqui a escuridão precisa ser minha aliada. Meu pai dizia que a noite conta tantos segredos quanto o dia, e espero que ele esteja certo.

Caminho pela trilha que serpenteia como uma veia na direção do coração da aldeia, e me esforço para não tropeçar nas pedras soltas.

Um corvo voa, como se fosse uma mancha no céu noturno. As casas agora vão ficando mais próximas, apenas com pequenos jardins que as separam, e eu diminuo o passo com cuidado para espalhar o peso do corpo e fazer menos barulho do que o vento. Ouço alguém tossir e logo depois um homem sai de uma das casas, uma sombra contra a luz baixa lá de dentro. Fico paralisada ali na trilha, os dedos segurando a capa para que ela não voe. O homem se apoia no batente da porta, fuma um cachimbo, portando uma espingarda apoiada no braço logo abaixo da faixa amarela. Eu me lembro das palavras do meu tio. *Atirar em quem aparecer*. Engulo em seco. Uma outra voz murmura de dentro da casa e o homem olha para lá. Nesse momento, saio da trilha e busco a escuridão entre dois chalés com as luzes apagadas. Recostada no muro de uma delas, bem ao lado de uma pilha de madeira, consigo ver a quarta casa, a que fica mais a oeste. A casa de Edgar.

Há uma luz acesa no meio da casa, e apenas um brilho tênue chega até as janelas. Eu me aproximo e me ajoelho debaixo de cada uma delas, buscando com os dedos e os olhos algum sinal de movimento de mãos e pés no chão. Chego até a janela de Helena (eu ficava com inveja por ela ter o próprio quarto, mas é impossível sentir inveja dela agora), paro e penso em bater levemente no vidro, mas considerando que um garotinho acabou de sumir dessa mesma casa, acho que não é uma boa ideia. Toco com os dedos na moldura e torço para que minha amiga esteja dormindo, depois continuo circundando a casa. Paro na última janela, a de Edgar. Essa é a que foi encontrada aberta, segundo disseram. Eu me agacho no chão e aperto os olhos sob a luz fraca.

É exatamente como eu imaginava. A superfície é uma teia de pegadas: sapatos de adultos, botas, sandálias, passos de pessoas mais velhas, que arrastam os pés, e de mais novas, que pisam firme. Um campo de batalha de pés. Ainda enlameada das chuvas, a terra conservou muitas marcas, mas nenhuma delas pequena, de uma criança.

Eu me levanto tentando conter a frustração. *Pense, pense*. Talvez mais à frente os passos dos homens vão dar lugar a rastros de pés menores.

Eu me recosto na casa, a cabeça apoiada na parede bem ao lado da janela, e deixo meus olhos seguirem a linha de visão de quem olha por ali. Naquela direção, há um descampado, um trecho de relva, urze e pedras entre este grupo de casas e o próximo, aninhado como uma cesta de ovos ao longe. A luz prateada da lua ilumina o descampado e vou andando para lá com passos vagarosos, os olhos revezando entre a relva que arranha minhas pernas e a colina à frente. O vento fica mais forte e faz as ervas daninhas farfalharem.

Alguém respira atrás de mim.

Eu me viro de costas, mas não há ninguém. O grupo de casas continua lá, a meio descampado de distância, tudo escuro a não ser por uma ou duas luzes tênues. Deve ter sido o vento, mas ele faz um som agudo, e aquele ali atrás foi grave. Continuo a busca e ouço novamente. Há alguém aqui, perto demais.

Meus olhos se esforçam para distinguir as sombras profundas perto dos chalés de pedra, sob os telhados de palha, onde o luar não alcança. Espero, imóvel, prendendo a respiração. E então vejo. Alguma coisa passa pela lacuna entre as casas, visível por um momento breve de luar. A silhueta fantasmagórica desaparece em um piscar de olhos, virando em uma esquina.

Corro pelo descampado atrás da sombra, tropeçando e fazendo um péssimo trabalho de me manter em silêncio enquanto isso. Consigo ouvir a voz do meu pai me repreendendo enquanto piso em galhos e chuto pedras, mas estou tão perto. Chego ao espaço entre as casas. Consigo ver a figura logo antes de ela virar atrás de outra esquina. Ela para e logo volta a se mexer, como se tivesse me visto, depois caminha entre as casas para o norte, na direção da sombra vasta de uma colina. Se chegar lá antes de mim, sei que vai desaparecer, uma sombra dentro de outra.

Continuo correndo e mantenho os olhos fixos na silhueta, para que ela não se transforme em mais uma parte da noite.

Ela está quase lá. Meus pulmões começam a arder. A figura se move com uma velocidade impressionante. Eu sempre fui rápida, mas não consigo alcançá-la. O vento assobia em meu ouvido na hora em que a figura chega até a base da colina e desaparece.

Eu a perdi, o que quer que fosse.

Minhas pernas param, a bota prende em uma pedra, e sou lançada para a frente, na escuridão parcial do pé da colina. Aquela forma está aqui em algum lugar, tão perto, que quase sinto que poderia tocá-la a cada esforço que faço para me levantar, mas a única coisa que meus dedos encontram é uma pedra afiada, nada mais. O vento sopra em meu ouvido e sinto meu coração martelar.

E então as nuvens aparecem. Elas varrem o céu silenciosamente, engolem a lua e, assim como uma vela que se apaga, o mundo cai na escuridão.

O MUNDO INTEIRO SE APAGA.

Eu congelo no meio do caminho para evitar tropeçar em outra pedra, árvore ou coisa pior. Com os dedos ainda sobre a pedra, respiro fundo e aguardo que as nuvens se dissipem como deveriam, já que o vento as carregou tão rapidamente. Mas elas não se movem. O vento sopra forte a ponto de sibilar e, ainda assim, as nuvens parecem congeladas no céu, bloqueando a lua. Espero que meus olhos se acostumem, mas isso não acontece. Não vejo nada.

Meu coração ainda está acelerado e não é só a adrenalina da caçada. É algo diferente. Uma sensação que não tenho há muito tempo.

Medo.

Medo ao perceber que o conjunto de casas está fora do meu campo de visão. Tudo está fora do meu campo de visão. E, ainda assim, no meio de tudo, sinto uma presença, alguma outra pessoa está próxima.

O vento muda, vai de uma brisa simples para algo diferente, algo familiar. Parece quase uma canção. Não há letra, somente variações de melodia, como uma música e, por um momento, eu acho que talvez ainda esteja deitada na cama, em meio aos lençóis, sonhando. Mas não estou. A música estranha me deixa tonta e tento evitá-la, mas está tudo tão escuro que é impossível me concentrar em qualquer outra coisa. A canção parece ir ficando mais e mais nítida, até que quase consigo dizer de onde ela vem. Eu me afasto da pedra e dou alguns passos cautelosos para longe da colina, na direção de onde estava a silhueta enquanto eu ainda conseguia vê-la.

Levo os dedos até a faca do meu pai, tiro da bainha e a seguro, abrindo caminho indistintamente, consciente apenas da encosta atrás de mim. Eu me lembro de passar correndo por algumas pedras e uma árvore antes de tudo ficar escuro, então meus passos são cuidadosos para evitar superfícies pontiagudas. O vento segue cantarolando uma melodia regular, e eu tenho certeza de que já ouvi essa música. Sinto um arrepio quando me dou conta de onde a escutei.

O vento na charneca canta pra mim
A grama, as pedras e o mar ao longe sem-fim

O vento e o som me envolvem, os altos e baixos da melodia ficando mais e mais altos ao meu ouvido, e o mundo começa a girar. Paro de caminhar ou então vou cair. Os pelos em minha nuca se eriçam e reprimo a vontade de gritar.

Tenha paciência, Lexi, ouço a voz do meu pai.

Tento me acalmar e acalmar meus batimentos, agora tão fortes que já não consigo ouvir mais nada além deles. Prendo a respiração e espero que a música do vento forme uma camada, uma coberta de barulho. Espero que meu coração se torne parte daquela coberta em vez de um tambor batendo dentro da minha cabeça. Quando meus nervos começam a se estabilizar, um novo som emerge do pé da colina a alguns metros de distância. Passos pesados sobre a grama.

Eu me viro em direção ao som e, nesse momento, as nuvens abrem espaço para a lua, cujos raios de luz parecem até holofotes depois da escuridão completa. A luz ilumina minha faca, algumas pedras soltas e a figura das sombras, que, enfim, se destaca na silhueta de um homem. Avanço para cima dele e o derrubo sobre a encosta. Minha mão livre prende seu ombro e meu joelho segura o peito.

A luz ilumina sua garganta, maxilar e bochechas exatamente como quando o vi da primeira vez, do lado de fora da minha janela. Estou olhando para os mesmos olhos escuros que se recusaram a me encarar na colina ao lado da casa das irmãs.

— O que está fazendo aqui? — pergunto, com a faca encostada em sua garganta. Meu coração está acelerado e os dedos apertam o cabo com força, e ainda assim ele não se contorce nem faz qualquer barulho, apenas pisca os olhos.

Lentamente, tiro a faca de seu pescoço, mas mantenho o joelho em seu peito, pressionando-o contra a grama.

— Por que está aqui? — pergunto novamente, disfarçando minha irritação tanto com o fato de ele ter se esgueirado para perto de mim quanto por, no fundo, estar agradecida pela sua presença.

Ele olha para mim como se me examinasse, os olhos tão escuros quanto a noite ao nosso redor, e não diz nada.

— *Responda*, Cole — aviso, levantando a faca. Seu maxilar fica tenso e ele desvia o olhar.

— Não é seguro aqui fora. Pelo menos à noite — responde ele, enfim. Pela primeira vez sua voz é clara e suave, e corta o vento de um jeito estranho, mais paralelo do que perpendicular. — E meu nome não é Cole.

— Então estava me seguindo? — pergunto, empurrando-o para longe e tentando disfarçar que estou tremendo.

— Eu vi você sozinha. — Ele se levanta em um movimento absurdamente gracioso, a capa cinza deslizando sobre os ombros. — Queria me certificar de que estava bem.

— Por que eu não estaria? — pergunto rápido demais. Respiro fundo. — Por que você fugiu?

Eu espero, mas ele não responde, e, em vez disso, examina o chão com tanta atenção que parece claramente estar me evitando. A certa altura, diz:

— Era mais fácil do que tentar explicar.

A última das nuvens se dissipa e o luar ilumina a charneca ao nosso redor.

— Você devia voltar para a casa das irmãs. — Olho em volta para a colina e os chalés atrás de nós. Ele não se move nem fala, e então me viro para encará-lo. — Estou falando sério, Cole. Se alguém vir você aqui…

— *Você* me viu aqui.

— Sim, mas eu não acho que você raptou o Edgar. Outra pessoa pode não pensar o mesmo. Você tem noção de que estava na aldeia, ao lado da casa de Edgar, na noite seguinte em que ele sumiu? Você sabe o que isso parece.

— Você também estava.

— Mas eu sou daqui. E sou uma rastreadora. Meu pai também era. Você é o quê? — Estremeço ao notar a dureza em minha voz.

— Quando percebi o que você estava fazendo, achei que podia ajudar — diz ele, quase em um sussurro. Fico surpresa de ter conseguido ouvir em meio àquele vento.

— Como?

Suas sobrancelhas escuras se arqueiam.

— Meus olhos são bons. Achei que poderia encontrar algo. Uma pista ou um rastro.

— Ou encobrir alguma coisa? — Sei que isso soa cruel, mas é o tipo de pergunta que meu tio faria. As acusações que ele faria se encontrasse o estranho na parte oeste da aldeia.

— Você sabe que não é isso — responde ele, frustrado. — Eu não fiz nada de errado.

Solto um suspiro.

— Desculpe, Cole. — Olho para a lua, impressionada com a distância percorrida por ela no céu. A noite à nossa volta vai ficando mais fria e minha cabeça está confusa, cansada. Estou perdendo tempo. — Preciso ir embora.

Dou um passo para trás, na direção das casas, minhas mãos ainda trêmulas pela perseguição e pela escuridão. Cole parece não saber o que fazer, o corpo virado para um lado, a cabeça para o outro. A luz da lua faz sua pele brilhar. Com a pele pálida, os olhos escuros e a boca triste, ele parece feito em preto e branco, assim como o mundo à noite.

Já estou me afastando quando ele fala.

— Lexi, espere — diz, estendendo a mão para segurar meu pulso. Ele parece se arrepender no meio do caminho, mas seus dedos chegam a roçar meu braço. Aquilo me pega desprevenida. — Talvez eu possa ajudar, se você deixar.

Eu me viro para ele.

— Como?

— Eu disse que meus olhos são bons, e acho que encontrei alguma coisa. Não é muito, mas está lá. Tenho certeza — diz ele, fazendo um gesto com a mão na direção do conjunto de casas do outro lado.

Eu hesito. Não respondo e ele acrescenta:

— Só dê uma olhada.

Eu assinto. Cole me conduz ao redor das casas para o lado oeste, até o descampado onde eu estava quando vi sua sombra. A janela de Edgar está diante de nós, a luz baixa fazendo-a brilhar ligeiramente. Cole anda ao meu lado na direção da janela e eu engulo em seco ao perceber que ele não faz nenhum barulho. Seus pés tocam o chão, deixam pegadas suaves, mas não há farfalhar de folhas nem de grama seca sob seus sapatos. Meu pai ficaria impressionado.

Quando estamos quase chegando à casa, ele se vira e olha para o descampado, exatamente como fiz antes.

— Eu já olhei aqui — digo, de cara fechada.

— Eu sei — responde ele, apontando para a urze e a relva. — É quase nada. Está vendo?

Aperto os olhos tentando enxergar o objeto, a pista.

— Não faça tanta força — sugere ele. — Olhe para o todo.

Ele parece meu pai falando, quieto, paciente. Tento relaxar os olhos, captar tudo e observar o descampado. Respiro fundo e devagar.

— E agora?

E então eu vejo. É sutil e eu sou tão focada nos detalhes, que nunca teria visto. O descampado. Está ondulado. Não há pegadas nem rastros na terra, mas a grama e a urze se curvam muito suavemente, como se alguém tivesse caminhado por cima delas. Como se o vento as tivesse envergado e não tivessem tido tempo suficiente para voltar ao lugar. Uma faixa estreita de relva formando uma trilha.

— Mas como? — Eu me pergunto, quase que para mim mesma, e olho para Cole. Ele franze a testa e balança a cabeça de leve. Olho de volta para a trilha. Não compreendo. Mas é *alguma coisa*. O caminho segue em direção ao norte. Começo a andar em direção ao descampado.

— Não — diz Cole. — Você não deveria ir lá sozinha.

— Por que não? Porque sou uma garota?

— Não — responde ele, com uma expressão indecifrável no rosto. — Ninguém deveria ir até lá sozinho. — E depois daquela escuridão estranha e do vento atordoante, eu meio que acredito nele.

— Então é melhor você vir comigo — sugiro, dando alguns passos à frente.

Ele fica parado atrás de mim, hesitando, e, por um momento, parece que não virá junto, mas muda de ideia no último minuto e vem caminhando ao meu lado. Seguimos pela trilha quase invisível, o caminho aberto pelo vento. Parece impossível que aquilo me leve até Edgar, já que não há sinal de seus pezinhos por ali. Mas, pensando bem, também parece impossível que aquela trilha tenha surgido ali.

A lua está brilhando e a charneca não parece tão assustadora agora. Eu me repreendo por ter ficado com medo. O vento cessa e o silêncio paira sobre nós. De vez em quando, rompo o silêncio com uma pergunta: *Como é o lugar de onde você veio? O que o trouxe a Near? Onde está sua família?* Mas ele não responde. Estou me acostumando com a falta de palavras vindas dele, mas Cole é tão estranhamente silencioso, nos passos, nos movimentos, que parece poder se desfazer a qualquer momento. Então conto a ele sobre mim mesma na esperança de arrancar algo mais do que um olhar.

— Minha mãe é padeira — digo. — Faz pães a manhã inteira e eu entrego na aldeia. É por isso que sei os atalhos para todas as casas, e por isso consigo andar pelas ruas à noite. Já caminhei por elas milhares de vezes.

Olho para Cole, que me olha de volta, surpreendentemente interessado na minha tagarelice. Então continuo.

— Minha irmãzinha Wren fez cinco anos na primavera. Ela tem um jardim... — Vou falando qualquer coisa que me venha à cabeça, as palavras jorrando com facilidade.

A trilha aparece e desaparece enquanto caminhamos e some por completo onde a grama é mais baixa ou o chão está liso, mas sempre desponta de volta antes de nos perdermos. Ela nos conduz ao redor da fronteira norte de Near e eu paro ao ver a casa do meu tio. Cole para atrás de mim e segue meu olhar para o imóvel escuro.

— Near é como um círculo — digo em voz baixa, procurando sinais da patrulha de Otto ou dele próprio. — Ou um compasso. Minha família mora na fronteira ao norte, as irmãs, ao leste.

— Por que você mora tão longe do centro? — pergunta Cole, e eu tenho que reprimir um sorriso ao ouvi-lo falar novamente. Não é exatamente um sussurro, mas se mistura perfeitamente com o vento, suave e nítido.

— Dizem que só caçadores e bruxas vivem tão longe.

Cole fica tenso ao meu lado, mas é quase imperceptível.

— E qual dos dois você é? — pergunta ele, com uma tentativa de sorriso. Me questiono se as bruxas são rejeitadas no lugar de onde ele vem, e quase pergunto, mas não quero que ele se cale agora que finalmente está disposto a falar.

— Meu pai era caçador — respondo. — E rastreador. Não há muita necessidade de caça hoje em dia, já que algumas famílias criam animais, mas a nossa sempre caçou, por isso moramos na fronteira da aldeia. Meu pai já morreu. Meu tio mora na casa ao lado, bem ali — conto e aponto para o chalé onde as luzes, enfim, estão apagadas. — Ele é açougueiro. E as irmãs, bem... — Não termino a frase. Parece errado chamar Magda e Dreska de bruxas se elas mesmas não contaram isso a ele. Não quero assustá-lo. Além disso, não é da minha conta. Cole parece satisfeito em deixar a conversa morrer.

— Para lá — diz ele, apontando o lugar onde a grama fica mais alta e a trilha reaparece, para além das casas e na direção leste. O leste, onde, em meio à escuridão, depois do bosque, no topo da colina, está a casa das irmãs. Dou uma olhada rápida para a minha casa, onde as venezianas do quarto ainda estão bem fechadas, e continuamos a caminhada.

A trilha criada pelo vento segue em paralelo àquela de terra que dá na casa das irmãs, e eu vou andando o caminho familiar na escuridão da noite. A trilha vai ficando mais fraca, mesmo com a relva, e seguimos em silêncio.

Paro por um momento e me apoio em uma pedra. O mundo parece se inclinar, como em um sonho.

— Você está cansada — comenta ele.

Eu dou de ombros, mas espero um pouco antes de voltar a andar.

— Estou bem — digo, me ajeitando. — Conte uma história. — Eu bocejo e continuamos caminhando pela trilha estreita de terra; a outra, criada pelo vento, sempre à esquerda. — Vai me manter acordada.

Não quero qualquer história. Quero a história dele. Quero saber sobre o mundo para além de Near, como é que eles falam, quais são as histórias que contam uns aos outros, por que ele está aqui, vestido com essa capa cinza e por que está guardando tanto segredo.

— Não conheço nenhuma — diz ele e olha para o bosque, que ao longe parece um emaranhado de sombras.

— Invente uma, então — peço, e olho para a noite escura e azulada que cai atrás de nós. Cole olha para trás também e franze as sobrancelhas, como se estivesse vendo algo diferente, mais preocupante ou vivo do que a simples paisagem. Mas não diz nada e parece desvanecer um pouco diante dos meus olhos.

— Tudo bem — digo, depois de um tempo. — Eu começo, então. Quer alguma específica?

O silêncio dura tanto tempo que eu acho que ele não me ouviu. O vento cantarola ao nosso redor. A certa altura, ele responde:

— Conte sobre a Bruxa de Near.

Levanto as sobrancelhas.

— Onde ouvir falar disso?

— As irmãs. — As palavras não saem com facilidade, como se as estivesse testando. Eu me pergunto se ele está mentindo.

— Você acredita em bruxas, Cole?

Seus olhos encontram os meus e, por um momento, ele parece perfeitamente sólido.

— No lugar de onde eu vim, as bruxas são bastante reais — afirma ele. Há certa amargura em sua voz. *No lugar de onde eu vim*. Eu me apego a essas palavras, as primeiras pistas. — Mas não sei como é aqui.

— Near também tem suas bruxas. Ou pelo menos tínhamos.

— Como assim?

Começo a caminhar novamente. Cole vem atrás.

— As pessoas sabem, mas tentam esquecer — digo, balançando a cabeça. — Elas veem as bruxas como monstros, como seres assustadores. Quando meu pai era vivo, as coisas eram melhores. Ele acreditava que as bruxas eram bênçãos. São mais próximas da natureza do que qualquer outro ser humano, porque é parte delas. Mas a maioria das pessoas acha que as bruxas são amaldiçoadas.

— As irmãs também? — pergunta ele, devagar, e eu abro um sorriso triste. Então ele sabe mais do que dá a entender.

— Se perguntar a elas se são bruxas, elas vão simplesmente dar as costas, uma piscadinha ou fazer um comentário ácido qualquer. Elas já devem ter sido poderosas, mas murcharam. Ou pelo menos tentaram.

Olho para Cole.

— As bruxas têm uma conexão com a charneca. Acho que meu pai queria ter essa conexão também, e chegou mais perto do que a maioria das pessoas, mas o fato de não ter conseguido o fez respeitar as bruxas ainda mais.

Cole parece ainda mais pálido, se é que isso é possível. O vento fica mais forte.

— E a Bruxa de Near?

— Eu acho que ela é o motivo das pessoas aqui serem desse jeito. Ou pelo menos é o que dizem. Ela já foi embora há tanto tempo. Hoje em dia isso já parece mais uma história de ficção do que uma história real, para dizer a verdade. Como um conto de fadas.

— Mas você acredita, não é?

— Acredito. — Só depois de dizer isso é que me dou conta de que é verdade. — Pelo menos na essência dela.

Ele aguarda.

— Está bem — digo, sentindo a curiosidade dele. — Vou contar a história do jeito que meu pai fazia.

Minha voz fica mais baixa e suave, e pego a faca de caça do meu pai. Há algumas falhas ao longo da lâmina, mas ainda é perigosamente afiada. Passo os dedos pelas marcas no cabo e penso nas letras gravadas nas páginas do livro do meu pai, misturadas em minha mente com sua voz doce e grave. Respiro fundo, do mesmo jeito que ele fazia quando ia contar uma história, e então começo.

9

— Há muito, muito tempo atrás, a Bruxa de Near vivia em uma casinha no ponto mais distante da aldeia. Era muito velha e muito jovem, dependendo do lado para onde virasse a cabeça, já que ninguém sabe a idade das bruxas. As correntezas da charneca eram seu sangue, a grama era sua pele e tinha um sorriso gentil e mordaz ao mesmo tempo, como a lua sobre a charneca em uma noite bem escura. A Bruxa de Near sabia falar com o mundo na língua dele, e às vezes não era possível saber se o barulho que entrava por debaixo da porta era o sibilar do vento ou a Bruxa de Near cantando para fazer as colinas dormirem. O som parecia o mesmo...

Minhas palavras vão rareando aos nos aproximarmos do bosque. Cole me olha e espera que eu continue.

Mas uma coisa chamou a minha atenção e eu xingo baixinho. Pouco antes de chegarmos ao amontoado de árvores, a trilha estranha criada pelo vento acaba. Do nada, a grama volta ao seu caos habitual, soprando nas mais diversas direções. Do nada, a trilha some. Eu acelero e corro em meio à escuridão, tropeçando em raízes e galhos caídos, que se engancham na minha saia. Na beira do bosque, eu paro tão repentinamente que Cole quase esbarra em mim.

Olho para a noite no horizonte, o coração afundando no peito ao vasculhar a colina. A trilha criada pelo vento desapareceu. Espero, ajustando o foco dos olhos, na esperança de conseguir vê-la de novo. Depois de um tempo, me viro para Cole.

— Consegue ver? — pergunto, fazendo um gesto em direção à colina. Ele observa, franze a testa e nega com a cabeça.

— Talvez lá no topo da colina a gente encontre. Há muitas sombras desse lado.

Ele está certo. A lua está mais baixa e espalha sombras sobre o mundo. À nossa frente, a colina começa a subir. Dos dois lados, o chão se abre em descampados.

Pego algumas sementes no bolso e seguro-as sob a brisa que vai ficando mais forte.

— O que está fazendo? — pergunta ele, e percebo pela sua voz que ele está achando graça da situação. É um som incrível. Ele segura meus braços estendidos e abaixa minhas mãos. Ele me toca de um jeito que parece ter medo de me quebrar ou de que eu o machuque. Assim que o toque começa também acaba, o que me deixa pensando se os dedos dele realmente roçaram minha pele ou se apenas chegaram perto o suficiente para que eu imaginasse.

— O vento na charneca pode pregar peças — sussurro, um pouco para mim mesma. — Mas estou pedindo por ajuda.

Cole fica parado atrás de mim, as mãos dentro da capa, e observa. Os olhos perdidos em meio ao cabelo. Estou prestes a explicar que é uma brincadeira, um joguinho bobo que faço comigo mesma desde criança e que já vi meu pai fazer, quando, de repente, o vento rouba as sementes e as espalha como se fossem farelo de pão sobre a trilha à nossa frente.

— Aha! — exclamo, triunfante, e sigo a trilha das sementes. — Está vendo?

— Estou.

Mas a brisa que invoquei está ficando mais forte. Carrega as sementes em um torvelinho por todas as direções e depois começa a soprar em rajadas que puxam as mangas da minha roupa. Cole pousa a mão sobre meu braço e o vento se acalma um pouco.

— Cuidado com o que você pede ao vento — avisa.

De repente, ele vira a cabeça para o bosque, de onde viemos.

— O que houve?

— Deveríamos continuar andando — diz e começa a subir a colina que dá na casa das irmãs.

— Você viu alguma coisa? — pergunto, vasculhando a escuridão. Tento ver o mundo com os olhos dele, mas tudo que enxergo atrás de nós é a noite escura.

— Acho que sim — responde ele.

Depois de subir metade da colina, ele sai da trilha e vai em direção ao muro baixo de pedras que fica ao sul da casa das irmãs. Continuo olhando para trás, para o caminho de onde viemos, mas ainda não vejo nada fora do lugar.

— Termine a história sobre a Bruxa de Near — pede ele. — Não tinha terminado ainda, não é?

Eu assinto e vou atrás dele.

— A Bruxa de Near era uma bruxa da charneca. Dizem que é o tipo mais forte, e que é preciso nascer de duas bruxas, e não de uma bruxa e um humano. E, ainda assim, nunca se sabe. Ela sabia manipular todos os elementos em vez de um só. Dizem que a bruxa era tão forte, que a própria terra se movia ao seu comando, que os rios alteravam seu curso, as tempestades transbordavam e o vento ganhava forma. Que o chão e tudo o que crescia dele, tudo que se alimentava e existia a partir dele, as árvores, as pedras e até mesmo os animais, tudo se movia para ela. Diziam que ela tinha um jardim e uma dúzia de corvos, que o jardim nunca murchava e os corvos nunca envelheciam nem fugiam. A Bruxa de Near vivia na divisa, aquela entre Near e a charneca e aquela entre os humanos e o mundo selvagem. Ela era parte de tudo e de nada…
— Paro de falar e arregalo os olhos.

Lá no alto da colina, entre a casa das irmãs e o muro baixo de pedra, vejo um retalho de tecido branco. Na mesma hora, saio correndo e esqueço tudo que não seja aquele pano emaranhado em um punhado de ervas daninhas espinhosas. Chego tropeçando até a meia de criança e vasculho o terreno ao redor em busca de outras pistas. Cole chega ao meu lado.

Eu me ajoelho diante do canteiro de espinhos. A meia está presa de cabeça para baixo, com a sola para cima, como se a pessoa que a vestia tivesse pisado nos galhos, prendido a meia e se soltado, deixando o tecido para trás. Mas isso não é o mais estranho. A sola da meia está branquíssima, perfeitamente limpa. Como se o pé nunca tivesse tocado o chão.

Franzo o cenho, solto a meia do emaranhado e examino a parte de dentro. Há duas letrinhas costuradas dentro do cano: E D. Edgar Drake.

A mãe dele, que é costureira, sempre marca as roupas assim. Dobro a meia com cuidado e a coloco no bolso.

Ao redor dos galhos, a terra está remexida como era de se esperar, mas sem sinal de sapatos humanos. Mais uma vez, nenhum rastro. Olho para Cole.

— Não faz sentido — murmuro. — Onde está o resto dele?

Cole franze a testa e encara a charneca que se estende infinitamente diante de nós com um olhar perdido. Ele parece triste, mas não surpreso. Balanço a cabeça e me levanto. Examino o chão na esperança de encontrar a trilha criada pelo vento.

Daqui de cima da colina, só consigo enxergar a curva estranha da grama saindo do bosque até o ponto onde estamos. Olho para a frente de novo, para além do emaranhado espinhoso, na direção da charneca iluminada pelo luar. A trilha do vento desce a colina atrás da casa das irmãs, mas se espalha quando chega lá embaixo e fica tão ampla a ponto de cobrir toda a encosta. É como se não houvesse mais trilha nenhuma e toda a grama, a urze e os galhos se curvassem da mesma maneira. Fecho os olhos, tentando encontrar o foco, mas minha cabeça está lenta, confusa.

Um estalo alto corta a noite e volto minha atenção para Cole, a colina e o som de homens me lembrando em um flash da ameaça do meu tio, das faixas amarelas de suas equipes de busca e do homem com uma arma na frente da casa. Ouço passos vindos da beira do bosque lá embaixo. Passos pesados e despreocupados. As botas esmagam galhos em algum lugar sob as árvores, e então os homens aparecem na base da colina olhando para cima, na direção da casa das irmãs. Prendo a respiração enquanto Cole e eu nos movimentamos em silêncio até o muro de pedras, onde nos escondemos na sombra do outro lado. É possível ouvir duas vozes, bem mais ríspidas do que a de Cole, contra o vento suave e constante. Uma é mais velha e calejada, mas a outra é jovem, arrogante e eu a reconheceria em qualquer lugar. Tyler. O homem mais velho deve ser o pai dele, sr. Ward. Cole e eu nos encolhemos atrás do muro à medida que os passos vão subindo a colina e chegando mais perto.

Resmungo bem baixinho. Se a patrulha me encontrar e não atirar em mim de cara, ainda assim vai ser um inferno. Só que se eles se depararem com o estranho aqui, sem a presença e a proteção das irmãs, o que vão fazer com ele? Prendê-lo? Nunca os vi prender ninguém, embora já tenham ameaçado. Também nunca tinha visto um estranho, mas sei que, o que quer que eles façam, se Tyler me pegar aqui com Cole, vai ser muitíssimo pior. Olho para o lado, mas as sombras são profundas e não consigo enxergar Cole, ainda que ele esteja a alguns centímetros de distância. Mas acho conseguir ouvir seu coração batendo, calmo e regular, porém então percebo que não é ele, nem sou eu. É o vento.

O vento começa seu movimento de altos e baixos, soprando em pequenas batidas pulsantes sobre a charneca e fazendo a grama se mexer em ondas, cobrindo tudo com uma camada de som suave. Cole chega um pouquinho mais perto, mas a escuridão do muro é tão profunda que só consigo distinguir sua silhueta e seus olhos. Deve ser por causa da pele muito branca, mas seus olhos parecem brilhantes, como naquela primeira noite em que o vi na charneca. Esfrego os meus próprios olhos, exaustos de toda a busca daquela noite com apenas a lua como iluminação. Há uma pequena falha no muro, onde a passagem do tempo derrubou algumas pedras, e espio por ali. Tyler e o pai seguem em direção ao espaço que fica entre o chalé e o muro, como se não quisessem se aproximar demais de nenhum dos dois. A certa altura, param alguns metros diante de nós e observam a charneca banhada de luar ao leste de Near.

— Isso é inútil — diz Tyler. — Não consigo ouvir nada com esse vento.

— Duvido que haja alguma coisa para ver ou ouvir — responde o pai. — Mas agora podemos dizer a Otto que procuramos até o limite leste da aldeia.

Tyler chuta um tufo de grama.

— Grande coisa que foi.

Apoio os dedos no muro e minha mão toca um punhado de pedrinhas soltas. Elas batem umas nas outras e caem no chão. Prendo a respiração, mas o vento abafa a primeira metade do som e a grama, a segunda. O sr. Ward já se virou e está caminhando de volta, mas Tyler para e olha por cima do ombro.

Impossível. Eu mesma mal ouvi as pedras caindo. Cole fecha os olhos, a respiração ainda regular e cautelosa. O vento da charneca fica ainda mais forte e rezo, em silêncio, para Tyler ir embora. Naquele momento, Cole parece ainda mais nebuloso, como se estivesse se desfazendo. Deslizo a mão pelo chão para encontrar a dele e entrelaçamos os dedos, como se minha pele precisasse da confirmação de que ele ainda está ali. Aperto de leve e ele aperta de volta, e, por um instante, somos como as irmãs, que se comunicam sem palavras. Como se ele também estivesse rezando para não sermos vistos.

Tyler hesita um pouco mais, os olhos fixos no muro. Não, percebo, não é bem no muro, e sim no ar sobre ele. Olho para cima e vejo um rastro preto, uma batida de asas. Um corvo pousa bem em cima do muro e nos encara ali embaixo com um brilho nos olhos, mesmo na escuridão. Espio pelo buraco no muro e vejo Tyler apontar o rifle para o pássaro.

— Pare de brincadeira — chama o sr. Ward da base da colina. Ao ouvir o som ríspido da voz do homem, o corvo voa e se mistura à escuridão da noite. Tyler abaixa a arma, dá uma última olhada no muro, mas Cole e eu continuamos escondidos atrás das pedras. Enfim, Tyler sai correndo e bufando para alcançar o pai.

Cole e eu voltamos a respirar. Aos poucos, o vento ao nosso redor começa a arrefecer, transformando-se na brisa suave que soprava antes. A mão de Cole entrelaçada à minha passa uma sensação diferente, é forte e sólida, porém me sinto zonza e acho que o avançar da noite está pregando peças nos meus sentidos.

Cole olha para minha mão entrelaçada à dele como se fosse um objeto estranho, como se não tivesse ideia de como seus dedos foram parar ali junto aos meus. Ele solta. Quando olho para ele, já está distante e reservado novamente. Ficamos ali sentados no chão frio, as costas no muro de pedras, meio escondidos um do outro pelas sombras. Há uma luz bem suave no céu, um brilho tão fraco que eu nem teria notado se não estivéssemos na parte mais escura da noite. A manhã é uma caçadora furtiva, meu pai dizia. Chega de mansinho e vence a noite de repente.

— Preciso ir para casa — digo, limpando as folhas da capa. — Amanhã é a sua vez.

— Minha vez de quê? — pergunta Cole, levantando-se ao meu lado e estendendo a mão para a frente com a palma para cima, como se não lhe pertencesse.

— De me contar uma história.

Eu NÃO ME LEMBRO de pegar no sono.

Entrei pela janela quando o dia estava nascendo, com a cabeça cheia de perguntas, e agora a manhã já está avançada. Rolo para o lado na cama e Wren está ao meu lado, encolhida em posição fetal, com o amuleto de Dreska ainda no pulso. Ela estremece e se aninha ainda mais. Às vezes esqueço o quão pequena ela é.

Um instante depois, ela abre os olhos grandes e azuis. Ainda nem está totalmente acordada quando faz uma careta e se senta na cama. Olha diretamente para a janela.

— O que foi? — pergunto, a voz ainda rouca de sono.

Minha irmã começa a mexer em um fio solto da colcha velha, os olhos ainda na janela. Wren não é quietinha, então vê-la assim calada é estranho. Começa a cantarolar aquela canção bobinha, mas só alguns trechos, pulando outras partes do meio, então o som fica meio cortado, vago.

— Você está bem? — pergunto, me sentando. Passo as mãos pelo cabelo na tentativa de desembaraçá-los.

Ela me encara, mas não para de cantarolar.

— Está preocupada com o Edgar? Eles vão encontrá-lo.

Seus dedos continuam puxando o fio até que a melodia finalmente termina. Ela, então, diz:

— Só queria que eles parassem de brincar.

— Brincar? Você acha que é uma brincadeira?

Ela assente, muito séria.

— Eles me chamaram para brincar também, mas eu disse que não. Não tenho medo — acrescenta, rapidamente —, mas é que eles chegaram muito tarde.

— Como assim *eles*, Wren?

— Ed e Ceci.

— Cecilia? — pergunto, o nome preso em minha garganta. Cecilia Porter. A menina que segurou a mão de Wren na brincadeira de roda, sardenta e de cachos ruivos.

Wren se inclina daquele jeito exagerado das crianças quando vão contar um segredo.

— Eu ouvi os dois, lá fora. — Ela aponta para o mundo do outro lado da janela, banhado com a luz da manhã.

— Quando você ouviu? Ontem à noite?

Ela assente, sem pestanejar.

— Tem certeza de que não sonhou?

Wren nega com a cabeça e olha de novo para a janela.

— Você viu alguma coisa lá fora?

— Não, estava muito escuro.

Eu me lembro do vento da noite e do modo como se transformou a ponto de quase parecer falar.

— Tem certeza de que ouviu a voz de Cecilia também?

Wren faz que sim.

— Eu sei que ouvi.

Fora do nosso quarto, há vários sons espalhados pela casa. O tom mal-humorado do meu tio. A fala arrastada e preguiçosa de Bo. As palavras calmas e constantes da minha mãe. Mas todas as vozes estão tensas, preocupadas, cada uma à sua maneira. Eu engulo em seco já sabendo o motivo antes mesmo de ouvir o nome da criança. Quando me visto e encontro o grupo na cozinha, a conversa já está no fim.

— ... de novo.

— ... falou com Maria ou Peter?

— ... Alan não viu nada.

— ... faria algo assim?

— O que aconteceu? — pergunto, e me sento em uma cadeira de madeira. Mas eu já sei. Sinto uma pontada no coração quando minha mãe diz:

— Cecilia.

— Foi levada — resmunga Otto.

— Ou fugiu — diz Bo, apoiando o cotovelo na bancada.

— Desapareceu, de qualquer forma — conclui minha mãe.

— Ninguém sabe de nada.

Sinto um aperto no peito. Wren sabia. Ouço passos fortes na entrada e, segundos depois, Tyler entra na cozinha.

— Otto, os homens já estão reunidos. — Percebo que ele toma o cuidado de não dizer *onde* e nem o que pretendem fazer, mas vou descobrir. Eu preciso. Meu tio assente de leve e coloca a xícara em cima da mesa.

Tyler encontra o meu olhar e levanta o queixo. Sei que se orgulha em ser considerado um dos homens. Cruza o cômodo na minha direção, pega minha mão e dá um beijo nela, sabendo que vou permitir na frente do meu tio. Sinto o peso dos olhos de Otto enquanto Tyler aproveita aquele momento. Sinto meu corpo se retesar, esperando que ele me solte, mas ele continua segurando minha mão.

— Eu prometo, Lexi — diz ele, a boca formando uma linha, as sobrancelhas cuidadosamente franzidas — que nós vamos pegar esse bandido antes que ele machuque mais alguém.

Sim, *nós* vamos, eu penso e mantenho uma expressão calma no rosto. Só que não confio em mim mesma o suficiente para falar alguma coisa, então apenas assinto e solto os dedos devagar. Espero que eles saiam, já traçando um caminho para a casa de Cecilia em minha mente. Vou ter que ser rápida. Não posso deixar que eles estraguem as poucas pistas que podem ter ficado.

Tyler se vira para Otto, esperando novas ordens. Meu tio olha para nós dois.

— Tyler, você vai ficar aqui, com a Lexi.

— O quê? — dizemos os dois juntos, franzindo o cenho. Não. Não posso perder esse dia.

— Mas, Otto… — começa Tyler.

85

— Você vai ficar aqui, Tyler. — Ele se vira para mim. — E você também. Juntos.

— Se quer nós dois juntos, deixe que a gente vá na busca — insisto.

— Volte para a cidade — Otto diz a Bo. — Estarei logo atrás de você. — Bo pega a arma e sai de casa.

Tyler se recosta na mesa com os braços cruzados.

A arma de Otto está em cima da bancada, e ele a pega sem dizer mais nenhuma palavra. Ao passar pela minha mãe, aperta a mão dela. Talvez quisesse dizer "Não se preocupe" ou "Vou dar um jeito nisso", mas minha mãe apenas baixa a cabeça e volta ao trabalho. Quando meu tio passa por mim, toco a manga de sua camisa.

— Por favor — digo, tentando impedir que a raiva transborde pela boca e mantendo a voz suave. — Me deixe ajudar na busca. Você disse...

Otto olha para mim e, por um momento, sua máscara cai, revelando alguém cansado e tenso.

— Eu disse que *íamos ver* e decidi que não é uma boa ideia. Você está mais segura aqui. — Dou uma olhada para Tyler. Isso depende da definição dele de "segura".

— Quero ajudar. — Eu me pergunto se aquela trilha esquisita, criada pelo vento, também vai aparecer ao lado da casa de Cecilia e para onde vai levar. — Eu *posso* ajudar vocês.

Ele coloca a mão em meu ombro.

— Se quer ajudar, então cuide da sua mãe e da sua irmã. Não posso ficar preocupado com você e Wren nesse momento. Então fique quietinha aqui até descobrirmos o que está acontecendo, está bem?

Ele se afasta e, então, a máscara aparece de novo, todas aquelas linhas duras no rosto que cada vez mais começam a parecer rachaduras para mim.

— Por favor, Lexi — diz ele, ao sair do cômodo. — Só fique quietinha.

Vou atrás de Otto até a porta da frente e observo enquanto ele vai embora, engolido pelas colinas que ficam entre nós e a aldeia.

— Sinto muito, tio — digo para sua sombra que vai se afastando. — Não posso.

Sinto dedos em meu ombro. Tyler beija a parte de trás da minha cabeça. Eu me viro e fico surpresa ao ver que ele está tão frustrado quanto eu.

— Uma pergunta — diz ele, olhando por cima de mim, para o rastro deixado por Otto. — Por que acha que ele nos fez ficar em casa?

— Como vou saber, Tyler? Talvez porque sou uma garota e ele acha que sou fraca demais para ajudar, ou para fazer qualquer coisa, na verdade.

— Ele não acha que você é fraca... e eu também não acho. — Ele inclina a cabeça até que nossas testas quase se toquem. — Otto acha que você tem ido encontrar o estranho. Por isso está sempre saindo de fininho.

— Por que ele acharia...

— E eu acho que ele está certo — sussurra.

— E por que eu faria isso? — Eu me afasto e vou andando pelo corredor. Tyler vem atrás.

— Ele é perigoso, Lexi.

— Você não sabe disso — falo rápido demais, e então acrescento: — E eu também não.

Tyler agarra meu braço e me pressiona contra a parede.

— Quando você foi vê-lo?

Ele coloca as mãos nos meus ombros, me prendendo.

— Isso não tem nada a ver com o estranho — respondo devagar. — Tem a ver com Cecilia e Edgar.

— E como você sabe que as duas coisas não estão interligadas?

— Eu não sei. E eu *ia* sair de fininho hoje...

— Para encontrá-lo?

— Não! — Empurro o peito dele, mas Tyler não se move. — Para procurar pistas, rastros, *qualquer coisa* que nos leve até as crianças.

Ele me empurra mais forte, usando o próprio peso para me prender.

— Não *minta* para mim!

— Tyler Ward. — A voz da minha mãe chega até nós dois. Ela está parada na porta da cozinha, toda suja de farinha, os olhos calmos e azuis.

Tyler e eu ficamos paralisados, a presença da minha mãe é como um balde de água fria sobre nós.

Finalmente, ele ajeita os ombros e passa a mão no cabelo.

— Sim, sra. Harris.

— Preciso de mais alguns troncos para a lareira. — Ela aponta para o jardim. — Se importa de cortar?

Tyler olha para mim por um longo momento e, então, abre um sorriso fraco.

— De jeito nenhum. — Sai e fecha a porta com força.

Eu me recosto na parede outra vez. Minha mãe volta para a cozinha.

Olho para a porta fechada durante vários segundos até que penso com clareza e percebo o que minha mãe me deu. Uma chance. Respiro fundo e vou atrás dela na cozinha, pronta para convencê-la, e a encontro abastecendo o fogo, uma pilha grande de lenha bem ao lado da lareira. Seus olhos me encaram e não estão inexpressivos. Ela limpa as mãos no avental, aponta para a janela da cozinha e diz apenas uma palavra.

Uma palavra perfeita e afiada.

— Vá.

11

Saio com as botas bem amarradas nos pés e trilho um caminho pelos fundos da casa, por trás de uma pequena colina, fora do campo de visão de quem está no tronco onde se corta madeira. Faço um mapa mental da aldeia delineando norte, sul, leste e oeste, além de todo o resto em meio a esses pontos.

Minha mãe talvez desconte seus sentimentos na sova dos pães, mas eu desconto na caminhada, na corrida. No movimento. Não parei de me mexer em três anos.

Ao caminhar com passos firmes pela charneca, penso na música que se mescla a essas colinas durante a noite. Os adultos parecem não perceber ou, se percebem, não dizem nada, mas Wren ouve claramente e eu ouço *alguma coisa* que se desfaz antes que eu consiga compreender. Por quê?

Chego até a praça e o lugar está estranhamente quieto. Há poucos dias estava lotada de moradores, mas agora não há ninguém, apenas uma rua de paralelepípedos e alguns muros baixos e estreitos.

Quem vai ser o próximo? Eu paro e tento pensar na brincadeira de roda. Edgar estava de um lado de Wren, Cecilia estava do outro, e agora os dois estão desaparecidos. Quantas crianças mais estavam brincando? Eu me lembro de um menino magrinho, de uns oito anos. Riley Thatcher, que estava ao lado das gêmeas, Rose e Lily; o irmão mais velho delas, Ben. Emily Harp estava lá? É uma menina pequena, da idade de Wren, de tranças escuras. A família dela mora na fronteira sul de Near, por isso ela e Wren não brincam juntas com frequência, mas me lembro dela porque as duas fazem aniversário com apenas um mês de diferença. Puxo na memória, mas não consigo me lembrar do círculo completo. Rose e Lily ainda não têm nem quatro anos e o irmão delas é só um ano mais novo do que eu. Mas Riley e Emily... será que elas também ouviram as vozes dos amigos à noite?

Quem estou esquecendo?

Wren. Uma voz em minha cabeça acrescenta minha irmãzinha à lista. Faço uma careta e balanço a cabeça.

Vamos começar do começo. Cecilia.

⁓

A aldeia está silenciosa e as portas, fechadas.

Vejo a casa de Cecilia no meio de residências logo atrás da praça. Levando em conta a proximidade das casas, quem levou a menina não estava com medo de ser pego. Caminho até lá na esperança de que haja pistas que os homens deixaram passar.

Estou chegando perto quando ouço uma voz familiar saindo por uma porta aberta, uma daquelas vozes que chama a nossa atenção, mesmo quando fala de maneira suave. É mais grave que a de Magda, mas cortante o suficiente para furar. Dreska. Prendo o pé em um emaranhado de ervas e quase tropeço. As irmãs raramente aparecem na aldeia.

A princípio parece que ela está resmungando consigo mesma por ter derramado ou perdido alguma coisa, mas há outra voz que começa a falar quando ela para, uma voz velha, mas menos marcante.

— Eu estava lá — exclama Dreska, irritada, e faço uma careta, com pena do interlocutor. As pedras da casa parecem tremer. — Você não estava, Tomas. Você ainda não existia nem no pensamento dos seus pais, seus pais não existiam, nem os pais *deles* existiam em pensamento. Mas eu estava lá...

Dou uma olhada pela porta meio aberta e vejo Dreska apoiada na bengala, apontando o dedo retorcido para Mestre Tomas. Ninguém jamais levanta a voz, muito menos aponta dedos, para os membros do Conselho, principalmente para Mestre Tomas, o mais ancião dos três. Ele tem o cabelo todo branco e a pele fina como papel, igual à do Mestre Eli, mas seus olhos são claros, algo entre o verde e o cinza, e estão sempre estreitados. Embora seja idoso, ele é alto e tem a coluna ereta, não é encurvado pela idade como os outros. Está parado logo atrás da porta, olhando para Dreska.

— Pode ser. — A voz dele parece frágil e cansada. — Mas você não sabe...

— Olhe os sinais — interrompe ela. — Não está vendo? Eu estou. Vocês são os supostos guardiões de segredos e verdades esquecidas. Como não consegue enxergar... — Ela desiste de falar. A casa estremece.

— Eu vejo, sim, Dreska. Mas você estava aqui quando ela estava viva e também quando ela morreu.

— Eu estava. Fui testemunha dos crimes dos seus ancestrais. Você forjou essa... — diz ela, quando ele interrompe novamente, enrugando o nariz como se estivesse sentindo um cheiro ruim.

A voz dele fica mais baixa e não consigo ouvir a não ser que entre na casa. A única palavra que consigo distinguir é *bruxa*. Então Dreska sibila, como o barulho de água batendo no carvão em brasa.

— Não venha me testar, Dreska Thorne... — diz o homem, mais alto. — Uma árvore cresce, apodrece e coisas novas crescem. — Os olhos claros brilham diante dela. — Uma árvore não apodrece e depois surge novamente, frondosa e tudo mais... E você devia saber...

Mas Dreska já se cansou, pelo visto. Joga as mãos para o alto, faz um gesto para o homem como se apagasse chamas nos ombros dele, e sai pisando firme. Eu me afasto o máximo possível da porta e finjo que acabei de chegar por ali, porém não teria feito diferença se eu estivesse parada bem no meio do caminho de Dreska. Ela passa batido por mim, resmungando consigo mesma.

— São todos idiotas — diz ela para ninguém, e pega uma pedra escura e lisa do chão. Passa mancando pelas três casas que pertencem ao Conselho e vira para o leste, onde há outro conjunto de casas sob o dia cinza. Dreska junta mais algumas pedras e galhos com a bengala, e depois faz o esforço de se abaixar para reuni-los e guardá-los no avental sujo. Eu vou atrás e observo, me perguntando o que é que ela está fazendo.

— Paus e pedras, Lexi Harris — diz ela, de repente, como se aquilo respondesse tudo.

— Vão me machucar?

— Não, garota tola, *paus e pedras*. Para construir pássaros. — Ela começa a cantarolar com sua voz áspera enquanto segue cambaleando. — Catados na aldeia, do chão das estradas, pregados em todas as portas de entrada, à noite seus olhos sempre vigilantes, para manter todo o mal distante.

Ela olha para mim, bambeando, como um copo que oscila prestes a cair. Espera que eu demonstre ter entendido, espera alguma resposta. Ao notar que não compreendi, balança a cabeça e se abaixa para catar outro galho na estrada. Ela se vira e me bate com ele, sorrindo diante de sua força. Eu esfrego o braço.

— Minha nossa, eu esqueço que vocês crianças não sabem de nada — diz ela, me cutucando com a ponta do galho. — Há muito tempo atrás, bem antes da Canção da Bruxa ficar famosa, nós sabíamos dezenas de outras canções. Na época em que as pessoas ainda tinham bom senso. Quando eu era criança.

Eu sei que todo mundo já foi jovem um dia, mas é impossível para mim imaginar Magda e Dreska de qualquer outra maneira além do que são agora, velhas e encurvadas. Ou melhor, até consigo imaginar algo, mas o resultado é uma imagem grotesca, uma pessoa um pouco mais baixa do que Dreska, mas tão enrugada quanto, com a voz aguda como a de Wren e um sorriso mais largo, mas sem dentes.

Fecho os olhos tentando desfazer aquela imagem. Quando abro de novo, Dreska já foi cambaleando pela trilha que passa pelo sul da aldeia a caminho de casa.

— Dreska — chamo, chegando mais perto. — Wren disse que ouviu a voz dos amigos chamando por ela para sair na charneca. Eu não consigo ouvi-los direito, as palavras se desfazem antes que eu consiga identificar, e os adultos parecem não ouvir nada disso. — Seus olhos verdes me olham com dureza, como se me vissem pela primeira vez. — Mas todo mundo deixa algum rastro, e não há nenhum. Eu só consigo pensar que há algo atraindo as crianças, alguma coisa... — Eu quero dizer bruxas. Feitiço. Mas não tenho coragem de dizer isso para ela. Só existem duas bruxas em Near, e nenhuma delas faria isso.

Espero que Dreska diga algo, qualquer coisa, para continuar a frase de onde parei, mas ela apenas me encara com seus olhos penetrantes. A certa altura, ela pisca.

— Você vem? — pergunta ela, se virando para pegar a trilha que se afasta das casas. Quando hesito, ela acrescenta: — Você é jovem e tola, Lexi Harris, mas não mais do que o resto de Near. Talvez até bem menos. Como seu pai. — Ela franze a testa ao dizer isso, como se não estivesse convencida de que minha semelhança com ele fosse uma coisa boa.

Quero ir com ela, ver Cole de novo, observar enquanto ela transforma esses paus e pedras em outra coisa e fazer perguntas que ela talvez finalmente responda, mas preciso terminar isso aqui primeiro.

— Vou em breve — digo, olhando para a casa de Cecilia. — Prometo.

Dreska dá de ombros, ou pelo menos eu acho; talvez ela só esteja se equilibrando. Sai caminhando pela trilha quase invisível que dá em seu chalé.

Enfim, pergunto:

— A Bruxa de Near era real, certo?

Ela não se vira e acredito que não ouviu.

Sigo andando e, então, ouço a resposta.

— Claro que era. As histórias sempre nascem a partir de alguma coisa. — Então ela some, indo para trás das colinas.

Vou em direção à casa de Cecilia. Dreska não riu de mim nem evitou minhas perguntas. Sinto que ganhei a chave para uma porta onde ninguém conseguiu entrar, não desde o meu pai. "Como seu pai", disse ela, e sinto essas palavras me envolverem como uma armadura. Chego até a casa e dou uma última olhada procurando sinais do meu tio antes de bater à porta. Alguns segundos depois, ela abre e sou puxada para dentro.

12

A casa de Cecilia é uma multidão de gente.

Minha força recém-adquirida começa a desaparecer conforme as mãos vão me guiando para dentro, as pessoas se movendo para abrir espaço. A última vez que vi tanta gente reunida em um lugar tão pequeno foi no velório do meu pai. Até a sensação parece a mesma. Muita agitação, movimento e conversa, como se isso pudesse disfarçar a preocupação e a dor. E a perda. Estão agindo como se Cecilia já estivesse morta. Eu me sinto como se tivesse engolido pedras.

Por todo o cômodo há mulheres sussurrando, retorcendo as mãos e inclinando a cabeça para cochichar.

— Não estão procurando com afinco.

— Por que Otto não os encontrou?

— Primeiro Edgar, agora Ceci. Onde isso vai parar?

A mãe de Cecilia, sra. Porter, está sentada na beira de uma cadeira da cozinha, seus braços finos segurando os ombros de outra mulher enquanto chora, aos soluços. A amiga a consola. Eu caminho pelo cômodo.

— A janela, a janela — repete a sra. Porter. — Estava trancada por dentro e por fora. Como é possível...

Ela balança a cabeça e continua a divagar e repetir, e outras mulheres se reúnem em torno dela. Vasculho o lugar em busca do meu tio, mas ele não está ali. Nenhum homem está ali, aliás. Devem estar todos na equipe de busca. Chego perto dela querendo confortá-la, mas não sei como. Alguém toca meu cotovelo e diz meu nome baixinho. Vou abrindo caminho no mar de mulheres até chegar ao lado dela.

— Sra. Porter — chamo, com suavidade, e ela olha para cima. Eu me ajoelho para ficar na altura dela. Ela volta a olhar para as mãos unidas e a murmurar sobre janelas. — Você notou alguma coisa estranha?

Ela nega com a cabeça, os olhos vermelhos. Abre a boca, mas não fala e, por um momento, penso que ela vai gritar. Sinto olhares carrancudos por causa da pergunta e ouço alguns sons de "tsc", como se eu só tivesse direito a me sentar e chorar como todo mundo.

— Sra. Porter — insisto.

— Eu já disse a eles — diz ela, ainda balançando a cabeça. — A janela. Nós deixamos a janela trancada. Ceci… — Ela chora. — Gostava de sair para explorar, então colocamos duas trancas na janela, uma por fora e outra por dentro. Eu fechei as duas. Tenho certeza. Mas, hoje de manhã, as duas estavam abertas.

Franzo a testa.

— Cecilia disse alguma coisa ontem à noite… diferente do habitual?

— Não, nada — sussurra, a voz áspera, fraca. — Parecia feliz, estava brincando e cantarolando.

Sinto um arrepio.

— Cantarolando? Sabe qual era a música?

Ela dá de ombros de leve.

— Sabe como são as crianças, estão sempre cantando alguma coisa…

— Tente se lembrar — insisto. Os olhos dela estão vidrados em uma parede do outro lado da sala.

Ela engole em seco e começa a cantarolar uma canção tranquila, cheia de notas quebradas e pausas estranhas, mas eu a conheço. Um calafrio me percorre quando ela começa a baixar a voz. Minhas unhas afundam na palma das mãos e estremeço ao abri-las, há pequenas meias-luas marcadas na pele.

— Há alguma outra coisa que possa me contar? Qualquer coisa…

— Acho que é o suficiente, Lexi — avisa uma das mulheres, e percebo que o cantarolar da sra. Porter se transformou em choro. De repente, há diversos pares de olhos em minha direção. Seguro as mãos da sra. Porter e as aperto de leve, sussurro um pedido de desculpas e me levanto. Examino todo o cômodo tentando encontrar alguma coisa, qualquer coisa.

Há uma porta para um corredor e, de repente, a única coisa que desejo é ir até lá, naquele espaço vazio e longe de todas essas mulheres.

O corpo curvado da sra. Porter me lembra demais o da minha mãe, primeiro inclinada sobre a cama do meu pai e depois sobre o forno de assar pães, em luto silencioso enquanto a aldeia inteira ia embora da nossa casa. Um emaranhado de braços, pernas, abraços, beijos, carinhos no cabelo, um murmúrio baixo de orações, um aperto de mão gentil.

Caminho pelo corredor até o quarto de Cecilia, giro a maçaneta e entro.

As cobertas estão desarrumadas. Há um tapete ao lado da cama, uma das pontas dobradas como se um parzinho pequeno de pés tivesse roçado por ali, ainda meio dormindo.

E ali, a janela, agora fechada. Passo os dedos pela fechadura do lado de dentro. Há uma igual do outro lado. A de fora ainda está aberta, mas a de dentro foi trancada novamente. Empurro a barra de metal para o lado e a fechadura se abre. Testo a moldura da janela com as mãos, mas a madeira é velha e dura. Duvido que uma criança de seis anos conseguiria movê-la. Puxo e a janela abre uns trinta centímetros fazendo um barulhão, o que me obriga a dar uma olhada para trás. Lá fora, o chão cheio de ervas daninhas se espalha e os únicos sinais de invasão são algumas pegadas a vários metros de distância, onde as botas dos homens pisotearam a grama. Não há qualquer sinal de queda ou pulo, do lado de fora da janela, nada que indique pés no chão. Nenhum rastro. Estou prestes a ir embora quando me lembro de Cole e da trilha criada pelo vento.

A princípio não vejo nada além de alguns telhados à distância. E então, aos poucos, o mundo vai se deslocando, algumas paisagens saem de cena, outras ficam mais aparentes. Uma sombra aparece e dura mais tempo do que deveria, dada a localização ainda alta do sol. É quase como se a grama estivesse se curvando, arqueada, exatamente como ao lado da casa do Edgar. Seguro minha saia e levanto o pé até o peitoril, pronta para saltar.

— Expulsem o menino da cidade.

Eu me escondo de volta no quarto, recostada na parede ao lado da janela. Minha respiração está tão acelerada que quase engasgo. Meu tio e vários outros homens viraram a esquina da casa de Cecilia e pararam para conversar bem ao lado da janela.

— E o deixar escapar?

— Arriscar que ele volte? Não. — A voz corta o ar, mal-humorada e grave. Otto.

Seguro a cortina fina sobre a janela.

— Eric disse que o viu por aqui no meio da noite — afirma o sr. Ward. — Disse que tem certeza. — Eric Porter. O pai de Cecilia.

— Que horas? — pergunta Otto.

— Tarde. Eric contou que não conseguia dormir, estava em pé na varanda e jura que viu aquele garoto espreitando.

Mentira. Tem que ser. Cole disse que me viu e decidiu vir atrás. Ele nunca estaria por aqui e nunca viemos até aqui juntos. Meus dedos apertam o tecido da cortina até as articulações ficarem brancas. O medo deve estar criando fantasmas.

— Essa é a única evidência que você tem? — contesta Bo, com um absurdo ar de desinteresse. Consigo até vê-lo dando de ombros enquanto limpa as unhas sujas de terra com a ponta da faca.

— Ele é estranho — diz Tyler, e eu me lembro de sua expressão no hall lá de casa, o orgulho ferido e outra coisa pior.

Tyler. Se ele está aqui, então Otto sabe que não estou em casa. Engulo em seco e me espremo na parede ao lado da janela. É melhor então eu aproveitar o máximo deste dia.

— Do que mais precisamos? — acrescenta Tyler.

— Infelizmente precisamos de um pouco mais do que isso, garoto — intervém um homem mais velho, a voz cansada, porém paciente. Conheço essa voz. Calma e regular. O terceiro membro do Conselho, Mestre Matthew.

— Mas não foi só isso que o Eric falou — insiste sr. Ward. — Disse que estava observando o estranho bem de perto e que, em um momento, ele estava lá e, no outro, simplesmente se desfez. Desapareceu.

Meu coração acelera e me lembro da primeira noite em que vi Cole. Ouço o barulho das venezianas se fechando.

— Como assim? — resmunga Otto.

— Desapareceu. Bem diante dos olhos dele.

— Você não percebeu que não há nenhuma pista, Otto? Nenhum rastro? Talvez isso tenha alguma coisa a ver.

— Ele está envolvido.

— Precisamos nos livrar dele.

"Nada de bom nasce do medo", dizia meu pai. "É um negócio venenoso."

— E se não foi ele?

— Foi ele.

— Aposto que podemos fazer ele falar — sugere Tyler. Consigo ouvir o sorrisinho em sua voz. — Contar onde as crianças estão.

— Você esqueceu que as irmãs o estão protegendo — diz Mestre Matthew.

— Mas quem *as* está protegendo?

Há um longo silêncio.

— Calma, espere aí — diz outro homem, nervoso.

— Não queremos...

— Por quê? Não venha me dizer que está mesmo com medo dessas bruxas. Elas já estão murchas, assim como seus poderes.

— Por que não vamos até lá e exigimos que entreguem o estranho?

— Por que devemos esperar que mais crianças desapareçam? — rosna meu tio. — Tudo isso começou quando esse garoto chegou. Quantas crianças mais vamos perder? Jack, você tem um menino. Está disposto a perder Riley porque está com medo de duas bruxas velhas? Minha cunhada tem duas meninas e vou fazer o que for preciso para protegê-las, Matthew — diz Otto, em um apelo, e eu imagino o membro do Conselho, com o rosto mais sereno do que os outros, os olhos azuis quase sonolentos por trás dos pequenos óculos.

Os outros homens murmuram em aprovação. Matthew deve ter assentido. Consigo ouvir o som de metal batendo nas pedras da casa. Armas?

Dou um passinho para o lado.

— Vamos, então — convoca meu tio, e os outros vão atrás. — Isso acaba agora.

Ele dá um tapa na lateral da casa e eu dou um pulo, derrubando uma estante baixa. Meu coração acelera, mas as vozes vão sumindo, suas palavras ecoando em minha cabeça. Estão inventando um monte de mentiras para acusá-lo. Mas, nesse momento, com as crianças desaparecidas e nenhum outro suspeito em vista, mentiras vão ser o suficiente.

Preciso avisar Cole.

Vou para o sul pela trilha que Dreska pegou, a que contorna a praça da aldeia, correndo o mais rápido que consigo. Esse caminho é sinuoso, então os homens não vão usá-lo e, se eu correr, consigo chegar à casa das irmãs antes deles.

Corro pelos arredores da aldeia. Na minha cabeça, Cole se mistura à paisagem da charneca na escuridão, os olhos brilhando. Uma rajada de vento passa por ele, que desaparece, como fumaça.

Afasto aquele pensamento e corro na direção leste.

Puxo as mangas do meu vestido para baixo e me arrependo de não ter vestido algo mais quente. O vento castiga à medida que subo a colina até o muro baixo de pedra. Quando vejo a casa das irmãs, sinto um aperto no peito, em parte pela exaustão da corrida e em parte pelo alívio de ver o chalé intacto. Fui mais rápida que os homens do meu tio. Escalo o pequeno muro, mas paro, hesitante.

O lugar está quieto demais, fechado demais.

Vejo um fragmento do galpão por trás da casa, mas a capa cinza de Cole não está pendurada.

Chego até a porta da casa das irmãs e estou prestes a bater quando ouço vozes lá dentro, palavras abafadas, e então escuto meu nome. É estranho como o mundo parece ficar em silêncio quando ouvimos nosso nome, como se as paredes ficassem mais finas para que pudéssemos escutar. Meu punho fechado se abre e apoio a mão sobre a porta. Chego mais perto e faço um esforço para ouvir, mas as palavras ficam abafadas de novo, então vou para a lateral, onde há uma janela. O vidro é antigo e a moldura de madeira está quebrada, então as vozes escapam pelas frestas.

— Lexi encontrou uma meia de criança aqui perto.

Dou uma olhada sobre o peitoril e vejo a silhueta esguia de Cole no cômodo pouco iluminado, de costas para mim. Ele está sentado em uma cadeira próxima à lareira e observa as pedras escuras e frias enquanto Dreska anda ao seu redor, inquieta, a bengala arrastando no chão enquanto ela se movimenta. Magda murmura alguma coisa enquanto tira algo de dentro da cesta. Cole parece estranho dentro do chalé, sem o vento e a grama encurvada. Ele não ocupa nenhum espaço a mais além da cadeira.

— Só isso? Nenhuma outra pista?

— Há uma coisa — diz Cole, e se levanta. Ele vai até a prateleira acima da lareira e move os dedos longos e pálidos sobre ela. — Uma trilha criada pelo vento ao longo da charneca. Bem sutil. Eu mostrei à Lexi.

Magda arqueia as sobrancelhas e as rugas na testa se multiplicam.

— E a trilha leva até onde? — pergunta.

— Até aqui.

Dreska solta um pequeno assobio.

— Mas os moradores não encontraram nada.

As palavras seguintes de Dreska são abafadas. Eu me estico para conseguir ver melhor e algumas pedras se movem debaixo do meu pé.

— E não acho que vão encontrar — diz Magda, de cara fechada.

— E Lexi? — pergunta Dreska, e se vira para a janela como se fosse *me* perguntar alguma coisa. Eu me escondo antes que seu olhar me alcance.

— Ela não sabe muito bem o que pensar a respeito — responde ele.

Sinto um arrepio. *Pensar a respeito do quê?*

— Ela vai descobrir. — A voz de Dreska está bem perto agora, logo ali ao lado do vidro, e eu me abaixo ainda mais, o coração batendo tão forte, que mal consigo ouvi-la.

— Se você não contar para ela… — acrescenta Dreska, e então se afasta da janela, a voz ficando mais baixa. Cole responde, mas ele também está longe e só ouço sons abafados. Volto correndo para a frente da casa na tentativa de ouvir mais.

Mas a porta se abre e, de repente, estou diante de Cole.

Meu impulso é de me virar e sair correndo, ou mesmo de dar um passo para trás, mas resisto. Em vez disso, olho bem em seus olhos.

— Me contar o que, Cole? — pergunto, com raiva, em voz baixa.

Ele abre a boca e logo depois fecha, a testa franzida. Mas então relaxa o rosto e não diz nada. Solto um suspiro irritado e me viro para ir embora. Inacreditável. Estou arriscando despertar a raiva do meu tio só para ajudá-lo e ele não me conta a verdade.

— Lexi, espere.

A voz de Cole corta o vento que sopra em meu ouvido e então ele está ao meu lado. Estende a mão para pegar no meu braço e me fazer parar, mas seus dedos apenas pairam sobre minha pele.

— Me deixe explicar — diz ele, mas eu ando ainda mais rápido. Rápido demais. Tropeço em uma pedra e sei que vou rolar colina abaixo. Fecho os olhos e me preparo para a queda, mas isso não acontece. Sinto braços frios em volta dos meus ombros e o coração de Cole batendo sob sua pele. Eu me afasto e o vento balança meu cabelo e meu vestido.

Ele cruza os braços.

— Lexi, o que você ouviu...

Passo a mão no cabelo.

— Cole, eu estou tentando ajudar.

Ele franze a testa, mas não desvia o olhar.

— Eu sei...

— Mas não consigo fazer isso se continuar escondendo coisas de mim.

— Você não...

— Todo mundo na cidade quer culpar *você* pelas crianças desaparecidas. Meu tio e o Conselho estão vindo para cá *neste momento*.

Olho para trás, para o bosque lá embaixo da colina e a trilha estreita por onde os homens de Otto chegariam, mas não há ninguém. Ainda assim, imagino ouvir o som de galhos e folhas sendo esmagados. Cole segue meu olhar.

— Venha por aqui — diz ele, fazendo um gesto em direção ao galpão. Ouço um estalo, dessa vez inconfundível, vindo das árvores lá embaixo e deixo que ele me conduza para atrás do galpão. O bosque, a colina e a casa das irmãs somem por trás das vigas de madeira.

Cole se vira em direção à cadeia de colinas. Eu o acompanho e coloco a mão em seu ombro. Ele fica tenso, mas não se afasta. Pressiono os dedos na pele dele para testá-lo.

— O que você não me contou? — pergunto.

Por um momento, acho que ele realmente vai contar. Consigo vê-lo fazendo malabarismo com as palavras dentro da cabeça. Atrapalhado. Eu tentei fazer malabarismo uma vez, com três maçãs que encontrei na despensa, mas acabei estragando tanto as frutas que minha mãe teve que fazer um pão de maçã. Durante todo o tempo em que eu tentava, sempre me perdia nos movimentos. Não conseguia me concentrar em todas ao mesmo tempo.

Queria que Cole me desse uma maçã. Então ele olha para mim, aquele mesmo sorriso tênue e triste, como se tivesse decidido passar uma maçã para mim, mas ele sabe que também não sei fazer malabarismo. Como se não houvesse motivo para nós dois estragarmos as coisas mais do que o necessário.

Estendo a mão para ele.

— Me deixe ajudar.

Ele olha para minha mão.

— Você quer saber a minha história — diz ele, fitando com tanta atenção que parece estar contando as linhas da minha palma. — Uma vez, muito tempo atrás, havia um homem, uma mulher, um menino e uma aldeia cheia de gente. Então a aldeia pegou fogo e não sobrou nada.

Prendo a respiração esperando que ele continue. Mas Cole se vira e segue caminhando até o ponto onde acaba Near e começa a charneca. Eu nunca estive no mar, mas Magda me contou histórias sobre ondas que vêm e vão sem parar. Eu imagino que se pareça com esse cenário aqui, só que azul.

— Você não é muito bom em contar histórias — digo, na esperança de arrancar um sorriso, mas ele observa a charneca com um olhar de pura melancolia. O vento ao nosso redor assobia, empurrando e puxando com força.

E então eu compreendo.

— Sua aldeia pegou fogo? — pergunto, olhando para suas roupas cinzentas, o aspecto queimado dele, e, de repente, entendo por que ele odeia o nome que lhe dei. — Ah meu Deus, Cole... eu não quis...

— Está tudo bem, Lexi. É um bom nome.

— Só me diga seu nome de verdade.

Ele desvia o olhar, com o maxilar tenso.

— Cole está bom. Estou começando a gostar.

Ouço a porta do chalé se abrir e as irmãs saírem lá de dentro, a bengala de Dreska batendo no chão.

Caminho de volta para o galpão e as vejo no jardim. O olhar duro de Dreska se vira para nós e depois encara a trilha lá embaixo da colina. Sinto Cole chegando por trás de mim.

— Como você sobreviveu? — pergunto, sem conseguir evitar. Ele me olha e parece pesar bem as palavras na boca, como se elas estivessem tentando recuar de volta para a garganta.

— O fogo foi culpa minha — sussurra ele.

— Como? — pergunto.

Mas ele implora com o olhar cheio de dor, luto e mais alguma coisa pior. Está tentando manter a respiração regular e o queixo está tenso, como se estivesse prestes a chorar ou gritar. Eu sei porque é exatamente como me senti depois da morte do meu pai, como se quisesse gritar, mas todo o ar parecia ter sido roubado dos meus pulmões. Tinha a impressão de que, se eu abrisse alguma pequena parte de mim, todo o resto ia jorrar para fora. Cole fecha os olhos e abraça o próprio corpo, como se para se manter inteiro.

— Lexi. Eu não...

Mas então as vozes dos homens invadem o espaço, a de Otto mais alta que as outras.

Como se tivesse acabado de acordar de um transe, Cole arregala os olhos escuros e cinzentos, a boca apertada em uma linha fina. Eu o empurro para a sombra do galpão, pressionando-o contra a madeira.

Dou uma espiada pela lateral e só consigo enxergar os homens no limite do bosque lá embaixo. Parecem estar brigando. Otto faz um gesto impaciente apontando para cima, no alto da colina. Vários homens apontam para trás e recuam até a linha das árvores. Não parecem tão corajosos agora que as bruxas os aguardam no topo da colina. Otto resmunga e sobe a encosta sozinho.

Dreska dá uma olhada de alerta na direção do galpão, depois cruza os braços e respira fundo, de frente para a trilha.

Magda se abaixa sobre o canteiro de terra e murmura algo para a terra, esfregando os dedos daquele seu jeito infantil. Otto se aproxima.

Cole e eu nos encolhemos atrás do galpão. Minha mão toca a dele, que entrelaça os dedos aos meus. Sinto meu coração acelerar com aquele toque.

— O que o traz aos confins de Near? — pergunta Dreska, examinando meu tio.

Eu me apoio na quina do galpão tentando ver alguma coisa.

— Preciso falar com o estranho — anuncia Otto.

A mão de Cole fica tensa.

Dreska franze ainda mais a testa e, no céu, as nuvens começam a se juntar. Ela respira fundo.

— Otto Harris. Nós vimos você nascer.

Magda se endireita.

— Vimos você crescer.

Quando as irmãs falam, há um eco estranho em suas vozes, então, quando uma para e a outra começa a falar, as vozes parecem se misturar.

Meu tio balança a cabeça, impaciente.

— O Conselho está preocupado com a presença do estranho. Com os motivos dele para estar aqui.

— Nós somos mais antigas do que o Conselho.

— E nós também tomamos conta de Near.

— O garoto não fez nada. Nós garantimos.

O olhar de Otto fica mais duro.

— E o que a palavra de vocês vale? — vocifera ele.

Os olhos dele reluzem de frustração e cansaço. Sem os outros homens ao lado, ele não parece tão ereto e imponente, e eu me lembro dele encurvado sobre a mesa, com a cabeça entre as mãos. Ele respira e se acalma.

— Duas crianças estão desaparecidas e esse garoto que estão abrigando é suspeito — diz ele, esfregando a barba.

— Que evidência tem disso?

— Testemunhas. — Ele ignora uma tosse curta de Magda. — E então, o que vocês sabem a respeito?

A expressão em seu rosto assume linhas duras e esconde o cansaço sob a barba, sob os olhos.

— Agora você se importa com as palavras de duas velhas bruxas? — debocha Dreska.

— O Conselho sabe quem está levando as crianças — acrescenta Magda, fazendo um gesto com os dedos sujos de terra.

— Não me façam perder tempo — grunhe ele. — Não com essa baboseira.

— Near inteira sabe.

— Near inteira se esqueceu.

— Ou pelo menos tenta.

Near inteira tenta se esquecer? Antes que eu consiga compreender do que estão falando, as vozes das irmãs começam a se sobrepor e o som é assustador.

— Mas nós nos lembramos.

— Parem com isso — diz Otto, balançando a cabeça. Ele ajeita o corpo e endireita a coluna. — Preciso falar com ele. Com o estranho.

O céu está escurecendo, ameaçando chuva.

— Ele não está aqui.

A mão enrugada de Magda flutua no ar.

— Está por aí, pela charneca.

— Em algum lugar lá para dentro. Não sabemos onde.

— A charneca é bem extensa, afinal.

Otto fecha a cara. Não acredita em uma palavra.

— Vou perguntar uma última vez...

— Ou *o quê*, Otto Harris? — rebate Dreska. Juro que consigo ouvir a terra tremer.

Otto respira fundo antes de encará-la. Quando abre a boca, suas palavras são calmas e moderadas.

— Não tenho medo de você.

— Seu irmão também não tinha — diz Magda. O chão começa a se mover, apenas uma ondulação, mas o suficiente para fazer ranger as pedras da casa. — Mas pelo menos ele nos respeitava.

Gotas esparsas de chuva caem sobre nós. O vento está ficando mais forte. Penso ter sentido a mão de Cole se afastar da minha, mas, quando olho, ele ainda está lá. Os olhos encarando o horizonte, sem foco.

Otto murmura algo que não consigo ouvir e, então, diz mais alto:

— Mas eu vou.

E com isso ouço suas botas pisando forte enquanto ele se vira para ir embora. Cole se ajeita ao meu lado e se recosta ainda mais no galpão. As vigas de madeira rangem. Seus olhos se arregalam de pânico e eu prendo a respiração. Os passos pesados do meu tio param de repente. Quando ele fala de novo, sua voz está assustadoramente próxima do galpão.

— Eu sei que ele está aqui agora.

Os passos vão ficando mais e mais altos, e Cole olha para mim, preocupado. Ele parece ainda mais magro sob o vento que acelera. Preciso fazer alguma coisa. Se Otto me encontrar, vai ser ruim. Mas, se encontrar Cole, vai ser muito pior. Resmungo baixinho, depois solto a mão dele e me obrigo a sair do esconderijo e ir em direção ao meu tio. Ele cambaleia para trás para não esbarrar em mim.

— Tio — digo, tentando não me retrair quando sua expressão muda de choque para raiva.

— Foi *para cá* que você fugiu?

A mão de Otto envolveu meu braço e me puxou para perto. Não pensei em uma mentira para contar, então fico em silêncio. Atrás de mim, a tábua de madeira range alto novamente.

Otto me tira do caminho e dá a volta no galpão. Mordo a língua para evitar gritar um "NÃO!", porém sua expressão ao voltar é o suficiente para eu saber que Cole não está mais lá.

Otto não diz nada, só me segura e me arrasta, passando pelo chalé das irmãs até a trilha para a minha casa. Seu silêncio repentino me preocupa mais do que qualquer gritaria. Ele me empurra diante dele como se fosse uma prisioneira e preciso me esforçar muito para não olhar para trás.

Ele não fala. Nem quando estamos descendo a colina, ou passando pelo bosque, nem quando nossas casas aparecem à vista. A essa altura, o sol já está se pondo e meu tio é uma silhueta escura contra a luz. O silêncio é pesado demais.

— Eu só estava fazendo meu...

Ele não me deixa terminar.

— Você despreza *tudo* o que eu falo?

Não consigo conter a frustração que transborda de dentro de mim.

— Só quando você me trata como uma criança.

— Só estou tentando te proteger.

Nossas vozes se sobrepõem uma à outra.

— Você devia estar protegendo a Wren em vez de tentar me prender dentro de casa.

— *Chega*, Lexi.

— Você quer que eu fique sentada esperando quando eu poderia estar *rastreando* — retruco e entro em casa pisando firme.

— Porque você *devia* estar aqui — diz ele, vindo atrás de mim. — Com sua mãe e Wren.

— Porque é isso que as mulheres fazem?

— Porque é *perigoso*. O estranho pode ser perigoso. E se ele machucar você? O que eu vou...

— Ele não é perigoso.

Caminho pelo corredor em direção ao meu quarto, Otto em meu encalço.

— Como você sabe? Conhece o estranho tão bem assim?

Solto um suspiro e passo as mãos no cabelo.

— Eu só quero ajudar, tio. Do jeito que eu puder. E se isso significa procurar o estranho, se quer dizer recorrer às irmãs, então como eu posso não fazer isso? Eu só quero proteger a minha família...

Minha voz falha quando vejo um quadradinho branco sob a moldura da janela, balançando sob a brisa gentil da noite. Um bilhete.

— Assim como eu — diz ele, tão baixo, que mal consigo escutar.

Desvio o olhar do bilhete e o encaro, tentando manter seu olhar em mim para que ele não veja a janela, onde o pedaço de papel sobressai como se fosse um respingo de tinta contra o vidro escuro.

— Lexi, eu sei que não sou seu pai, mas eu prometi a ele.

O quarto fica frio, mas Otto parece não perceber.

— Eu prometi a ele que manteria vocês seguras, lembra? Sei que estava ouvindo naquele dia. Estou fazendo o melhor que posso, Lexi, mas não ajuda em nada se eu precisar brigar com você enquanto tento encontrar as crianças.

Meu tio suspira, as forças para brigar vão se esvaindo diante dos meus olhos, deixando para trás um silêncio cansado.

— Eu estou tentando — diz ele.

Ele se recosta na parede do outro lado do hall. O cabelo escuro é salpicado de cinza e os cachos caem sobre os olhos. Seu rosto se parece com o do meu pai, porém é mais duro. Quando ele vira a cabeça em alguns ângulos específicos, a semelhança é tão impressionante que sinto uma dor no peito, mas há uma tensão nos olhos dele, como em um animal aprisionado, que meu pai nunca teve.

— Por que está procurando Col... o estranho? — pergunto. Meu tio pisca, como se estivesse com a mente divagando e só agora estivesse voltando a si.

Ele me encara, mas não diz nada, depois se afasta da parede e vai em direção à cozinha. Vou atrás. Wren está brincando em um dos cantos, construindo um labirinto com pedras no chão. Tenho certeza de que ela preferia estar lá fora. Minha mãe se aproxima do meu tio e deixa uma xícara perto dele. Ele toma longos goles e balança a cabeça.

— Tem que ser ele — diz, finalmente. — Ele aparece aqui e tudo isso acontece. — Tenta beber mais da caneca, mas percebe que está vazia, então a deixa em cima da mesa. Minha mãe a enche novamente com algo escuro e forte. — Temos testemunhas. Ele foi visto na aldeia à noite. Eric Porter diz que o viu ontem à noite, mais ou menos no horário em que Cecilia sumiu.

— Tio, o medo faz as pessoas verem coisas estranhas — sugiro, tentando soar sensata.

— Lexi, eu tenho que fazer alguma coisa.

— Mas...

— Estou dizendo. Eu pretendo expulsá-lo daqui.

— Não foi o Cole — digo, antes de conseguir evitar.

— Cole — repete meu tio e toma um gole da bebida, que se mistura com a palavra em sua boca. — Esse é o nome dele? Como você sabe?

Porque fui eu quem lhe deu esse nome.

— Dreska o chamou desse jeito — digo, com um gesto de indiferença. — Quando fui lá para falar com elas e para procurá-lo — admito. Uma pequena verdade torna a mentira mais forte. — Ela disse que não tinha visto Cole naquele dia, que ele estava em algum lugar na charneca.

— E por que está tão convencida de que *não* foi ele? — A voz de Otto, seu corpo, tudo está coberto de tensão.

Porque eu tenho fugido à noite para procurar e ele está me ajudando.

— Porque ser um estranho não é crime.

— Bem, não importa — murmura ele, batendo com a caneca na velha mesa de madeira, para dar ênfase às palavras. — Pela manhã vamos ter respostas.

Sinto um arrepio subir pela espinha.

— Como assim? — pergunto, devagar.

Otto me encara por um longo tempo, o olhar endurecido, antes de responder.

— Se as irmãs não vão entregar o garoto de boa vontade, então nós vamos pegá-lo.

E, dito isso, ele sai como um raio da cozinha. Vou atrás dele até o hall, mas ele já saiu pela porta, sumindo na escuridão da noite. Sinto um nó crescendo em meu peito e apertando tudo em volta. Seguro o impulso de correr atrás dele ou, melhor ainda, de correr para o leste até o bosque, a colina, para a casa das irmãs e Cole.

"Pela manhã", disse meu tio. Tento acalmar minha respiração. Muitas perguntas zunem dentro da minha cabeça e me deixam tonta, e fico ali parada, no escuro, tentando convencer a mim mesma de que vou encontrar uma maneira de resolver tudo. Sinto dedos em meu braço, é o toque firme e providencial da minha mãe, me puxando de volta para dentro.

Minha mãe flutua até a cozinha para limpar a bagunça de Wren. Vou em direção ao quarto para pegar o pedaço de papel na moldura da janela. A brisa balança o bilhete contra o vidro escuro. Não demoro a chegar lá, abro a janela, rezando para não fazer muito barulho, e agarro o bilhete antes que voe para longe. O pequeno recado tem apenas duas palavras, em uma letra fina e errática.

Me encontre.

Passo os dedos sobre as letras escritas com pressa. A palavra faz meu coração bater de modo estranho, com aquela mesma inusitada gravidade que me puxa para o ar fresco. É aquele sentimento, mais até do que as palavras, que me diz que o bilhete é de Cole. Quando será que ele o deixou? O peso da situação me deixa sem ar, uma mistura de expectativa e preocupação. Guardo o pedaço de papel dentro do vestido.

Percebo que ainda estou usando a bota do meu pai e me apoio na cama para tirá-la quando ouço passos suaves.

— Lexi, está muito frio — diz a voz atrás de mim.

Olho para trás com um sorriso.

— Tem razão, Wren — digo, fechando a janela de madeira. — Vamos deixar essa bem fechada, está bem?

Ela assente de leve e estende a mão para mim. Eu a seguro e deixo que Wren me conduza até a cozinha.

∽

A noite demora demais para chegar.

O bilhete de Cole queima dentro do meu bolso e eu ando de um lado a outro pela casa até que o quarto da minha mãe esteja escuro. Depois vou até Wren, já deitada na cama, mas ainda acordada. Cubro-a com o edredom gasto e bagunço seu cabelo, de brincadeira. A casa antiga faz seus barulhos, rangidos e estalos à medida que o calor do dia vai se dissipando.

— Espero que eles não voltem — diz ela, em meio a um bocejo. — Estou cansada. Não quero brincar.

Ela se acomoda, mas seus olhos ficam se voltando para a janela. Passo a mão em seu cabelo.

— Vai ficar tudo bem.

— Promete? — pergunta ela.

Ela estende as mãos, o amuleto das irmãs ainda pendurado em seu pulso, emanando o cheiro de musgo, terra e flores. Seguro as mãos dela e levo aos lábios. Hesito, tentando escolher as palavras certas.

— Prometo que vou fazer tudo ficar bem — sussurro entre as palmas das mãos dela.

Wren mantém as mãos fechadas e se deita no travesseiro.

— E, Wren — acrescento, sentada ao seu lado na cama. — Não importa o que aconteça, não saia da cama. Ignore seus amigos, se os ouvir de novo. Eles não estão fazendo nada de bom no meio da noite.

Wren se cobre mais ainda com as cobertas.

— Estou falando sério — digo, e ela some debaixo dos lençóis.

Observo a luz das velas tremeluzindo e aguardo.

Quando tenho certeza de que ela está dormindo, me levanto e o quarto parece oscilar de leve. Ou talvez eu mesma esteja oscilando, trêmula pela falta de sono. A certa altura, as paredes e o chão ficam firmes e eu amarro a faca do meu pai na perna. Beijo a cabeça de Wren, abro a janela e pulo para o chão lá fora. Depois fecho a janela e as venezianas antes de me voltar para a noite.

A LUA BRILHA, a noite está quieta e o vento cantarola como se estivesse distante.

A gravidade me puxa na direção dele, conduz meus pés sobre uma trilha que eles já conhecem, sempre conheceram, mas com um novo senso de urgência. Caminho pelo mundo banhado de luar, entre as sombras cinza-azuladas, sobre o chão cinza-azulado e observando o círculo branco-azulado no céu preto-azulado. A cada momento eu lembro a mim mesma do porquê de estar acordada, e a ameaça de Otto me ajuda a manter os olhos abertos e os ouvidos atentos.

Tem alguém por perto.

Há passos na escuridão que não consigo ouvir. Sei que estão lá da mesma maneira que sabemos quando há alguém em um cômodo mesmo que não faça qualquer barulho. O ar ao meu redor faz eu me arrepiar quando chego perto do bosque. O grupo de árvores está tão escuro que parece uma única sombra enorme. Então um pedaço dessa sombra se desgarra.

— Cole — digo, enquanto ele vem caminhando na trilha iluminada pela lua. Já não tem mais a expressão assustada e abatida de hoje à tarde. Os braços estão ao lado do corpo e não cruzados. A exaustão em seu rosto parece ter abrandado. Os olhos estão cansados, mas calmos.

— Lexi. Recebeu meu bilhete?

Toco meu bolso.

— Recebi, mas teria vindo de qualquer maneira. Para alertar você. Meu tio...

— Espere — diz ele, com a voz mais alta com a qual já o ouvi falar. Ela corta o vento em vez de se misturar a ele. — Sobre o que aconteceu mais cedo. Eu pedi que viesse me encontrar para eu explicar. Eu preciso.

— Não precisa se explicar para mim se não quiser, Cole.

— Eu não quero. Mas preciso. — A capa dele balança com o vento. — Só não sei por onde começar.

— Pelo fogo? Você disse que sua aldeia queimou. E que... foi *você* que começou o incêndio.

Ele balança a cabeça.

— Não é tão simples.

— Então me conte o que aconteceu. — O bosque atrás dele parece uma sombra imensa. Isso ou então um animal preste a engoli-lo por inteiro. — Cole?

Ele hesita.

— Pode falar. Estou ouvindo.

Ele dá mais uma olhada para o alto, para a noite. Seus olhos baixam de novo e, quando me encara, vislumbro uma pontada de agonia em seu olhar.

— Eu vou te mostrar — diz, afinal.

Cole chega mais perto, segura meus ombros e me beija.

É repentino, macio e suave, como ar tocando meus lábios. O vento sopra forte ao nosso redor, balançando o tecido das roupas, mas sem nos separar.

E então acaba a pressão sobre meus lábios e abro os olhos para encarar dois olhos cinzentos como pedras de rio.

— Era *isso* o que queria me mostrar?

— Não — diz ele, os dedos descendo pelos meus braços enquanto me conduz para fora da trilha, para fora de Near. — Isso foi só para garantir.

⁓

Só para garantir *o quê?*, eu me pergunto, enquanto os últimos sinais de Near vão ficando para trás da colina.

— O quão longe estamos indo? — pergunto.

Há uma urgência no andar de Cole; quase consigo ouvir seus passos. Quase. Então ele começa a falar. Até agora, todas as declarações dele precisaram ser incentivadas, arrancadas. Só que agora as palavras jorram.

— Minha mãe tinha olhos que pareciam pedras lavadas pela chuva, não tão escuros quanto os meus, mas quase, e um cabelo longo e escuro que estava sempre preso, mas nunca completamente contido. É uma das primeiras coisas que me lembro dela, como o rosto era pálido e envolto pela escuridão do cabelo. Mas ela era perfeita. E forte. Você ia amá-la, Lexi. Tenho certeza.

— E seu pai?

— Ausente — responde, curto e grosso. — Eu nunca o conheci. E não sei nada sobre ele. Nem o nome, nem como ele era. Só sei de uma coisa. Uma coisa muito importante.

Chegamos ao topo da encosta e há um descampado plano antes do próximo vale. A paisagem para além dessa colina parece muito vasta. Na verdade, é impossível saber o tamanho do mundo além de Near, porque quase nunca dá para enxergar além da distância de uma ou duas colinas, no máximo. Vai saber, talvez o mundo acabe logo depois da próxima subida. Cole para e observa, e não consigo deixar de imaginar por que precisamos vir até tão longe.

— E o que é? — pergunto.

Então ele estende a mão. Não para mim, mas para a noite.

O ar ao nosso redor fica mais frio e o vento sopra gelado contra a minha pele. Respiro fundo e vejo o vento serpentear em volta de sua mão estendida. Gira mais e mais forte até que os dedos pareçam se misturar com Cole. Eles, então, vão ficando mais finos e a certo ponto consigo ver através deles, até que não haja diferença entre a espiral de vento e a pele.

— Você é um bruxo — sussurro.

Eu devia ficar chocada, mas, no fundo, já devia saber disso desde o momento em que o vi, porque tudo o que sinto é uma sensação arrebatadora de calma.

Ele vira a mão para cima, como se estivesse segurando alguma coisa. Depois, fecha os dedos sobre a palma e o vento para.

— E ele também era.

Os olhos de Cole ficam mais sérios.

— Quando eu era pequeno, achava isso maravilhoso — continua. — As outras crianças tinham amigos imaginários, mas eu tinha algo muito melhor. Algo grandioso, poderoso, mas também só meu. Eu nunca estava sozinho. Quando ficava irritado, o vento se enfurecia, soprava forte. Era como se fios invisíveis me ligassem a ele. O vento se apoderava do que eu estava sentindo e levava embora. Minha mãe tinha medo. Não de mim, acho que não, mas *por* mim. Ela me dizia que as pessoas não compreendiam os bruxos, então tinham medo deles, e ela não queria que tivessem medo de mim. Era uma mulher muito forte, mas acho que as preocupações acabaram com ela.

Sinto um aperto no peito. Ela soa como meu pai, a combinação de orgulho e preocupação em seus olhos quando me ensinava a caçar, rastrear, cortar madeira.

— Mas o marido dela era outra questão.

— Marido dela? Pensei que você tinha dito...

— Ela se casou de novo, antes de eu nascer, mas nunca o vi como um pai. E ele, com certeza, nunca me viu como filho.

Ao nosso redor, o vento vai tomando força.

— Eu tentei muito, por ela, pela minha mãe. Tentei me manter calmo. Eu achava que, se me mantivesse vazio, se nunca sentisse nada com muita intensidade, tudo ficaria bem. E, por algum tempo, ficou. As pessoas pareceram esquecer o que eu era.

Cole parece não perceber, mas o vento à nossa volta vai ficando mais denso e violento. Arrasta folhas e gramas do chão em pequenos círculos. O tom da sua voz está mudando também.

— Mas nem todo mundo esqueceu. O marido da minha mãe. Ele nunca esqueceu.

Cole olha para cima, mas com uma expressão perdida, e me pergunto onde ele está, o que vê. Parece ainda mais pálido que o habitual e seu maxilar está tenso, um músculo do rosto se contraindo em um espasmo.

— "O vento na charneca pode pregar peças." Não é assim que você fala, Lexi? — Ele solta uma risada breve e triste. Há uma pedra ali do lado e ele desliza até lá para se sentar, como se as pernas não fossem aguentar. É um movimento gracioso, triste e sem esforço. — Bem, você estava certa. O vento pode pregar peças. Assim como a chuva, o sol e a própria charneca. Essas coisas nem sempre agem de modo gentil ou razoável. O vento pode se infiltrar nos pulmões de alguém, fazendo-se ouvir quando a pessoa respira. A chuva pode causar arrepios nos ossos.

Vejo que ele está tremendo, mas contenho a vontade de tocá-lo. Tenho medo de que ele pare de falar. Tenho medo de que ele pisque os olhos e volte a ser aquele estranho calado de novo, abraçando o próprio corpo para manter tudo ali dentro. Ele acabaria derretendo na escuridão.

— Ela ficou doente tão rápido. Tão rápido quanto o sopro do vento, e ela já tinha ido embora antes mesmo de ir, se é que isso faz sentido. Ela perdeu toda a cor. Tinha febre e deveria ficar quente e vermelha, mas só ficava cinza. Fria. — Ele engole em seco. — Estava morrendo, a vida se esvaindo diante de nós, e não havia nada que pudéssemos fazer. O marido dela recorreu a mim. Ele me olhou de verdade, talvez pela primeira vez.

Cole está com os punhos fechados sobre os joelhos. Ele não os vê, não vê nada. Tento andar na direção dele, mas o vento me segura.

— "Você fala com a charneca", disse o marido dela para mim. "Peça para salvá-la". Ele estava desesperado. "Se você a ama, faça a charneca salvá-la." Foi o que ele disse.

Os olhos de Cole brilham, as lágrimas se acumulam nos cantos sob a luz branca e azulada.

— Mas não é assim que funciona. Não consigo controlar tempestades e, mesmo que eu conseguisse, não poderia tirar a chuva de seus pulmões, de seus ossos.

As espirais de vento estão Cole e seguro com mais força na beira de uma pedra, para não perder o equilíbrio. Cole parece existir dentro de seu próprio espaço nesse momento, onde o vento não balança nem um fio de seu cabelo, nem faz sua capa se mexer.

— Ela morreu. — Ele para por um momento e engole em seco. — Foi nessa noite que a aldeia pegou fogo.

Sinto um nó na garganta. Não sei o que dizer. O vento o envolve, como se fosse uma concha, mas de alguma forma ainda ouço sua voz.

— Havia tanto vento. Achei que não teria como ser tudo por minha causa. Era muito alto, muito forte. Derrubou algumas tochas. Tentei me acalmar, mas a tempestade só aumentava. Uma tempestade seca, apenas nuvens e vento, e o fogo foi crescendo, lambendo tudo. Eu queria que me engolisse também, mas isso não aconteceu. A aldeia queimou como uma folha de papel, se contorcendo até não sobrar mais nada. Além de mim. Eu não tive a intenção, Lexi — diz ele, finalmente me encarando. A culpa transborda junto com as lágrimas sobre seus cílios escuros.

Tento chegar perto, mas ele se afasta.

— Eu não consegui controlar.

O vento entre nós aumenta de novo, mas eu faço um esforço para atravessá-lo até chegar ao seu lado. Eu me ajoelho diante dele, seguro suas mãos. Quando Cole olha para mim, seu rosto está molhado. A dor em seus olhos é tão familiar que fico sem ar.

— Então acabou tudo, e o que restou foram só as cinzas.

Não consigo deixar de imaginá-lo chamuscado, cinzento e sozinho onde antes havia uma aldeia.

— Eu me senti tão… *vazio* — diz ele, balançando a cabeça. — Destruído. Oco. E doeu. Mais do que qualquer outra coisa.

— Fique calmo, está tudo bem — digo, minha voz se esvaindo com o vento.

Ele pisca e olha ao redor, para os torvelinhos que carregam pedras e terra. Balança a cabeça e tenta se afastar de mim.

— Vá embora.

Seguro seus dedos com mais força e o vento aumenta.

— Não.

Pequenos tornados, espirais de folhas, grama e galhos se formam perto de nós, atraídos por Cole graças à sua estranha gravidade, a mesma que me atrai para perto dele. Vão todos se misturando e formando uma espiral maior.

— Vá embora, *por favor* — pede novamente, o pânico em sua voz enquanto tenta se levantar, cambaleando. Eu me levanto junto e me recuso a soltá-lo, mas então o vento me puxa para trás pela capa. Tropeço para longe dele e o ar gira ao meu redor, carregando grama e terra junto. E continua aumentando. O vento uiva mais alto e gira formando um ciclone perfeito, cavando um círculo em volta de mim na charneca.

— Cole! — grito, mas a palavra se perde no meio do redemoinho, desaparecendo assim que sai dos meus lábios.

Consigo me manter de pé. O mundo para além do ciclone começa a ficar turvo. A charneca, as pedras e Cole, tudo se mistura e então desaparece totalmente atrás daquela parede de ar. O túnel cresce em direção ao céu, mas aqui no meio está tão calmo, tão quieto, a não ser pelo ruído de fundo. O vento puxa minhas mangas gentilmente, a barra da minha capa, os fios soltos do cabelo, mas é quase com carinho. Imagino Cole dentro de seu próprio túnel naquela noite, a aldeia queimando enquanto o vento o mantinha seguro. Sozinho. Eu me sinto sozinha aqui. Estendo a mão e deixo os dedos tocarem a parede do ciclone.

Então outros dedos passam pelo vento e se entrelaçam aos meus. Cole atravessa a parede de ar e entra no círculo. O redemoinho se abre para ele, balançando seu cabelo, e depois se fecha com perfeição atrás de Cole. Ele me puxa para perto e me abraça.

— Estou aqui — sussurro.

Os lábios dele se movem, mas não há qualquer som a não ser o do vento, e Cole me puxa para mais perto e encosta a testa na minha. Não há nada aqui além de nós dois. Para além do redemoinho, o mundo está se acabando em assobios, sopros, puxões e empurrões. Mas apenas por um momento impossível, nós dois ficamos quietos.

O redemoinho perde força e começa a oscilar. Ele me segura mais forte e o torvelinho se parte e passa por nós, intenso e violento por um instante. Depois que vai embora, tudo que resta é uma brisa suave, a colina reaparece, a grama se assenta. Cole procura meu rosto. Olha como se esperasse uma expressão de medo, repulsa, alguma tensão, mas eu nunca me senti tão viva. Ele me solta e dá um passo para trás, trêmulo.

— Lexi. — Ele solta o ar e respira fundo várias vezes, como se o vento tivesse roubado o fôlego diretamente de seus pulmões. O vento tinha secado as lágrimas em seu rosto e despenteado o seu cabelo. — Agora você sabe. Esse sou eu. Sinto muito.

Ele parece desmoronar e começa a cair, mas eu o seguro pelo braço. Sua respiração está ofegante e, por um momento, acho que vai desmaiar.

— Não sinta.

— Eu entendo — diz ele, tentando se equilibrar — se você não quiser... Eu o interrompo.

— Foi isso o que quis dizer antes, quando me beijou, "só para garantir"?

Ele olha por cima da minha cabeça, para o leste, os olhos brilhando, mas vejo o cantinho de sua boca se curvando.

— Olhe para mim — digo, passando os dedos pelo maxilar dele e virando seu rosto para mim. — Ainda estou aqui.

Cole me beija, um beijo silencioso e desesperado. Sinto o gosto da dor em seus lábios, o toque de sal. Ele então se afasta e olha para o leste novamente. Sigo seu olhar. Os cantos do céu estão mudando. Se não voltarmos para Near, o amanhecer vai nos pegar desprevenidos.

— Vamos.

Ele me deixa conduzi-lo, meus dedos apertando seu braço, assegurando pelo contato das peles que ele ainda está aqui. Ando devagar, querendo que ainda demore um pouco para chegarmos a Near. O ciclone pode ter passado, mas a sensação é de que estamos sozinhos no mundo.

É Cole quem quebra o silêncio enquanto caminhamos.

— Eu queria mostrar a você, mas não desse jeito. Eu prometi a mim mesmo — murmura ele. — Prometi que nunca deixaria isso acontecer de novo, que nunca mais perderia o controle.

— Mas você *consegue* controlar. Acabei de ver você... — Meus dedos o apertam de leve. — Você enredou o vento na sua mão antes de ficar irritado. Depois, quando esqueceu sua raiva por um momento, você desfez tudo. Tenho certeza de que se você...

— É muito perigoso — diz ele, os olhos se fechando enquanto caminhamos, seus passos ágeis sobre o emaranhado de terra. — Basta um deslize.

— Mas Cole...

— Por que acha que trouxe você tão longe? Já faz mais de um ano que aquilo aconteceu e eu venho dizendo a mim mesmo todos os dias, todas as vezes que respiro, para ficar calmo, me manter vazio. — Ele me encara. — Por que acha que fico fora dos limites da aldeia? Por que acha que tentei não me aproximar de você?

Eu me lembro do modo como ele se afastava, evitando até encostar a mão na minha. Aquela expressão estranha, de preocupação e algo mais, quando entrelaçamos as mãos.

— Eu não ia parar aqui na cidade. Estava só de passagem.

— Para onde estava indo?

Ele balança a cabeça e o esforço desse movimento parece exauri-lo.

— Não sei. Desde aquela noite, não consegui ficar parado. Não consegui parar de me mover.

— Mas parou aqui. Por quê?

Ele para de andar e me viro de frente para ele.

— Eu ouvi algo — diz ele, pousando as mãos em meu ombro. — Algo terrível está acontecendo em Near, Lexi. É como se este lugar estivesse possuído. O vento está possuído. Por músicas. E vozes.

Franzo a testa.

— Minha irmã, Wren. Ela disse algo muito estranho hoje de manhã. Disse que as crianças desaparecidas vieram até a janela e a chamaram para brincar. Ela disse que as ouviu.

O corpo inteiro de Cole fica tenso.

— As vozes que eu ouvi não são dessas crianças. Não exatamente. Era uma voz de mulher. Ela não estava moldando o vento. Não do mesmo jeito que eu faço. Era como se a voz dela *fosse* o vento, mas também não era só o vento. Eu senti como se tudo estivesse se movendo sob um feitiço. A princípio eu parei para ouvir, para tentar descobrir se havia outro bruxo ou bruxa aqui.

As mãos dele começam a escorregar dos meus ombros, mas eu as devolvo para lá.

— Então há uma bruxa? Atraindo as crianças para sair de suas camas?

Ele assente.

— A voz tinha um jeito melódico. Eu estava margeando a cidade quando ouvi. Não entendi o que estava acontecendo, mas sabia que havia algo de errado.

121

— Como assim *errado*?

— Nunca conheci nenhum outro bruxo ou bruxa antes de vir para cá — conta ele. — Mas as coisas que eu faço, só consigo fazer com o vento. Só com a superfície, o formato dele. Essa bruxa está usando o vento de um jeito que eu nem sabia que era possível. É isso que quero dizer. Está errado.

— Foi por isso que você ficou?

— Na noite seguinte, as crianças começaram a desaparecer. Eu sabia que devia haver alguma conexão. Nada vai apagar o que aconteceu na minha aldeia, mas imaginei que, se pudesse fazer alguma coisa para ajudar, eu precisava ficar.

— Por isso você estava na charneca ontem à noite, perto da casa de Edgar.

Ele assente de novo, a respiração desacelerando e voltando ao normal. Voltamos a caminhar sobre as colinas, na direção da casa das irmãs.

— Então eu conheci você. As irmãs não quiseram conversar comigo sobre o que estava acontecendo. Mas disseram que eu devia te perguntar sobre a história.

As peças começam a se encaixar. O modo como o vento canta a Canção da Bruxa. A falta de pistas, a trilha esquisita que parece passar sobre a relva. A briga de Dreska com o Mestre Tomas.

— Você acha que é a Bruxa de Near?

— Você parece tão cética — observa ele, enquanto escalamos uma pequena subida e o bosque começa a aparecer. Vamos em direção às árvores.

— É *mesmo* difícil de acreditar.

— Por quê?

— Porque ela *morreu*, Cole. Controlar a chuva ou as flores é uma coisa. Retornar dos mortos é diferente.

Cole franze a testa, o vinco profundo entre os olhos. Chegamos ao limite do bosque, não o mesmo lugar de onde ele me tirou da trilha para entrar na charneca, mas o lado que dá na casa das irmãs. Meus olhos vasculham os arredores até encontrar o velho chalé. Ao lado dele, o muro baixo de pedras reluz como se fosse um pedaço da lua, ou água, e só consigo pensar no quanto quero chegar ali e me deitar. Esse é o tamanho do meu cansaço: dormiria feliz em cima de pedras. Minha cabeça está cheia de perguntas quando dou um passo para fora do bosque, e então três coisas acontecem.

A mão de Cole aperta meu pulso.

O vento fica mais forte e tira nosso fôlego.

O cano de metal de uma arma brilha sob a luz do luar.

15

Cole me puxa de volta para a sombra do bosque bem quando Otto e Bo aparecem sob o luar da charneca. Estão próximos ao galpão; meu tio empunha a arma e some atrás da estrutura caindo aos pedaços, enquanto Bo anda de um lado para o outro, as mãos nos bolsos, examinando a charneca. Otto reaparece do outro lado do galpão e ouço suas imprecações de onde estou.

— Onde ele *está*? — A voz do meu tio ecoa pela colina em nossa direção.

— Tem certeza de que ele está aqui? — pergunta Bo, chutando um punhado de terra com a bota. Ele aponta para a paisagem que se estende pela frente. — Vamos, Otto. Vamos voltar — diz ele, bocejando. — Não vejo minha cama há dias.

— Ele tem que estar aqui. Sei que elas o estão escondendo. — Ele parece tenso, cansado. — Droga — resmunga e olha por cima do galpão para o mundo banhado de noite. Consigo imaginá-lo estreitando os olhos na esperança de que algo se mova.

— Pensei que você tinha dito que íamos fazer isso de manhã. Agora está me arrastando para cá no meio da noite.

— Mudei de ideia. Achei que teríamos mais sorte agora. Antes de toda a aldeia acordar.

Ele quer dizer antes de eu acordar, antes que eu possa chegar aqui para alertar Cole. Ele sabe. Ou pelo menos suspeita.

Atrás de Otto, Bo suspira e pega algumas coisas do bolso. Chega perto do galpão, se ajoelha da melhor maneira possível com sua perna ruim e deixa um pequeno objeto no chão. Depois coloca um pedaço de tecido debaixo de uma das tábuas antigas do galpão e meu tio, enfim, percebe sua movimentação.

— O que está fazendo?

— Acelerando as coisas — responde Bo, chutando um pouco de terra sobre o tecido. — Qual é o *seu* plano? Puxar uma cadeira e esperar o garoto aparecer? Ou esperar que as irmãs peguem você e o joguem na lareira?

Xingo baixinho quando percebo o que está acontecendo. Ele está plantando provas.

— Não gosto nem um pouco disso, Bo — diz meu tio, o tom de voz revelando choque e raiva.

— Olhe, Otto, alguma coisa precisa ser feita. — Bo segura o ombro do meu tio com força. — Nós sabemos que foi ele. Desse jeito, podemos fazer os outros perceberem isso também.

— O Conselho mandou você fazer isso, não foi?

Bo para e parece pensar bem nas palavras.

— Mestre Eli disse que é melhor assim.

— Ele disse isso para você, e não para mim?

Bo dá um sorrisinho sinistro.

— Você andava ocupado. Mas isso precisa ser resolvido.

— E as *crianças*? — dispara Otto. — Como é que isso nos ajuda a encontrá-las?

— Quando estivermos com o estranho — diz ele, apontando para o galpão — podemos obrigá-lo a dizer onde elas estão. Até lá…

Meu tio está tão tenso que seus ombros parecem feitos de pedra. Estou inclinada para a frente esperando que ele diga: "Não, chega, isso é errado."

Mas ele não diz.

Apenas passa os dedos pelo cabelo, coça a barba e vai andando com Bo, descendo a colina. Eu me encolho ao lado de Cole. Bo e Otto estão caminhando pela trilha que dá no bosque.

Vindo em *nossa* direção.

Meu coração acelera e Cole deve ter percebido, porque me abraça mais forte e respira fundo sobre meu cabelo, algo entre um beijo e um incentivo para que eu faça silêncio.

Ele, então, começa a andar de costas em meio às árvores, silencioso daquele jeito quase impossível sobre os galhos e as folhas mortas, e me leva com ele. Pouco a pouco vamos nos afastando da trilha e nos abrigamos entre os troncos de árvores mais grossos. O vento aumenta só o suficiente para agitar os galhos e as folhas penduradas, que fazem barulho quando os dois homens entram no bosque.

Meu tio passa a centímetros do meu rosto.

Mas não me vê. Seus olhos estão fixados nas costas de Bo.

Então eles vão embora, saindo do bosque na direção de Near. E aqui estamos nós, Cole e eu, espremidos contra uma árvore na noite escura. Ele suspira profundamente. Sinto sua respiração quente em meu pescoço e me arrepio.

— Essa foi por pouco — sussurra Cole.

Eu me afasto e voltamos para a trilha.

— Cole, eles vão *armar* para cima de você.

— Eu vou tirar a prova de lá.

— Mas você não vê? Não é essa a questão. — Eu me recosto em uma árvore. — Eles não se importam se foi você ou não. Como podemos provar que você é inocente?

— Não podemos. Eles não se importam com isso.

— Precisamos achar quem realmente está fazendo isso. Se é a Bruxa de Near, se ela voltou de alguma forma, como é que vamos encontrá-la? E como é que vamos *detê-la*? — Minha cabeça lateja. Estou muito estressada.

— Lexi — diz ele, com uma estranha tranquilidade, que talvez seja apenas exaustão. — Você mesma disse que as vozes das crianças não vieram delas próprias e que a trilha do vento não foi construída com pés. Isso é magia. Quantas bruxas há em Near?

— As irmãs e a Bruxa de Near, que está morta até onde eu sei. E você.

— Você confia nas irmãs?

— Confio.

— E você confia em mim?

Dou um passo na direção dele.

— Confio.

— Então só pode ser a Bruxa de Near.

Assinto, cautelosa. Meu instinto me diz que é verdade, ou pelo menos que é possível, e meu pai me ensinou a confiar no meu instinto, porém o que exatamente ela está fazendo e como se detém uma bruxa que supostamente está morta? Minha cabeça está uma bagunça. *Durma só um pouquinho*, meu corpo implora.

— Vamos dar um jeito, Lexi. — Ele chega mais perto e passa os dedos pelo meu rosto. — O que acontece com a Bruxa de Near na história?

— Ela foi banida. Expulsa de Near. Morreu sozinha em meio às ervas daninhas há séculos.

— Como é que seu pai conta a história? Talvez haja pistas.

Encosto a cabeça no peito dele e fecho os olhos. Meus pensamentos estão lentos, mas tento me lembrar de onde parei a história, tento me lembrar do final do meu pai. A questão de contar uma história é que é difícil retomá-la quando você para no meio. Eu me lembro das coisas por inteiro, não em pedaços.

— Vamos ver — sussurro, e sinto como se pudesse sair flutuando por aí. — A Bruxa de Near era parte de tudo e de nada. E amava muito a aldeia e as crianças. Às vezes, quando estava com paciência, ela fazia truques para as crianças. Coisas pequenas, como fazer as flores crescerem em um piscar de olhos ou fazer o vento sussurrar sons que eram quase palavras. As crianças ficavam ávidas por qualquer tipo de magia e ansiosas para vê-la em todos os lugares e, por isso, amavam a Bruxa.

Faço uma pausa porque meu pai sempre parava nessa parte. Ele só me contou o que vem a seguir uma ou duas vezes, então é difícil me lembrar das palavras.

— Até que, um dia, um garoto morreu no jardim e o mundo mudou. Os três caçadores que protegiam a aldeia baniram a bruxa. Na noite em que ela foi expulsa, seu chalé afundou inteiro na grama, e seu jardim foi absorvido pelo solo. Ela nunca mais foi vista, porém era ouvida lá nos confins da charneca, cantando para as colinas dormirem. Por anos e anos a cantoria foi arrefecendo, até quase se confundir com o vento, e então desapareceu completamente. Esse foi o fim da Bruxa de Near. — Suspiro. — Não é de muita ajuda, mas é assim que meu pai contava.

Cole olha para mim.

— Você fala como se houvesse outra versão.

— Acho que sim. — Balanço a cabeça, atordoada. — Magda nunca me contou, mas sei que ela não acredita nesse final. Eu contei uma vez para ela, e ela fez uma careta e balançou a cabeça.

— Bom, isso é um começo. Se existe outro final que as irmãs não contaram, é porque deve haver alguma verdade nele. Vamos perguntar a elas de manhã.

— Elas não confiam em mim.

— Elas não confiam em ninguém, mas vão contar para a gente. Agora, vá para casa. Durma um pouco. — Ele dá um beijo suave na minha testa e se vira para sair do bosque.

— Espere — digo, puxando-o de volta. — E Otto? Ele vai voltar.

— Vou ficar bem.

— Como? — pergunto, sentindo de novo um aperto no peito. — Onde vai se esconder?

O vento sopra mais forte como se me respondesse, carregando folhas em pequenas espirais, e bem diante dos meus olhos Cole começa a ficar turvo, transparente, as extremidades do corpo se misturando à noite ao nosso redor. Ele abre um pequeno sorriso.

— Tenho bastante espaço.

Eu o aperto mais forte, com medo de que ele suma por completo. Mas o vento para e lá está ele, em carne e osso de novo.

— Por quanto tempo você consegue se esconder? — pergunto, a desesperança se misturando ao cansaço.

— Só até encontrarmos o responsável por isso. Até encontrarmos as crianças. Depois não vou mais precisar.

Não é a resposta que eu estava esperando, mas acho que é o suficiente. Eu me inclino para lhe dar um beijo de boa noite.

— Só para garantir — sussurro.

Ele me segura pela cintura, mas hesita.

— O que foi? — pergunto, dando um passo para trás.

— Estou cansado. Não tenho muito controle.

— Então fique calmo.

Chego para a frente bem devagar, como se ele fosse um animal assustado. Quando meus lábios estão a poucos centímetros de distância, eu paro e espero para ver se ele vai se afastar de novo, porém ele não se afasta. Minha respiração se mistura à dele.

— Fique calmo — repito, e então meus lábios tocam os dele. As nuvens, de repente, param de se mover, como se quisessem congelar aquele momento tanto quanto eu. Quando me afasto, há algo de novo em seu rosto, algo tênue, um quase sorriso. Cansado, mas está ali.

Então é ele quem me puxa para mais perto, a mão fria na curva das minhas costas, e beija meu pescoço e meus ombros. Solto uma risadinha, pois o cabelo dele faz cócegas na minha pele. É uma sensação boa, nós dois rindo e abraçados assim. O vento à nossa volta começa a ondular, com altos e baixos. Cole levanta a cabeça e seus olhos encontram os meus. Por cima da cabeça dele, vejo o céu ficando mais escuro, quase preto, e sei que não deveria estar assim. Já passamos do horário mais escuro da noite e a luz já deveria estar aparecendo. Inclino a cabeça para trás e olho o céu em meio à copa da árvore. As nuvens ainda estão lá, bloqueando a lua.

— Cole — sussurro, e o vento fica mais forte. — Cole, fique *calmo*. Ele me olha nos olhos de novo, e dessa vez franze a testa.

— Não sou eu — diz, e o vento fica mais e mais forte, serpenteando e soprando uma melodia familiar que faz meu coração se apertar. — É ela.

Nesse momento o mundo fica totalmente escuro e a canção fica mais alta. Em meio à melodia, consigo discernir coisas que são quase palavras. Aquelas que os adultos não ouvem e as crianças ouvem perfeitamente, atraindo-as para fora de suas camas.

Wren. O aperto em meu peito volta quando percebo o que está acontecendo. A cada noite que a música e a escuridão artificial aparecem, a cama de uma criança amanhece vazia. Preciso ir para casa. Eu me solto de Cole e me viro na direção do bosque quando o mundo parece oscilar violentamente. Os dedos de Cole seguram os meus e ele diz alguma coisa, mas não consigo ouvir. A música toma conta de tudo e a noite é espessa como tinta. A charneca lá embaixo desaparece. Os dedos dele desaparecem. A noite desaparece. E tudo fica escuro e silencioso.

16

REPENTINA E QUENTE, a luz do sol se derrama sobre a cama.

Eu me sento, assustada. Ouço os passos suaves da minha mãe na cozinha. Os passinhos irregulares de Wren no corredor. Wren. Está sã e salva. Respiro fundo, trêmula. Eu me sinto tonta, entorpecida. Como cheguei até aqui? A luz que entra no quarto é clara e revigorante.

Uma memória reverbera em minha cabeça, tênue como um sonho, de ter sido meio carregada, meio guiada para casa por uma voz baixa, quase sussurrante, enquanto minhas botas deslizavam sobre a grama. Afasto os lençóis. Minha capa está em cima da cômoda. Vou até a janela, abro e olho para baixo. Minhas botas estão bem arrumadinhas debaixo do peitoril. Está tudo no lugar.

Quando encontro Wren no corredor, me ajoelho e a abraço, ignorando suas tentativas de se soltar.

— Estão todos brincando sem mim — reclama, fazendo beicinho.

— Quem? — pergunto. Se Wren está segura em casa, qual foi a cama que acordou vazia?

Mas a resposta chega logo.

— E a sra. Harp fala a mesma coisa — diz uma voz.

É Tyler, logo ele, quem está contando os detalhes para a minha mãe.

Ele está falando da sra. Harp, a mãe de Emily. A menina toma forma em minha mente, brincando de rodar, as duas tranças como se fossem rabiolas de pipa.

— Nenhum rastro mesmo? — pergunta minha mãe, com a voz suave.

Fico parada no corredor por um momento, ainda abraçada a Wren e ouvindo trechos da conversa.

Nenhuma pista. Não estou surpresa. O vento veio e roubou Emily de sua cama. Consigo até visualizar. Uma colcha removida cuidadosamente, expondo os lençóis frios e vazios. Talvez tenham encontrado o amuleto dela na mesinha de cabeceira, deixado de lado como cobertores em uma noite quente.

Wren se solta dos meus braços, com seu amuleto ainda amarrado ao pulso, o cheiro doce de terra. Levo os dedos até ele e uma brisa sopra pela casa.

Sinto um arrepio e vejo que a porta da frente está aberta.

É quando me dou conta do quão tarde está, o sol já alto no céu. Como se fosse a deixa perfeita, ouço os passos pesados do meu tio na soleira e minha garganta dá um nó.

Cole.

A prova plantada.

Wren se solta e vai saltitando pelo corredor na direção de Otto. Ela quase corre até ele e o abraça no último minuto. Ele a pega no colo, a levanta e a envolve com os braços.

— Bom dia, Wren — diz ele com o rosto no cabelo dela antes de colocá-la no chão.

Seus olhos encontram os meus por um momento e, para minha surpresa, ele sorri.

— Bom dia, Lexi — cumprimenta, a voz serena.

Tento não demonstrar o meu choque.

— Como vai, tio?

Então percebo as mangas de sua camisa, dobradas e sujas, e um arranhão no antebraço.

— O que foi que você *fez*? — pergunto, com os olhos estreitados.

Otto desdobra as mangas calmamente.

— Fiz o que tinha que ser feito.

Tento sair correndo, mas suas mãos são mais rápidas e ele segura meu pulso.

— Você foi encontrá-lo? Foi tentar avisá-lo? — pergunta ele.

— Do que está falando? — Tento me desvencilhar.

Ele aperta mais forte e eu me contorço, tentando me soltar, e Tyler aparece no corredor.

— Então me ajude, Lexi, eu disse para não me desobedecer. — A voz dele está abafada. — Não entende o que está fazendo? O que já fez?

— *Otto* — diz minha mãe atrás dele, a voz forte de um jeito que não ouço há meses. — Solte ela.

Meu tio me larga, como se não tivesse percebido que estava me machucando, e eu tropeço na direção de Tyler, que parece mais do que contente em me segurar.

Me esforço para reprimir todos os xingamentos que querem sair da minha boca e desvio dele para sair de casa.

— Não posso mais salvá-la — murmura Otto.

Há marcas vermelhas do aperto no meu pulso, mas não sinto nada além de raiva, frustração e, principalmente, medo por Cole e pelas irmãs. Pego as botas debaixo da janela e deixo a faca do meu pai e minha capa para trás, ignorando a brisa do fim do verão. Não posso voltar lá para dentro. Não tenho tempo.

As ameaças de Otto pairam no ar atrás de mim e eu não olho para trás.

A primeira coisa que vejo é fumaça.

Mas, quando o chalé aparece no meu campo de visão, percebo que está saindo da chaminé; o ar mudou de fresco para frio em questão de dias. A porta da frente está aberta e mesmo lá da trilha já consigo ver a mesa virada, o chão repleto de canecas, tigelas, folhas e outras coisas que caíram. Uma das cadeiras da cozinha está no jardim, e Magda está sentada nela. Aos seus pés, há uma cesta com galhos e pedras, e ela cantarola para si mesma enquanto trabalha, como se nada tivesse acontecido. Sua voz se mistura ao vento, tão emaranhados que não consigo distinguir as duas melodias. Quando chego mais perto, consigo identificar algumas palavras da música. Elas saem de seus lábios enrugados quase sem as consoantes.

— ... portas de entrada, à noite seus olhos sempre vigilantes, para manter todo o mal distante...

Ela está construindo pássaros. Seus dedos retorcidos descascam tiras fininhas dos galhos e as enrolam ao redor das pedras e pedaços de madeira. Caminho com pressa até a casa e vasculho a charneca tentando enxergar algum ponto cinzento em meio à paisagem verde e ao céu azul, mas tudo que vejo são montes e mais montes de grama. Há uma neblina pairando sobre tudo. Os topos das colinas se destacam como se fossem feras adormecidas.

— Magda! — chamo, ao chegar mais perto. — O que aconteceu? Onde está Cole? Ele...

Pelo canto do olho vejo uma sombra de relance, e então ele aparece ali, na porta, esperando por mim.

Corro pela trilha e jogo os braços em volta dele. Ele cambaleia para trás, mas não me afasta. Também me abraça, com gentileza.

— Você está aqui — digo, sem fôlego e aliviada. — Eu pensei... Nem sei o que pensei. Otto chegou dizendo um monte de coisas... que tinha feito o que precisava ser feito. Ele me acusou de alertar você.

— Estou aqui. Está tudo bem.

— O que aconteceu, Cole? Ontem à noite... E agora isso? Eu pensei que... — Eu me enrolo com as palavras e o aperto mais forte, sentindo o cheiro de sua capa cinza, ar fresco com uma pitada de fumaça.

Ele abaixa a cabeça e me dá um beijo delicado no pescoço. Olho para a casa.

— Eu alertei Magda e Dreska — diz ele, com a cabeça em meu ombro. — Mas elas se recusaram a ir embora.

— É claro que nos recusamos — irrita-se Dreska, que varre alguns pratos quebrados usando a vassoura ao mesmo tempo como ferramenta e como bengala. Ela se abaixa para segurar o pé de um banquinho virado de cabeça para baixo e o ajeita diante do fogo.

— O que aconteceu? — pergunto, me abaixando para pegar uma cesta.

— O que acha que aconteceu? — observa Dreska. — Seu tio e os homens dele vieram procurar nosso hóspede e, quando não o encontraram, fizeram essa bagunça toda. — Ela pega uma tigela. — Como se ele estivesse escondido debaixo dos pratos.

— Eles vieram até o galpão — acrescenta Cole, balançando a cabeça. — Eu não devia ter tirado a prova plantada deles de lá.

— Tudo o que eles derrubaram aqui já foi derrubado antes, centenas de vezes — resmunga Dreska. — Coloque a cesta em cima da mesa, assim que Cole a desvirar para o lado certo.

Cole coloca a mesa de cabeça para cima. Sua superfície é um emaranhado de arranhados e marcas de queimado, mas, tirando o rangido que ela dá ao ser colocada no lugar, parece ótima.

— Foi por isso que ele me perguntou se eu tinha alertado você — digo, esfregando meus braços de frio. Cole percebe, tira a própria capa e a coloca em meus ombros. É surpreendentemente macia e quentinha.

Dreska coloca a chaleira sobre o fogo.

Pouco depois, Magda entra aos tropeços com os pássaros de galhos e pedras prontos dentro da cesta. Ela larga a cesta no chão ao lado da porta, fazendo um barulho.

— Os olhos deles estavam cheios de coisas sombrias. Aquele homem é o pior — comenta.

Sinto uma necessidade inesperada de defender meu tio, mesmo que ele esteja deixando tudo aquilo acontecer. Mesmo que ainda haja marcas vermelhas de seus dedos no meu pulso.

— Otto não é... — começo.

— Não, não o Otto — emenda Magda, fazendo um gesto com a mão. — O outro. Alto, com cara de entediado.

— Bo — digo, e a palavra soa como se fosse uma praga. — Bo Pike.

Em minha mente, eu o vejo ajoelhado, plantando retalhos de roupas de crianças, o nariz e o cabelo espetados.

— Isso não pode continuar assim — afirmo e me viro para Cole. — Você não pode continuar se escondendo deles. Se os homens de Otto conseguirem colocar todo mundo contra você, não vai ter mais onde se esconder.

— Eu não vou embora, Lexi. — Sua expressão teimosa me deixa sem argumentos.

— Magda — digo, tentando mudar de assunto. — Dreska.

As irmãs não olham para mim nem param o que estão fazendo, mas sei que estão prestando atenção, aguardando minhas próximas palavras.

— A Bruxa de Near não simplesmente desapareceu na charneca, não é? — pergunto, a voz ficando fraca. — Algo deve ter acontecido. Algo de ruim.

Magda solta um suspiro profundo.

— Sim, querida — diz, sentando-se em uma cadeira. O corpo range como um galho quando ela se curva. — Algo de ruim aconteceu.

Ela dá uma olhada pela janela para as colinas do leste, como se estivesse com medo de alguém ouvir.

— O que aconteceu?

Dreska para de varrer apenas por um momento e depois redobra o esforço, o som da vassoura preenche o cômodo como se fosse estática. A chaleira chia quando a água ferve. Magda pega um pano e, com as duas mãos, tira a chaleira do fogo.

— Conte o fim da história. — Eu hesito, depois acrescento: — O fim de verdade.

As xícaras batem uma na outra ao serem colocadas sobre a mesa, junto com a chaleira e o pão fatiado.

Magda me olha como se eu tivesse perdido o juízo. Ou como se eu tivesse crescido. É meio que a mesma coisa. Abre a boca, revelando as lacunas onde faltam dentes, mas, antes que possa falar, Dreska balança a cabeça.

— Não, não, não há razão para isso, querida — diz Magda, com as mãos inquietas mexendo em um galho de madeira que encontrou no chão.

— Eu preciso saber — insisto, olhando para Cole. Ele parou ao lado da janela aberta. Eu me pergunto se é difícil para ele ficar confinado em locais fechados, se precisa de ar fresco constantemente. — Se a Bruxa de Near está sequestrando as crianças...

— Quem disse que ela está? — interrompe Dreska.

— Como poderia? Ela está morta — acrescenta Magda.

Mas elas falam tudo aquilo de um jeito muito relutante. Não acreditam em nenhuma daquelas palavras. Cole assente de leve, me encorajando.

— Eu sei que você acha que é ela, Dreska — digo, tentando não sucumbir ao olhar frio dela. As irmãs ficam em silêncio, trocando olhares entre si. — Eu ouvi você conversando com Mestre Tomas, lá na aldeia. Você tentou dizer a ele, assim como vocês duas tentaram dizer a Otto. Eles não acreditaram, mas eu acredito.

Todos os barulhos no cômodo cessam.

— E se não acharmos logo o culpado e as crianças...

Eu me viro para Cole, ao lado da janela. Depois para Magda, ocupada com o chá, e para Dreska, que me encara diretamente, quase olhando através de mim, com aqueles olhos penetrantes. Essa é a minha chance de convencê-las.

— As coisas vão ficar piores. Ninguém consegue descobrir quem está levando as crianças. Eles vão culpar Cole, mas isso não vai resolver nada. As crianças vão continuar desaparecendo. Wren vai acabar desaparecendo, e eu não posso ficar parada esperando que isso aconteça enquanto eles procuram alguém para jogar a culpa! — Olho para o teto, tentando me recompor sob as telhas de madeira. — Precisamos dar provas a eles. Precisamos resolver isso.

Dreska me olha com muita atenção, como se estivesse indecisa entre me mandar para casa ou confiar em mim.

— Magda. Dreska. Meu pai passou a vida tentando fazer com que Near confiasse em vocês duas. Agora, por favor, confiem em *mim*. Por favor, me deixem ajudar.

— Foi Lexi que me alertou, alertou a todos nós, sobre os homens de Otto — acrescenta Cole.

— E por que está tão convencida de que é a Bruxa de Near, Lexi Harris? — pergunta Dreska.

— Ela conseguia controlar todos os elementos, não era? Até mover a terra. Ela poderia esconder os rastros. E há aquela trilha estranha, como se estivesse sobre a grama.

Dreska estreita de leve os olhos, mas não me interrompe.

— A única coisa que não sei é como ela voltou, e por que iria querer roubar crianças. Vocês vão me contar ou não? — As palavras saem mais altas do que eu esperava, ecoando pelas paredes de pedra.

Dreska contorce o rosto, todas as rugas levando para o centro dele, entre os olhos. Magda cantarola a Canção da Bruxa enquanto despeja o líquido quente sobre o filtro de arame antigo dentro das xícaras. Traços de vapor sobem e se dispersam ao redor dela.

Dreska dá uma última olhada para Cole, encostado na parede ao lado da janela, e balança a cabeça. Mas, quando ela fala, o que sai é:

— Muito bem, Lexi.

— É melhor se sentar — acrescenta Magda. — O chá está pronto.

— A Bruxa de Near morava nos confins da aldeia, bem na fronteira onde Near se encontra com o mundo selvagem — começa Magda. — Isso foi há muitos, muitos anos atrás. Talvez antes mesmo de Near ser Near. E, sim, é verdade que ela tinha um jardim e é verdade que as crianças gostavam de ir lá vê-la. Os moradores não a incomodavam, mas também não faziam amizade com ela. Um dia, como se conta, um garotinho foi ver a Bruxa de Near e não voltou para casa — diz Magda, encarando um canto da sala.

Dreska anda de um lado para o outro, claramente desconfortável. Ela fecha a janela e Cole faz uma expressão de desagrado, mas ela continua inquieta, mexendo na chaleira e olhando pela janela para a charneca escurecendo. A chuva enfim desaba, forte e intensa sobre a casa. Magda continua.

— Quando o sol se pôs e o dia foi terminando, a mãe do menino foi atrás dele. Chegou até o pequeno chalé nos confins de Near, logo ali. — Magda aponta por cima do ombro da irmã para algum lugar atrás da casa. — Mas a bruxa não estava em casa. O menino, no entanto, estava lá, no jardim, em meio às flores vermelhas e amarelas.

Ela segura com força a xícara de chá.

— Ele estava morto. Como se tivesse caído no sono sobre aquelas flores e decidido não se levantar mais. Disseram que foi possível ouvir os gritos da mãe por cima até do vento da charneca. Mais tarde, a Bruxa de Near voltou para casa carregando um monte de grama, frutas e outras coisas que as bruxas gostam de catar por aí. Sua casa ardia em chamas e seu precioso jardim estava destruído. Um grupo de caçadores a aguardava. "Assassina, assassina", eles gritavam.

A voz de Magda falha ao contar essa parte, e eu estremeço.

— E os caçadores foram para cima da Bruxa de Near como se fossem corvos. Ela recorreu às árvores, mas estavam enraizadas e não puderam salvá-la. Recorreu à grama, mas era muito pequena e frágil, e não conseguiu salvá-la.

A chuva cai com força sobre as pedras da casa, e Dreska parece escutar a história da irmã com um ouvido e a chuva com o outro. Cole está parado em um canto e não diz nada, mas seu maxilar está tenso e sua expressão perdida.

— Por fim, a Bruxa de Near recorreu à própria terra, mas já era tarde demais e nem a terra conseguiu salvá-la — revela ela e toma um longo gole do chá. — Ou pelo menos é o que dizem, querida.

Eu consigo ver exatamente o que ela diz, só que não é a bruxa que aparece em minha mente, implorando à charneca por ajuda. É Cole. Sinto um arrepio.

— Minha nossa, Magda, essas histórias que você conta — observa Dreska de seu lugar próximo à janela. Ela se vira de costas e continua com seus afazeres, pegando uma panela e afastando as folhas no chão com a bengala.

Magda olha para mim.

— Eles mataram a bruxa, os três caçadores.

— Os três caçadores? Os homens que formavam o Conselho original? Eles ganharam esse título para *proteger* a aldeia.

Dreska assente.

— Eles não eram o Conselho naquela época, apenas jovens caçadores, mas sim. Homens como seu tio e como aquele Bo. Os caçadores levaram o corpo da bruxa para a charneca, para bem, bem longe e enterraram o mais fundo possível.

— Mas o chão é como uma pele, ele cresce em camadas — murmuro, me lembrando das palavras sem sentido de Magda no jardim. Ela assente.

— O que está em cima, descasca. O que está por baixo, às vezes consegue vir à tona — diz ela, e dessa vez acrescenta: — Se estiver com raiva o suficiente.

— E se for forte o suficiente.

— Foi uma morte muito errada para uma bruxa tão poderosa.

— Ao longo dos anos, o corpo foi subindo, subindo, até que chegou à superfície e abriu caminho — diz Dreska, de um jeito sombrio. — E agora, enfim, a charneca conseguiu salvar sua bruxa. — Depois de uma longa pausa, ela acrescenta, sem qualquer expressão. — Ou pelos menos é o que *nós* acreditamos.

Mais uma vez, as irmãs falam daquele modo entrelaçado.

— Ela ressurgiu de dentro da charneca — diz Dreska.

— Agora sua pele, de fato, é feita da grama da charneca — acrescenta Magda.

— Agora seu sangue é a chuva da charneca.

— Agora sua voz é o vento da charneca.

— Agora a Bruxa de Near é feita da charneca.

— E ela está furiosa.

As palavras das irmãs ecoam pelo chalé e rodopiam como se fossem vapor ao nosso redor. De repente, eu preferia que as janelas estivessem abertas, mesmo que a chuva entrasse. Está difícil respirar aqui. O chão sujo do chalé parece ondular à medida que Magda fala. As pedras das paredes se movem em solavancos.

— É por isso que as crianças estão desaparecendo — digo, baixinho. — A Bruxa de Near as está sequestrando para punir a aldeia...

Magda continua assentindo, constante como uma goteira.

De repente, voltam a mim as palavras no livro do meu pai, as palavras de Magda: *O vento é solitário e está sempre procurando companhia.* É exatamente o que a bruxa está fazendo, atraindo-os para fora de suas camas. Sinto um calafrio.

— Mas por que apenas à noite?

— Embora seja muito poderosa, ela ainda está morta — explica Dreska.

— Coisas mortas estão presas aos seus locais de descanso até que escureça — acrescenta Magda.

Mas há algo no tom de voz delas, alguma coisa que venho tentando identificar esse tempo todo. Uma suavidade quando falam da Bruxa de Near.

— Vocês gostavam dela — digo, só me dando conta das palavras quando saem da minha boca.

Algo similar a um sorriso aparece no rosto de Dreska.

— Nós também fomos crianças um dia.

— Brincávamos no quintal dela — conta Magda, mexendo o chá.

— Nós a respeitávamos.

Aperto a xícara até sentir o calor irradiando para minhas mãos. Durante todo esse tempo, Cole ficou parado como uma sombra na parede, em silêncio, indecifrável. Eu me pergunto se ele enxerga a si mesmo nessa história, sua própria casa destruída pelas chamas, ou se está vendo coisas ainda mais sombrias em sua cabeça. Quando ele se vira para mim e encontra meu olhar, um quase sorriso triste aparece em seu rosto. É bem de leve, mais para mim do que para ele, mas eu correspondo e depois volto a olhar para as irmãs.

— Ela não fez isso, não é? Não matou o garoto.

Dreska balança a cabeça.

— Às vezes a vida acaba cedo.

— E precisamos culpar alguém.

— O garoto tinha problemas no coração.

— Ele se deitou no jardim e dormiu.

— E eles a mataram por isso — sussurro, com a xícara nos lábios. — Vocês sabiam? Sempre souberam esse tempo todo? Por que não me contaram? Por que nunca fizeram nada?

— Acreditar e saber são coisas diferentes — diz Dreska, e anda até a mesa.

— Saber e provar são coisas diferentes — acrescenta Magda.

As irmãs franzem a testa do mesmo jeito, com rugas bem profundas. Lá no canto, o rosto de Cole está novamente mergulhado nas sombras. E, para além da janela, a chuva está parando, mas o céu segue escuro.

— Não sabemos onde a bruxa está enterrada — diz Dreska, fazendo um longo gesto com a mão.

— E nós tentamos contar a eles — observa Magda, indicando a aldeia com a cabeça. — Tentamos dizer aos homens da equipe de busca desde o início, mas eles não ouviram.

— Teimosos — afirma Dreska. — Do mesmo jeito que eram naquela época.

— É como você mesma disse, Lexi. — Magda coloca a xícara sobre um pequeno círculo na mesa. — Os moradores nunca vão acreditar. Os homens de Otto nunca vão acreditar.

Olho para o dia cinzento lá fora, a luz voltando a brilhar nas frestas das nuvens.

— O que precisamos fazer para resolver tudo isso? — pergunto.

— Bem, em primeiro lugar — diz Magda, que termina o chá e se levanta. — Primeiro, você precisa encontrar o corpo da bruxa. Precisa encontrar os ossos.

— E colocá-los para descansar — murmura Dreska, de maneira quase que reverente.

— Um enterro apropriado.

— Um descanso apropriado.

— É assim com as bruxas.

— E com todas as coisas.

— Onde? — pergunto, já de pé.

— Onde ela morava — respondem as duas.

As irmãs nos conduzem para fora da casa. O ar está fresco, e não congelante, mas é o suficiente para causar arrepios.

— Sim, eu sei que é em algum lugar por aqui — diz Magda, coçando a bochecha enrugada com o dedo sujo de terra. — Ah, sim, bem aqui.

Ela aponta para o segundo canteiro entre o chalé e o muro baixo de pedra, aquele que fica atrás de seu jardim. O canto que sempre me parecera estranhamente limpo e vazio em meio a um lugar que vivia coberto de grama, flores e ervas daninhas. Eu me abaixo e percebo que, de perto, o chão está queimado. Árido, sem qualquer grama. Passo os dedos sobre ele, o canteiro virou lama depois da tempestade. Não faz sentido. Aquele fogo foi há séculos. A grama já devia ter se recuperado. Ainda assim, eu quase consigo ver as marcas das brasas. Como se o chão tivesse acabado de ser destruído.

— Aqui era a casa dela — murmuro.

— E o jardim já está quase pronto — diz Dreska, apontando com um gesto para o trecho de solo entre o chalé e o canteiro destruído. O jardim de Magda fora da Bruxa de Near antes.

— A bruxa merecia respeito, na vida e na morte — diz Magda tão baixinho, que Dreska não deveria ter ouvido. E, ainda assim, elas assentem lado a lado, as cabeças para a frente e para trás em um ritmo ligeiramente diferente uma da outra. — Em vez disso, só recebeu medo e, depois, fogo e assassinato.

— Mas como vamos achar os ossos? — pergunto. — Podem estar em qualquer lugar.

Dreska levanta a mão cansada para o leste, na direção da charneca selvagem.

— Foi para lá que levaram o corpo dela. É lá que vão achar os ossos. O quão longe, aí eu já não sei.

Cole surge atrás de mim, com a mão em meu ombro.

— Nós vamos encontrar — promete ele.

Magda e Dreska voltam para casa e ficamos sozinhos ali, na fronteira de Near.

— Parece impossível — digo, ainda de costas para ele. — Por onde vamos começar?

Olho para a charneca e sinto um aperto no coração. O mundo inteiro se estende para lá. Sem fim. Colina atrás de colina atrás de colina, todas salpicadas de árvores. A charneca sempre parece estar engolindo as coisas. Pedras e troncos meio digeridos que despontam do solo nas encostas. E, em algum lugar lá para dentro, ela engoliu também a Bruxa de Near.

18

OLHO PARA AS COLINAS INTERMINÁVEIS e me sinto desesperançada.

Cole começa a caminhar, mas eu o puxo de volta.

— Ainda não — digo, balançando a cabeça. — Não podemos simplesmente sair andando pela charneca. Precisamos de um plano. Eles vão vir atrás de você, Cole. Otto e os homens dele vão nos seguir.

Ele apenas olha para mim.

— Preciso visitar algumas pessoas. Consigo ser tão persuasiva quanto meu tio quando preciso — digo, sabendo que não precisarei de muito tempo.

Cole continua calado e percebo que está bem quieto desde que as irmãs contaram a história delas. Tento abraçá-lo e seus olhos cinzentos ainda estão inexpressivos, como se olhassem para dentro, e não para fora. Quando ele finalmente fala, sua voz está vazia, quase raivosa.

— Isso é perda de tempo, Lexi.

— Como assim?

— Não importa. O que eles pensam sobre mim não importa.

O vento ao nosso redor fica mais denso, como um peso em meu peito.

— Importa para *mim*. E, se Otto e os homens dele pegarem você e te levarem a julgamento, o que as pessoas pensam vai importar bastante.

Ele fecha os olhos. Levo as mãos ao seu rosto, a pele fria em meus dedos.

— Qual é o problema?

A ruga de tensão em sua testa suaviza de leve com meu toque, mas ele mantém os olhos fechados. Ouço sua respiração curta e irregular enchendo o peito, como se o ar fosse retirado de seus pulmões assim que entra. Mantenho minhas mãos em seu rosto até que a pele se acostume ao meu toque, até que a respiração fique mais serena e que o vento ao nosso redor volte a ser apenas uma brisa gentil. Eu poderia ficar aqui para sempre.

— Às vezes eu me pergunto o que eu faria — diz ele, afinal, sem abrir os olhos — se alguém tivesse sobrevivido ao incêndio. Será que eu teria confessado e deixado que me punissem? Aquilo aliviaria a dor de alguém?

— Por que está falando assim? — Fico surpresa com a raiva dentro de mim. — Como isso tornaria as coisas melhores?

Ele abre os olhos, os cílios pretos contrastando com a pele clara.

— Você ouviu as irmãs. Às vezes as pessoas precisam de algo, de alguém, para culpar. Isso lhes dá paz até encontrarem as respostas verdadeiras.

— Mas eles não precisam culpar você. Podem culpar a Bruxa de Near, e podemos provar isso assim que acharmos as crianças.

Tento transmitir determinação suficiente por nós dois no meu tom de voz. Então era nisso que ele estava pensando lá na casa das irmãs, quando abriu aquele sorriso triste. Será que ele desejava que tivesse havido caçadores na época para capturá-lo e puni-lo, assim ele não precisaria punir a si mesmo?

Ele relaxa um pouco, mas apenas superficialmente. Balança a cabeça muito de leve e lá está ele de novo, olhando para mim.

— Desculpe — diz, em voz baixa. — Não queria deixar você chateada. — A voz dele é direta e honesta.

— Cole, você não é uma pedra. Não é uma árvore nem um punhado de grama, nem uma nuvem. Não é uma coisa que se possa descartar, queimar ou passar por cima. Por favor, me diga que compreende isso. — Ele me encara. — E você também não é apenas o vento. Você está aqui, é real, e talvez tenha isso dentro de si, mas você não é só isso. Isso não o faz menos humano.

Ele assente devagar. Envolvo sua cintura com meus braços, a capa dele envolve a nós dois.

Para todos os lados, a charneca está calma, a luz bem nítida e o ar parece mais cálido. Nesse exato momento, não parece possível que qualquer coisa maligna passe por ali.

Nesse pequeno instante de paz, sou assombrada pelas palavras do meu tio: "Não posso mais salvá-la." O que ele quis dizer com isso? Abraço Cole com mais força. Ele apoia a cabeça em mim.

— Você tem um dom — sussurro. Ele ainda tem cheiro de cinzas, mas também de vento, o mesmo cheiro que as roupas têm quando são deixadas para secar ao sol no ar da manhã. — E eu preciso da sua ajuda. Preciso de você.

Estendo a mão para tirar o cabelo do rosto dele. Cole fecha os olhos e suspira, a tensão do seu corpo diminui.

— Quando começamos? — pergunta ele.

— Vamos encontrar os ossos hoje à noite.

— Pensei que antes você precisava de um plano.

Abro um sorriso para ele.

— Até lá, eu vou ter um.

Dou um último beijo nele e não consigo esconder o prazer que sinto quando o vento sopra forte ao nosso redor.

— Vejo você hoje à noite, então — diz ele.

Assinto, o solto e desato o nó da capa dele. Depois, coloco-a sobre seus ombros e saio caminhando pela trilha. O vento se enreda em meio ao meu cabelo, que me esqueci de prender hoje. Brinca com as ondas escuras, roça a minha nuca. Quando olho para trás, Cole não está encarando as nuvens ou a charneca. Está olhando para mim, e abre um sorriso.

Sorrio de volta e vou descendo a colina, ansiosa para que a noite chegue logo.

Mas há trabalho a ser feito antes.

19

Chego ao conjunto de casas que fica bem ao sul do chalé das irmãs e do centro da aldeia. As casas são mais distantes do lado leste da cidade, como se os moradores se curvassem feito grama para longe de Magda e Dreska.

Caminho em meio às casas pensando no meu plano quando um garotinho aparece de repente, seguido pelos protestos abafados da mãe. Riley Thatcher.

Com oito anos e anguloso feito um punhado de galhos, Riley corre pelo jardim, tropeça na terra e se levanta em um piscar de olhos. Mas, naquele momento, há algo de diferente. Algo faltando. Ele já está correndo para outra casa quando vejo uma coisinha que ficou para trás, sobre a grama. Eu me abaixo e pego o amuleto das irmãs, a bolsinha cheia de musgo e terra, a cordinha arrebentada.

— Riley — chamo, e o menino se vira. Eu o alcanço e devolvo a bolsinha. Ele assente, sorri e coloca o pacote no bolso no momento em que uma mão feminina o agarra pela camiseta.

— Riley Thatcher, volte para dentro agora. Falei pra você não sair.

A sra. Thatcher dá meia-volta com ele usando uma das mãos e o empurra para dentro pela porta. Eu reprimo uma risada e ela respira fundo.

— Ele está tão inquieto. Todos eles estão. Não estão acostumados a ficar trancados em casa durante o dia — diz ela.

Paro de rir.

— Sei como é. Wren pode sair junto com a minha mãe, mas sente falta da liberdade. Ainda bem que o clima anda meio ruim. Se ficar sol por muito tempo, vamos ter que amarrá-la à cadeira.

A sra. Thatcher assente, solidária.

— Mas com tudo o que está acontecendo, o que mais podemos fazer? E esse estranho, que ninguém encontra.

— O que as pessoas estão dizendo?

Ela coça a testa com as costas da mão.

— Você não sabe? Estão todos com medo. É meio suspeito que um estranho apareça aqui um dia antes de tudo isso... — Ela faz um gesto com a mão apontando para os chalés, as pegadas de Riley na terra, para tudo.

— Isso não significa que seja ele o responsável.

Ela olha para mim e suspira.

— Entre, querida — convida. — Não há motivo para conversar na rua. Especialmente com o tempo ruim desse jeito.

Dou uma olhada nervosa para o céu, mas o sol ainda está alto, então eu entro.

A sra. Thatcher é uma mulher forte. Leva jeito com as mãos, assim como a minha mãe, e faz as panelas e tigelas da maioria das pessoas da aldeia. Enquanto Riley e o pai parecem dois gravetos atados com barbante, ela tem o formato redondo, mais parecido com o de suas panelas. Embora tenha curvas, seus olhos são sempre afiados. Ela não me trata como criança. Sempre foi próxima da minha mãe. Mais próxima ainda antes de ela se tornar um fantasma.

— O estranho, como é que você disse que era o nome dele? — Ela limpa as mãos em uma toalha que está sempre em seu ombro.

— Eu não disse. É Cole.

— Bem, ele não disse uma palavra a ninguém da aldeia. Agora, quando vão questioná-lo, ele desaparece. Eu imagino que essa não tenha sido a primeira vez que tentaram encontrá-lo. Eu diria que já foi tarde, caso tenha ido embora, e boa caçada, caso ainda não tenha.

— Mas *não foi* o Cole.

Ela se vira para a mesa e começa a preparar uma bandeja.

— É mesmo? E como tem tanta certeza disso, Lexi Harris?

Eu engulo em seco. Ela não vai acreditar que é a Bruxa de Near.

— Sra. Thatcher — sussurro, como se contasse um segredo, me inclinando do mesmo jeito que Wren faz. — Eu também tenho feito minhas buscas à noite e esse rapaz, Cole, está me *ajudando*. Ele é inteligente. É um bom rastreador. Estou bem próxima de descobrir o verdadeiro sequestrador graças a ele.

Ela está de costas, mas sei que está ouvindo.

— Otto e os homens dele não fazem ideia de quem está levando as crianças e não querem parecer idiotas, então escolheram Cole para culpar. Podiam ter escolhido qualquer pessoa. E, se o expulsarem da aldeia, talvez a gente nunca descubra quem realmente levou as crianças.

— Ele vai ter sorte se apenas o expulsarem.

Sinto um nó na garganta.

— O que eles vão fazer?

A sra. Thatcher coloca um prato de biscoitos na mesa entre nós, discos que parecem tão duros quanto seus objetos de cerâmica. Poucos segundos depois, Riley aparece e pega dois ou três biscoitos de uma vez só. A mão grande da sra. Thatcher o segura pelo braço antes que ele coloque os biscoitos no bolso. Riley tem um sorrisinho sabichão que me lembra Tyler quando tinha aquela idade. Observo enquanto ele coloca mais dois biscoitos no bolso de trás com a mão livre.

— Saia daqui, Riley — diz ela, e o menino ainda pega mais uma leva da bandeja e sai rindo com uns seis biscoitos nas mãos e nos bolsos. Pego um e dou uma mordida educada. O biscoito resiste. Mordo com força até meus dentes doerem, mas não adianta, então coloco o biscoito no colo.

Ela morde um biscoito, os olhos estreitados.

— Não sei, Lexi. Está todo mundo cada vez mais agitado. Querem que alguém pague pelo que aconteceu. Você acha mesmo que o estranho é inocente?

— Eu tenho certeza. Você acredita em mim?

— Ah, estou inclinada a dizer que sim — diz ela, com um suspiro. — Mas, se você e seu amigo não encontrarem essas crianças logo, não vai importar muito o que eu acho.

E eu sei que ela está certa. Eu me levanto e agradeço a sra. Thatcher pelos biscoitos e por me ouvir. Ela sorri, um sorriso tenso, mas genuíno. Quando saio da casa, o ar frio golpeia minhas mãos e bochechas. O sol já está mais baixo. Eu me viro de costas e ela está lá na porta, acompanhando minha partida, mas quando agradeço de novo, seu olhar já está focado para além de mim, a boca apertada em uma linha fina e as mãos cruzadas sobre a barriga. Eu me viro e vejo um corvo voando em círculos, uma mancha escura no céu claro.

— Você precisa convencer os que perderam — diz ela, ainda olhando para o pássaro. — Aqueles cujas crianças desapareceram. Os Harp, os Porter, os Drake. Ouvi dizer que o Mestre Matthew está bastante abalado.

Mestre Matthew. Então, de repente, tenho um lampejo. Matthew Drake. O terceiro membro do Conselho. E *avô* de Edgar e Helena.

— Se acha que consegue encontrar as crianças, faça isso logo — diz a sra. Thatcher, em voz baixa. Então volta para dentro de casa, mas eu já estou avançando o mais rápido que consigo. Minha mente e meu coração estão acelerados, meus pés se esforçam para manter o mesmo ritmo. Vou em direção à casa de Helena.

Três pessoas já souberam onde a bruxa fora enterrada. Era a única informação que eu tinha.

O sol se põe devagar no horizonte à medida que caminho até a casa dos Drake.

Três pessoas. Os membros do Conselho. Quando Dreska estava brigando com Mestre Tomas, ela o chamou de guardião de segredos e verdades esquecidas. Será que o túmulo da bruxa é um segredo que teria sido passado de Conselho para Conselho? Preciso ter esperanças de que essa informação ainda existe depois de tanto tempo. Minha única chance de encontrar o túmulo é arrancar essa resposta de um deles.

Mestre Tomas já brigou com Dreska e, pelo tom de voz dele, sei que não vai ceder.

Mestre Eli, pelo visto, mandou que Bo plantasse evidências, então ele também não me serve.

Mas o Mestre Matthew *Drake* tem andado estranhamente sumido em meio a toda essa história. A perda de um neto pode ser suficiente para fazê-lo pensar duas vezes. Se existe alguma chance de descobrir onde a bruxa está enterrada, é com ele.

Consigo ver Helena à distância, bem antes de chegar à casa deles, e paro de repente. Sinto o peso da culpa, como pedras nos bolsos do vestido, como um gosto ruim na boca.

Ela parece acabada, mesmo olhando de longe. Eu me obrigo a continuar. Eu devia ter vindo antes. Não para interrogá-la, mas para ver como ela estava. Minhas bochechas ardem por causa da corrida e do ar frio e, quando chego perto de Helena, vejo que o rosto dela também está corado, mas de um jeito diferente. Os olhos e as bochechas estão vermelhos. Seu cabelo loiro está preso e ela lava roupas em um curso d'água.

Helena passou por uma transformação. A Helena alegre, a minha Helena — que ansiava pela atenção dos olhos e dos ouvidos da aldeia quando anunciou que vira o estranho, quando brincou sobre o quanto ele era atraente — agora parece abatida, exausta. Ela cantarola para si mesma, vagando entre melodias como um fantasma entre cômodos. De vez em quando a melodia passa a ser a da Canção da Bruxa. Ao chegar mais perto, vejo suas mãos, vermelhas graças a água fria. Ao me ver, ela tenta sorrir, um movimento dos lábios que mais parece uma careta. Eu me abaixo ao lado dela na grama e espero. Ela continua lavando algo escuro e azul. Uma camiseta de menino. Eu a abraço pelos ombros.

— Quero que esteja tudo arrumado para quando o Edgar voltar — explica ela, torcendo a camisetinha do irmão sobre a água. — Assim, ele vai saber que não o esquecemos. — Seus dedos continuam torcendo o tecido. — Espero que encontrem aquele estranho — diz ela, em uma voz que não parece a dela. — Espero que o matem.

As palavras machucam, mas não deixo que ela perceba.

— Eu sinto muito — sussurro sobre a bochecha dela.

Demora um tempo até que suas mãos cessem os movimentos desesperados sobre a roupa. Eu me afasto o suficiente para encará-la e me surpreendo com a intensidade repentina em seu olhar.

— Vamos encontrar o Edgar. Eu tenho procurado também, todas as noites.

— Por onde você andou? — A voz dela é tão baixa e fraca que sinto minha própria garganta se fechando. — Todos os outros vieram nos ver — diz ela, a voz ainda mais baixa quando acrescenta: — Vieram *me* ver.

Ela desvia o olhar e fita o rio. Começo a dizer que sinto muito novamente, palavras tão vazias, mas preciso dizer alguma coisa, e então Helena me interrompe.

— Você está tentando rastrear o estranho? É assim que vai encontrar o Edgar.

Eu nego.

— A equipe de busca está espalhando mentiras, Helena. Eles não sabem quem ou o que está levando as crianças, e acusaram esse pobre estranho porque não têm nenhum outro suspeito, mas não foi ele. Eu sei disso.

Tiro as mãos dela da água, onde ainda se movem furiosamente, e tento aquecê-las com minhas próprias mãos.

— O que você sabe? — diz ela, arrancando as mãos das minhas. — Teria tanta certeza se Wren tivesse desaparecido? — Ela não espera por uma resposta, parece não se importar. — Eu só quero o meu irmão de volta. — Sua voz fica baixa de novo. — Ele deve estar com tanto medo.

— Eu vou encontrar o Edgar — afirmo. — Mas, por favor, não culpe o Cole.

Ela parece chocada por eu saber o nome do estranho.

— Ele tem me ajudado, Helena — sussurro. — Estamos chegando mais perto de encontrar o verdadeiro culpado. Todos nós queremos respostas — digo, colocando uma mecha de cabelo loiro para trás da orelha dela e viro seu rosto para mim. — Mas não foi ele.

— O que eu devo pensar, Lexi? O sr. Porter jurou que o viu perto da casa de Cecilia na noite em que ela sumiu. E agora o sr. Ward diz que o viu do lado de fora da nossa casa na noite em que Edgar desapareceu.

A brisa fica mais forte, sinto um arrepio e o sol vai baixando ainda mais diante dos meus olhos. Helena coloca as mãos sob a água fria de novo e não tem qualquer reação.

— Era madrugada — insisto. — Como eles podem jurar ter visto qualquer coisa além de escuridão? Eu não quero discutir com você, mas pense um pouco sobre isso. Por que nenhuma testemunha falou nada antes? Ontem eles disseram que alguém o viu perto da casa de Cecilia, mas não havia ninguém dizendo que ele estava perto da sua casa. Hoje, de repente, eles falam sobre mais uma aparição, só que de antes. E o que o pai do Tyler estava fazendo na rua no meio da noite? Daqui a pouco alguém vai aparecer dizendo que o viu na janela de Emily também quando, na verdade, estava todo mundo dormindo.

Espero que ela concorde, que mexa no cabelo, que faça um comentário sobre o Conselho, sobre a estranheza disso tudo, *qualquer coisa*.

Mas ela apenas coloca mais uma peça de roupa debaixo d'água.

Eu me levanto e tiro algumas folhas grudadas da saia. Isso é perda de tempo. Onde quer que Helena esteja, a *minha* Helena não está aqui.

— Onde está seu avô?

Ela faz um gesto com a mão na direção da casa.

— Eu volto já. Prometo.

Então saio e deixo minha amiga diante do gelado curso d'água.

Há uma varanda que se estende por três lados da casa. No canto, logo onde terminam as colunas finas de madeira e o corrimão simples, está a sombra de um homem, em pé, fitando o horizonte.

Eu me aproximo da varanda e tento ficar mais ereta, os ombros de alguma forma mais largos, a cabeça erguida. É estranho ver Mestre Matthew tão afastado dos acontecimentos, escondido em sua velha casa, onde vive desde antes de ser nomeado para o Conselho. Ouço um farfalhar de páginas e percebo que ele apoia um livro na grade de madeira e usa um xale escuro enrolado nos ombros.

— Lexi Harris — diz ele, sem se virar. A voz é forte e profunda para um homem tão velho. — Seu tio parece estar achando que você vem fazendo suas próprias buscas durante a noite. O que traz você aqui à luz do dia? Alguma esperança vã de encontrar pistas? Eu garanto a você, nós procuramos... Eu procurei. — Ele continua de costas para mim e vira uma página fina do livro. — Ou está aqui para limpar o nome daquele garoto, para me convencer de que não foi ele? Acho que não vai se sair muito bem com isso.

Minhas pernas fraquejam de leve, mas engulo em seco e mantenho a cabeça erguida.

— Vim aqui para falar com o *senhor*.

Ele finalmente se vira para mim. Os olhos de Mestre Matthew têm uma suavidade, característica que não costuma me vir à mente ao pensar no Conselho. Deve ser porque ele tem uma família, filhos, netos. Essas coisas nos moldam, nos suavizam.

Ele abaixa a cabeça e olha para mim por cima dos óculos, parada ali, sem casaco, e tentando não me arrepiar pelo frio e por outras coisas que nada têm a ver com a temperatura.

— Você se parece com seu pai, parada desse jeito. Como se pudesse desafiar o mundo e seu modo de funcionar só por manter a cabeça bem erguida. — Não respondo, e então ele acrescenta: — Pare de prender a respiração, Lexi. Não importa o quão empertigada você fique.

Ele levanta a mão e faz um gesto para que eu fique ao lado dele na varanda. Vou até lá. O céu do oeste está mergulhado em tons de vermelho e laranja, e eu só consigo pensar em fogo.

— Preciso da sua ajuda, Mestre Ma...

— Apenas Matthew.

— Matthew — sussurro. — Preciso que me conte uma história.

Ele vira a cabeça para mim, as sobrancelhas arqueadas. O pôr do sol colore as linhas de seu rosto, que se transformam em rugas iluminadas de vermelho. Fico pensando em quantos anos ele deve ter. Deve ter pelo menos oitenta, mas, quando ele vira a cabeça em determinados ângulos, parece bem mais novo.

— Preciso que me conte a história da Bruxa de Near. Só o final.

Em um piscar de olhos, sua expressão muda de curiosa para desconfiada. Tento não parecer inquieta sob seu olhar frio.

— A parte em que o Conselho a leva até a charneca para enterrá-la. — O que estou dizendo? — Eu só preciso mesmo saber dessa parte...

A frustração no rosto dele agora se transformou de novo em surpresa, mas não sei se é pela pergunta ou pela minha ousadia. Meu pai abriria um sorriso. Meu tio, por outro lado, iria me matar se me ouvisse falar desse jeito.

— Eu não sei mais do que a antiga lenda, menina. — Não há malícia na voz dele, mas também não há bondade. Cada palavra é cautelosa e mensurada.

— Eu acho que a Bruxa de Near está de volta, e é ela quem está levando as crianças. Se conseguir achar o lugar onde ela foi enterrada, acho que consigo encontrá-las. Como é que não vai me ajudar se houver alguma chance, uma mínima chance de encontrar o seu neto? Culpar o estranho não vai trazer Edgar de volta. O que vai acontecer quando eles se livrarem dele e as crianças continuarem sumindo? Mesmo que não acredite que a bruxa seja a culpada, é uma possibilidade, e já é mais do que meu tio e os homens dele conseguiram.

Sinto que usei todo o ar que havia em meus pulmões.

Depois de um silêncio tenso, ele diz:

— A Bruxa de Near está morta. Caçar fantasmas não vai ajudar em nada.

— Mas e se...

— Menina, ela está *morta*. — Ele arremessa o livro no chão da varanda. — Morta há séculos. — Olha as próprias mãos, os dedos brancos pela força com que segurava o parapeito. — Ela já se foi há muito tempo. Tanto tempo que já virou história. Tanto tempo que, às vezes, eu até duvido que ela tenha existido.

— Mas, se houver qualquer chance — digo, em voz baixa. — Mesmo que seja uma teoria boba. Uma teoria é melhor do que nada.

Coloco as mãos sobre as dele, ambas frias como a última luz que escorre do céu. Ele fica olhando para meus dedos.

— Minha irmã, Wren, é amiga de Edgar. Eles têm quase a mesma idade. Eu não posso... — Aperto as mãos dele. — Não posso ficar sentada esperando que ela desapareça também. Por favor, Matthew.

Não percebo que estou quase chorando até sentir a voz falhar na garganta.

154

Mestre Matthew não me encara. Está olhando os últimos feixes de luz, que já perderam a cor e mergulharam o mundo em um mar de tons de cinza.

— Cinco colinas a leste, em uma pequena floresta.

As palavras saem junto com o ar, quase que um suspiro.

— O Conselho fundador a levou para o leste, depois da casa, ou do que tinha sobrado dela, cinco colinas de distância, até que encontraram um conjunto de árvores. De acordo com as histórias, mal era um bosque, mas isso foi muito tempo atrás e as coisas crescem rapidamente na charneca, quando elas escolhem crescer.

É engraçado que não conseguimos parar quando começamos a contar um segredo. Algo se abre dentro de nós e o simples impulso de soltar as rédeas nos empurra para a frente.

— Eu escolho acreditar, srta. Harris, que o Conselho fez aquilo que julgou… não certo, certo não é a palavra. Fez aquilo que julgou necessário.

— Ela não matou o menino.

Ele enfim olha para mim.

— Eu duvido que isso importasse.

E, nesse momento, eu percebo o perigo que Cole está correndo. Solto as mãos de Mestre Matthew.

— Obrigada.

Ele assente, cansado.

— Você é mesmo como ele, como seu pai.

— Não sei se você acha isso bom ou ruim.

— E importa? É apenas a verdade.

Desço os degraus da varanda e ele acrescenta, quase baixo demais para ouvir:

— Boa sorte.

Eu sorrio e sigo em direção ao norte, para casa, para aguardar a noite.

Há um corvo de madeira pregado em nossa porta.

O galho principal é quase tão retorcido e nodoso quanto os dedos de Magda. Há dois pregos longos cravados, um deles prendendo o galho na porta e o outro partindo a madeira na frente, de modo a formar uma espécie de bico enferrujado. Algumas penas pretas pendem dos lados, atadas com corda, e tremulam sob o ar da noite. E ali, bem acima do prego em formato de bico, há duas pedras de rio, lisinhas e polidas como espelhos, que brilham como olhos. Abro a porta e o corvo chacoalha. Como foi que Magda disse?

À noite seus olhos sempre vigilantes, para manter todo o mal distante.

20

Dentro de casa, tudo está silencioso demais.

Fico na expectativa dos resmungos de Otto vindos da cozinha, do som de sua xícara batendo na mesa, mas não há nada disso. Wren está sentada em uma das cadeiras da cozinha, de pernas cruzadas, girando um pião improvisado sobre a mesa de madeira e parecendo extremamente entediada, enquanto minha mãe remenda a barra de um vestido de forma meio desajeitada. Até os sons do tecido e do pião estão meio abafados, como se o ar tivesse sido sugado do cômodo. Fico parada no batente da porta relembrando a discussão que tive mais cedo com meu tio.

— Onde está Otto? — pergunto, e minha voz quebra aquele silêncio estranho. O pião de madeira cai de cima da mesa com um *tum tum tum* forte. Wren desce da cadeira e sai correndo atrás dele. Minha mãe levanta a cabeça em minha direção.

— Os homens estavam em reunião. Na cidade.

— Por quê?

— Você sabe por que, Lexi.

Quero gritar de frustração. Em vez disso, fecho os punhos a ponto de enfiar as unhas na palma da mão e apenas digo:

— Cole é *inocente*.

O olhar dela fica mais aguçado.

— As irmãs confiam nele, não é?

Eu assinto.

Ela arqueia as sobrancelhas muito de leve, e então diz:

— Então ele é confiável.

Ela estende a mão e segura meu braço.

— Near pode não cuidar bem das irmãs, Lexi, mas elas cuidam bem de Near. — Ela abre um sorriso triste. — Você sabe disso.

São palavras do meu pai saindo dos lábios dela. Tenho vontade de abraçá-la.

Naquele momento, Wren volta saltitando para a cozinha, com Otto atrás dela. O olhar sombrio do meu tio se volta diretamente para mim.

Eu me lembro das palavras de Matthew. *Seu tio parece estar achando que você vem fazendo suas próprias buscas durante a noite.*

— Otto…

Eu me preparo para outra briga, mas não é nada disso que acontece. Nada de acusações ou ameaças.

— Você não entende, Lexi? — diz ele, a voz praticamente um sussurro. — Você traiu a mim e aos meus pedidos. Isso eu consigo perdoar. Mas você traiu Near ao ajudar aquele garoto. O Conselho não tem obrigação de perdoar. Eles podem banir você, se acharem necessário.

— Banir? — pergunto. A palavra parece até estranha em minha boca.

— Não há nada que eu possa fazer para te proteger disso.

Otto se senta na cadeira e minha mãe se afasta de mim para pegar uma caneca. Meu tio apoia a cabeça nas mãos. A imagem da charneca selvagem, ondas de colinas para todo o lado, aparece em minha mente. Nenhum sinal de Near. Apenas espaço. Liberdade. Será que seria tão ruim assim? Como se estivesse lendo minha mente, Otto começa a dizer:

— Nada de casa. Nem família. Nem Wren. Nunca mais.

A imagem em minha mente começa a ficar mais sombria e vai se transformando até aquele espaço infinito começar a parecer pequeno demais. Assustador. Engulo em seco e balanço a cabeça. Não vai chegar a esse ponto. Não posso deixar.

Tudo vai terminar logo, logo. Eu vou consertar as coisas.

Não sei como foi a reunião na cidade. Não sei dos planos do Conselho, nem dos planos de Otto e seus homens. Mas de uma coisa eu sei: eles podem até ter um plano para a manhã seguinte, mas eu pretendo resolver tudo esta noite.

Lá nos fundos da casa, minha mãe está cantarolando.

É alguma canção antiga, lenta e doce, e simplesmente por não ser a Canção da Bruxa eu já sinto meus ombros relaxarem e suspiro diante da cômoda ao lado da janela. As velas já estão acesas. A bolsinha ainda está presa ao pulso de Wren. Do lado de fora, a luz já se foi e a lua está baixa. A música da minha mãe termina e pouco depois eu a vejo pelo vidro gasto, levando Otto para casa. Ela passa as mãos nos ombros dele para dissipar a tensão, o acompanha até o chalé e fica esperando na porta até ele entrar. Logo depois, uma luz fraca preenche o espaço lá dentro e ela volta para casa.

Atrás de mim, Wren mexe no bracelete, as pernas balançando, penduradas na beira da cama.

— Ouça, Wren — digo, me virando para ela. — Lembra como o papai contava as histórias da Bruxa de Near? O que ele falava sobre ela cantar para as colinas dormirem à noite?

Ela nega com a cabeça.

— Eu não me lembro dele — responde, e sinto uma dor no coração.

— O papai era…

Como vou conseguir recriar nosso pai para ela? Não apenas as histórias, mas o modo como ele cheirava a lenha e ar fresco, e aquele sorriso, estranhamente acolhedor e gentil para um homem daquele tamanho. Seriam apenas imagens, ideias bonitas sem qualquer importância.

— Bem — digo, pigarreando. — Papai dizia que a Bruxa de Near amava muito as crianças. E, bem, ela…

Não consigo encontrar as palavras, é como se eu não conseguisse conciliar essas histórias com a ideia de que a bruxa é real, e que, de alguma forma, voltou e está roubando crianças em vez de cantar para elas no jardim. Está tudo embaralhado, como naqueles momentos logo antes de despertar, quando os sonhos e a vida real se misturam e ficam confusos. Tento imitar as histórias do meu pai.

— E se não forem seus amigos chamando, Wren? E se for a Bruxa de Near vindo aqui chamar você para ir até a charneca?

— "Porque crianças têm gosto melhor à noite" — recita Wren, obviamente não tendo se impressionado com aquilo. — Pare de tentar me assustar — acrescenta ela, se escondendo debaixo das cobertas.

— Não estou tentando — insisto. — Estou falando muito sério.

Mas ela está certa. Não consigo fazer tudo isso parecer real. São histórias que crescemos ouvindo. Ajeito as cobertas sobre seu corpinho pequeno e toco o amuleto em seu pulso.

— Magda e Dreska são bruxas, Wren, isso é verdade. Elas fizeram isso aqui para manter você segura. Não importa o que aconteça, você não pode tirar isso nunca.

— Mais e mais crianças estão indo brincar — reclama, fazendo beicinho. — E eu ainda não fui. Todos eles estão me chamando. — Wren solta um suspiro e se aninha debaixo das cobertas.

— Todos vão parar com essa brincadeira logo, logo.

Faço carinho em seu cabelo e sussurro algumas histórias, daquelas doces e suaves que meu pai contava. Nada de bruxas nem de canções de vento, mas sim de colinas que se espraiavam mais e mais até chegarem ao mar. De nuvens que ficavam cansadas e desciam do céu para se espalhar sobre a charneca em formato de neblina. Da sombra de uma garotinha que cresceu e cresceu tanto até cobrir o céu inteiro e se transformar na noite e, sob ela, todas as coisas dormiam seguras debaixo de suas cobertas.

21

CINCO COLINAS A LESTE, *em uma pequena floresta.*

Repito as palavras várias e várias vezes na minha cabeça ao sair descalça pela janela e vestir as botas já no chão do lado de fora. Olho de volta para Wren, que dorme profundamente, e faço uma oração silenciosa para que o amuleto continue funcionando. Amarro o cadarço das botas, fecho a veneziana e checo duas vezes para ter certeza de que não vai abrir. Então me viro para a charneca e vou em direção à casa das irmãs.

Quando chego lá, as luzes estão apagadas e o telhado oculta a luz da lua, como se o espaço ao redor da casa fosse um círculo preto.

— Cole — sussurro, e então percebo um leve movimento enquanto meus olhos se ajustam à casa escura com a lua lá atrás.

Ele está recostado nas pedras do chalé, com os braços cruzados e o queixo no peito, como se estivesse dormindo em pé. Quando chego mais perto, ele levanta a cabeça.

— E então, Lexi — diz, vindo em minha direção. — Tem um plano agora?

Eu sorrio no escuro.

— Eu disse que teria.

Cole assente em silêncio, me pega pela mão e nos apressamos até a beira da colina onde fica a casa das irmãs. Conto a ele sobre os acontecimentos da tarde, sobre Matthew, sobre as cinco colinas e a floresta que nos separam da Bruxa de Near. Passamos pelo pequeno canteiro de terra destruído onde a bruxa vivia e chegamos ao lugar onde a colina das irmãs dá lugar à charneca. Paramos como se estivéssemos à beira de um precipício, olhando para o mar. E, por um momento, fico absolutamente apavorada ao pensar em quão vasto é o mundo. As cinco colinas parecem cinco montanhas e, depois, cinco mundos. A dúvida começa a me consumir. E se estivermos errados? E se Matthew mentiu?

Mas o vento começa a soprar em minhas costas, apenas o suficiente para me empurrar adiante. Cole aperta forte a minha mão e, com isso, saímos na direção da primeira colina.

Perdemos a casa das irmãs de vista rapidamente. Seguimos caminhando com a lua à nossa frente e, sob sua luz prateada, eu vasculho o solo em busca de qualquer sinal de violação, mas a terra é selvagem e caótica, e é difícil dizer o que está intacto de verdade em um lugar em que tudo parece bagunçado. De vez em quando me abaixo, certa de ter visto um passo ou um rastro, mas é só a charneca pregando peças.

Identifico alguns galhos que foram quebrados pelo peso de alguém, porém, de perto, é claramente obra do casco de um cervo, não do pé de uma criança. Além disso, é um rastro antigo, já quase engolido pela chuva, pela terra e pelo tempo.

Subimos a segunda colina.

— Onde você aprendeu a caçar e rastrear? — pergunta Cole.

Eu paro e me abaixo, meus dedos detectam uma pedra envolta pelas ervas daninhas, lisa e escura como as que as irmãs usaram para fazer os corvos de madeira. Eu a pego e limpo a sujeira com o polegar.

— Meu pai me ensinou.

Cole se abaixa ao meu lado.

— O que aconteceu com ele?

Deixo a pedra cair de volta no chão.

Eu conheço a história do meu pai. Conheço tão bem quanto as que ele me contava, mas não consigo contá-la do mesmo jeito ensaiado. Está escrita no meu sangue, nos meus ossos e na minha memória, não em pedaços de papel. Queria poder contá-la como se fosse uma fábula, e não a vida dele e a minha perda. Mas ainda não sei como. Um pequeno pedaço de mim torce para que eu nunca consiga, porque meu pai não era apenas uma história de ninar.

— Se você não quiser... — diz ele.

Respiro fundo e começo a descer a segunda colina.

— Meu pai era rastreador. O melhor de todos — conto, e Cole vem atrás de mim. — Era um homem grande, mas conseguia se transformar em algo tão pequeno e silencioso quanto um ratinho, e tinha uma risada que fazia as folhas farfalharem nas árvores.

"Pode perguntar a qualquer pessoa em Near e vão te contar sobre a força e as habilidades dele, mas eu sempre vou me lembrar dele pela risada, pelo modo como sua voz estrondosa ficava calma e acolhedora quando ele me contava histórias.

"As pessoas o amavam tanto que lhe deram um título, que ficava apenas abaixo do Conselho. Elas o chamavam de Defensor. Ele tomava conta da aldeia, e até a charneca parecia confiar nele. Como se ele soubesse ser as duas coisas e caminhar na linha tênue entre humano e bruxo. Eu sempre pensei nele assim quando era criança. Queria aprender a caminhar por essa linha também."

— É por isso que você chama isso... — ele faz um gesto apontando para si mesmo e para a brisa que bagunçava seu cabelo e sua capa — ... de dom?

— Não consigo evitar pensar que... se eu fosse como você, nunca me sentiria sozinha. Meu pai tinha essa relação com a charneca — explico. — Como se soubesse o que ela queria, como se ela confiasse nele. Sei que bruxas e bruxos nascem assim, mas eu pensava, de verdade, que ele tinha descoberto uma maneira de falar com a charneca, de fazer a terra e o clima responderem a ele. Achava que esse era o maior dos dons, estar conectado a algo tão vasto.

— É a sensação mais solitária do mundo — diz Cole. — Eu não me sinto uma pessoa. Eu quero sentir dor, alegria e amor. Essas são as coisas que conectam os humanos uns aos outros. São ligações muito mais fortes do que a que tenho com o vento.

Faço uma careta. Nunca pensei dessa maneira.

— Então você não sente essas coisas?

Ele hesita.

— Sinto. Mas é fácil de esquecer. De se perder.

Eu quero dizer que compreendo, que também tenho me sentido perdida, mas apenas assinto.

Subimos a terceira colina e Cole não diz nada, então eu continuo.

— Sempre que meu pai saía de casa, a primeira coisa que fazia era agradecer à charneca — digo. — Ele olhava para as nuvens no alto e para a grama no chão, depois para as colinas à frente, e fazia uma oração.

Chegamos ao topo da terceira colina. O mundo se estende, imenso, ao nosso redor, e eu me concentro na quarta colina à frente em vez de pensar na sensação angustiante que invade minha cabeça, meu peito e rouba todo o espaço do ar quando falo sobre o meu pai.

— "Eu me entrego a você, charneca", ele sussurrava. "Eu nasci da charneca, assim como a minha família. Eu pego da charneca. Eu devolvo à charneca." Toda vez que ele pisava nas colinas, fazia uma longa oração para que a charneca o mantivesse seguro.

Descemos por uma encosta meio irregular e dou uma olhada para Cole, que está ouvindo, mas mantém os olhos no vento, que agita a relva.

— Ele sempre teve um fascínio pelas irmãs. Acho que foi o mesmo tipo de sentimento que me levou até você…

Cole olha nos meus olhos e sinto as palavras tentando pegar o caminho de volta pela minha garganta. Continuo.

— Enfim, as coisas eram piores naquela época. Near era um lugar que foi ficando mais teimoso com a passagem do tempo, e as pessoas tinham virado as costas para a charneca. Tinham medo. Desde a época da Bruxa do Near e do Conselho, séculos atrás.

Subimos a quarta colina.

— O Conselho sempre liderou Near usando o medo. Medo do que *tinha* acontecido. Do que poderia acontecer de novo.

"À medida que foi ficando mais velho, meu pai foi se aproximando das irmãs e vendo do que elas eram capazes, como mover a terra e fazer as coisas crescerem de um modo que ninguém na aldeia conseguia. Hoje em dia elas só fazem amuletos, mas ele dizia que elas eram tão fortes que faziam brotar plantas na terra árida apenas com um toque. Conseguiam construir casas de pedra do nada. Meu pai perguntou ao Conselho por que continuavam apegados aos velhos medos e por que não acolhiam as irmãs e seus dons. A Bruxa de Near já se fora há séculos. Near o nomeara seu Defensor, e ele estava vendo a cidade definhar por causa de temores arcaicos. Só que o Conselho não queria que as coisas mudassem."

— O que aconteceu?

— Tentaram silenciá-lo — respondo. — Disseram que ele era um tolo e, quando aquilo não foi o suficiente para impedi-lo, tiraram seu título de Defensor e deram para Otto. Nada foi igual depois disso. Otto o renegou publicamente. Eles não se falaram por dois anos.

Chegamos ao topo da quarta colina.

— Mesmo depois da traição de Otto, meu pai não desistiu. Tentou fazer as pessoas mudarem de ideia, tentou mostrar como a aldeia poderia evoluir com a ajuda das irmãs.

— E funcionou?

— Aos poucos — digo, com um sorriso tímido. — Algumas pessoas começaram a escutar. A princípio, poucas estavam dispostas a confiar nas irmãs, mas esse número foi crescendo cada vez mais. Magda e Dreska começaram a frequentar a cidade, a falar com as pessoas e a ensinar como construir jardins e cultivar plantas. Parecia que finalmente os moradores iam começar a relaxar.

Respiro bem fundo, para evitar que a voz falhe.

— Até um dia.

O vale lá embaixo está sob as sombras. Parece um abismo quando olho para baixo. A cada passo, sinto que a escuridão vai me engolir, vai subir pelas minhas botas e pela minha capa.

Ouvimos um estalo atrás de nós. Ambos nos viramos e vasculhamos a noite e o caminho por onde viemos, mas está tudo vazio.

Solto um suspiro.

Provavelmente é só um cervo.

— Um dia — continuo. A garganta, o peito e os olhos ardendo enquanto descemos. — Ele estava lá pelas colinas do lado sul. Tinha sido um outono chuvoso e depois um inverno bem seco, e a terra estava rachada. Não na superfície, mas no fundo, onde não dava para ver. Ele estava subindo a colina quando aconteceu um deslizamento. O barranco desceu e ele ficou soterrado. Levaram horas para encontrá-lo. Eles o trouxeram para casa, mas seu corpo estava quebrado. Ele levou três dias para...

Engulo em seco, mas as palavras não saem. Em vez disso, digo:

— É impressionante o quanto as coisas podem mudar em um dia, imagine em três. Nesses três dias, eu vi meu tio ficar mais severo. Vi minha mãe se tornar um fantasma. Vi meu pai morrer. Tentei absorver cada palavra que ele disse, tentei gravá-las na memória, tentei não desmoronar por dentro.

"Otto veio e se sentou na beira da cama. Eles se falaram pela primeira vez em dois anos. A maior parte do que disseram foi em voz baixa e ninguém escutou, mas, em um determinado momento, eu ouvi Otto levantar a voz. 'Carne, sangue e tolice.' Foi o que ele disse. Repetidamente.

"Meu tio ficou sentado de cabeça baixa durante três dias, porém não foi embora. Não parecia estar com raiva. Parecia triste. Perdido. Acho que Otto, de alguma forma, se culpou.

"Mas meu pai nunca o culpou. E nunca culpou a charneca. No terceiro dia, ele se despediu. A voz dele sempre ecoava pela casa, por mais suave que fosse. As paredes abriam caminho para ele. Pediu à charneca para proteger a família, a aldeia. A última coisa que disse, depois de fazer as pazes com tudo e todos, foi: 'Eu me entrego a você, charneca'."

Fecho os olhos.

Quando os abro novamente, a quinta colina se avulta à nossa frente e começamos a subir, cada centímetro do meu corpo doendo. Quase caio, mas Cole me segura pelo braço. Seu toque é frio mesmo através da roupa, e ele parece querer dizer algo, mas não há nada a ser dito.

Suas mãos são macias e fortes ao mesmo tempo, e seus dedos me dizem que ele está ali.

Eu me refugio sob a capa dele, ainda meio perdida. Fecho bem os olhos. As palavras deixaram minha garganta em carne viva. Talvez um dia essas palavras saiam da minha boca como outras quaisquer, de maneira fácil e suave, quase por conta própria. Nesse momento, ainda levam pedaços de mim junto com elas. Eu me recupero e me afasto porque precisamos continuar caminhando. Ouvimos de novo um estalo, mas seguimos em frente.

Estamos quase no topo da quinta colina.

No céu, um único corvo paira como se fosse uma nuvem escura.

Ele aparece ao voar sob a lua, a luz branca-azulada serpenteando em suas penas pretas, mas, quando sai voando de volta para a escuridão, desaparece. Ainda assim consigo ouvir suas asas batendo contra o vento, e aquilo me dá um arrepio. Penso na Bruxa de Near e em sua dezena de corvos. Devemos estar chegando perto. O corvo passa pela luz novamente e, então, voa mais rápido na direção leste, mergulhando depois da quinta colina.

Cole e eu subimos, mas, depois de alguns metros, ele para e inclina a cabeça, como se estivesse ouvindo algum barulho ao longe.

É quando percebo que o vento ao nosso redor foi ficando mais forte, uma mudança tão gradual que não me dei conta, não até que ele começasse a reverberar. Não é com a voz grave de Cole, e sim algo mais agudo, notas quase melódicas. Cole estremece ao meu lado, mas seguimos andando. O vento parece transbordar sobre a colina, nos empurrando para baixo, e precisamos fazer força para não cair.

— Estamos quase lá — digo.

O vento acelera ao nosso redor, empurra e puxa. Uma rajada forte nos afasta do topo da colina, as notas irregulares tão intensas que quase ouço a letra da canção. A rajada seguinte quase nos derruba sobre a grama emaranhada. Vibra por todo o meu corpo.

O vento puxa de volta, como se estivesse pegando fôlego, e é nesse momento que avançamos até o topo. O mundo se estende para além de nós. Cinco colinas para o leste... e lá está.

A floresta.

— COLE, OLHE! — grito, apontando para a sombra das árvores no vale lá embaixo.

Mas ele não responde. Eu me viro bem na hora que ele cambaleia e cai sobre a grama, com as mãos na cabeça.

— O quê? O que foi? — pergunto, me ajoelhando ao lado dele.

— A música. É como se estivessem arranhando uma pedra na outra — diz ele, com uma expressão aflita no rosto. — Dói ouvir.

O vento fica mais forte e Cole abaixa a cabeça, respirando fundo várias vezes. Dá para ver que está tendo dificuldade em manter a calma, o controle. O vento briga consigo mesmo e arranca o ar dos pulmões de Cole.

As nuvens começam a se mover na direção da lua brilhante e eu não sei o que fazer. Estendo a mão para ajudar Cole, mas ele balança a cabeça e se levanta devagar, o vento golpeando sua capa com força. Ela se ondula e bate contra o vento. Cole aponta para a floresta no vale lá embaixo.

— É ela — grita, sem fôlego, por cima do vento. — Ela está controlando... tudo de uma vez só... puxando tudo na direção dela.

A luz se vai e ficamos na escuridão completa.

Não há mais cinza-azulado nem branco-azulado, e nem preto-azulado.

Apenas preto.

O vento ao nosso redor também mudou. Toda a sua força e seu barulho concentrados em uma única melodia bem nítida.

Então a própria noite começa a se transformar.

Surge um brilho estranho que não vem de cima, mas de baixo, lá do vale. Da floresta.

É como se a lua e as árvores tivessem trocado de lugar. O céu está tampado pelas nuvens, mergulhado em uma profunda escuridão que parece acontecer toda noite, mas, no vale lá embaixo, as árvores — ou pelo menos os espaços entre elas, é impossível dizer exatamente — estão brilhando, totalmente iluminadas. Os troncos reluzem como brasa, em um branco-azulado sobre as colinas onduladas. É como um farol, penso, sentindo um arrepio. Então é isso que acontece quando o mundo fica todo escuro. A floresta rouba a luz do céu. Cole endireita o corpo ao meu lado, a respiração irregular. Não consigo parar de olhar para as árvores resplandecentes. É estranho e mágico. Quase encantador. A canção do vento se transforma em uma música normal, clara e eloquente, como se estivesse sendo tocada por um instrumento, e não pelo ar. É tudo um sonho perfeito.

A música continua, mais cristalina do que nunca, e é difícil ouvir apenas com a frestinha dos ouvidos, porque eu nunca tinha reparado no quanto ela é bonita. Ainda está no vento, é produzida pelo vento, mas flutua em nossa direção como o cheiro do pão da minha mãe, preenchendo tudo.

Uma rajada repentina corta o vento e quase desfaz a melodia. É o mesmo tom grave e triste que eu ouvira naquela primeira noite, como se fosse uma segunda camada. Cole. Mas a música persiste, ajustando-se do outro lado.

Começo a andar para a frente, os acordes me atraindo para as árvores, e me sinto como uma mariposa, um inseto que voa sem prestar atenção em nada que não seja a floresta estranhamente iluminada. Dou alguns passos em silêncio na descida da colina e então Cole segura o meu braço.

— Espere — pede, mas até ele parece deslumbrado pela luz.

— O que é aquele lugar? — pergunto.

Eu sinto que ele está ao meu lado. Não o vejo, porque não consigo tirar os olhos da luz.

Então, na colina seguinte, uma forma escura se move. Uma silhueta pequena, como a de uma criança, encoberta pela escuridão profunda, como se estivesse envolta na própria noite. O vulto flutua pela charneca na direção das árvores com uma velocidade e uma leveza pouco naturais, como se estivesse sendo empurrado, ou conduzido, pelo vento e pela grama. Como se seus pés não tocassem o chão.

Dança pelo vale na direção da floresta.

— Não — digo, tentando chamar o vulto que se aproxima do bosque iluminado.

Cole não me solta.

— Não está vendo? — digo a ele, tentando me desvencilhar. — É uma criança. Precisamos salvá-la.

Eu me solto de Cole e saio correndo, cambaleando colina abaixo, e sinto que ele está bem ao meu lado. Está falando algo, me pedindo para ir mais devagar, para esperar ou algo do tipo, mas o vento está bem nos meus ouvidos e eu não posso tirar os olhos do vulto próximo às árvores reluzentes. Talvez seja uma garotinha de voz animada e cabelo loiro, que nunca fica bagunçado. Aquele *talvez* parece transformar a silhueta diante de mim na minha irmãzinha saltitante.

Chego à base da colina esbaforida e rápido demais, e acabo caindo com as mãos e joelhos no chão. O solo irregular faz cortes em meus dedos e minhas canelas, mas a ardência já passou quando Cole me ajuda a levantar. Fico impressionada com a proximidade da floresta. Parecia muito longe, mas agora que estamos ali, no vale, os galhos finos e as folhas estão visíveis sob a luz branca e azulada.

— Wren? — grito, e a criança não se vira para nós, nem mesmo dá uma olhada por cima do ombro. Ela anda para dentro da floresta e, na mesma hora, desaparece.

Grito o nome dela de novo e tento ir em direção às árvores, mas dessa vez há gentileza na maneira como Cole me segura, e sua voz já não é mais uma sugestão.

— Não, Lexi. Não é ela. Tem alguma coisa errada.

O vento continua acelerando, mas a música sumiu, e agora o som é formado apenas por uivos raivosos. Cole faz uma expressão de dor e desvia o rosto da floresta, de onde vem o barulho. Eu me solto e caminho poucos metros, ficando quase perto o suficiente para tocar alguns galhos quebrados na clareira, e é então que acontece. Uma dúzia de corvos emerge das

170

copas das árvores, uma revoada surgindo do meio da floresta, mais escura do que a noite e gritando com suas vozes roucas. O vento vai e vem, junto com as palavras em minha mente.

Uma dúzia de corvos empoleirados em cima do muro.

Cole e eu damos um passo para trás ao mesmo tempo. Uma sensação de frio toma meu corpo e me deixa paralisada. Ouço galhos se quebrando. Galhos mortos no chão da floresta que estalam sob o peso de alguma coisa. Alguém. Consigo dar mais um passo para trás e Cole faz o mesmo, e ficamos divididos entre a necessidade de fugir e a terrível curiosidade que percorre nossos corpos e nos mantém ali. Minha irmã pode estar naquela floresta. Não posso fugir. Não posso deixá-la. Mas há algo mais na floresta. Algo está estalando os galhos e seu vulto vai se aproximando cada vez mais em meio às árvores. E então eu vejo.

Cinco traços brancos envolvem uma árvore fina bem na beira da floresta. Prendo a respiração. Ossos de dedos. O medo ganha da curiosidade e eu recuo um pouco mais. Dois círculos reluzentes pairam logo atrás da árvore estreita, parecendo pedras de rio. Os ossos soltam a árvore e os dedos se estendem para a frente, na minha direção. E, à medida que fazem isso, à medida que se expõem ao ar do pequeno vale, eles começam a ser cobertos pelo musgo. Uma mistura de terra e ervas daninhas se enrosca ao redor dos ossos como se fossem músculo e pele, algo forte e liso. Cole fica à minha frente, se colocando entre a floresta e eu. Os dois círculos brilhantes aparecem e são realmente pedras de rio, dois olhos sem vida dispostos sobre um rosto feito de musgo. Um rosto de mulher. Abaixo dos olhos, a pele terrosa se abre e a mulher sibila. Ela abre a boca, mas o que sai, a princípio, não são palavras, e sim o vento, e um indício rouco de voz, como se a garganta estivesse obstruída pela terra.

Os galhos estalam sob seus pés de musgo e ela vem caminhando, saindo da floresta brilhante. Ela respira e o vento fica forte a ponto de fazer tudo se curvar, obrigando o mundo inteiro a se dobrar em uma reverência. A grama se achata no chão e até mesmo as árvores parecem se inclinar. Não consigo ouvir nada a não ser o ruído de fundo que é a voz da bruxa.

— Não ousem — sibila ela.

Eu me retraio, mas Cole permanece com as costas empertigadas. Os olhos dele estão tão escuros quanto os da bruxa, e engolem a luz da floresta.

— Precisamos pegar a criança! — grito para ele por cima do vento.

Damos um passo à frente e mais uma rajada de vento surge de trás de nós, mas, quando encontra a floresta e a bruxa, bate tranquilamente, como se fosse água em pedras. Ela respira fundo e o vento uiva ao redor dela, amplificando suas palavras, que parecem vir de todos os lugares e ecoam a nosso redor.

— NÃO OUSEM MEXER NO MEU JARDIM — grita ela.

O som ecoa pelo mundo inteiro e depois se dissipa, transformando-se em uivos e zunidos.

Cole me segura com força, sem nunca desviar o olhar daquela coisa feita de charneca que é a Bruxa de Near, e ele parece paralisado. Mas, então, aperta os olhos e o vento vem de trás de nós mais uma vez. Ele levanta a mão livre e o ar passa por cima de nossa cabeça e preenche o espaço entre nós e a Bruxa de Near, formando uma espécie de muro. O vento é tão forte que o mundo do outro lado fica distorcido, ondulante. A Bruxa de Near, então, faz um barulho que é algo entre um rugido e uma risada e, de repente, o muro se parte e cai sobre nós dois, nos derrubando sobre a grama.

Nesse momento, as árvores ficam escuras de novo, a lua volta ao céu e sobramos nós dois ali no vale, diante da floresta escura, com a lua cheia e brilhante sobre nós. Cole respira ofegante ao meu lado.

— O que acabou de acontecer? — sussurro, me levantando e ajudando Cole a ficar de pé também.

Ele me abraça apertado, mas agora estou preocupada de que aquilo seja tanto uma maneira de se manter de pé quanto de ficar perto de mim. Ele me olha nos olhos e me beija, mas não é algo frio e suave, e sim quente, desesperado e com medo. Não apenas medo da bruxa, mas medo do que ele fez. Pressiona forte a boca contra a minha, como se pudesse devolver a si mesmo um pouco de normalidade, humanidade, carne e osso, e apagar a imagem dos olhos da Bruxa de Near, que eram um espelho dos seus.

É quando ouvimos o som de um estalo novamente, aquele que nos seguiu ao longo do caminho. Passos. Botas pesadas no topo da colina.

Cole afasta os lábios dos meus e olhamos para cima. Vejo o reflexo dos rifles antes de encontrar o olhar do meu tio. Otto. Bo. E Tyler. Ficamos todos paralisados como as árvores e as pedras à nossa volta, olhando uns para os outros. Vejo que meu tio segura a arma com mais força quando olha para Cole. Tyler solta um palavrão e o som chega até lá embaixo, no vale. Nunca vi tanto ódio em seus olhos. O cabelo loiro parece branco sob a luz da lua, mas os olhos azuis parecem pretos daqui. Sinto seu olhar, que percorre todos os contornos do meu corpo, percebendo como ele se encaixa ao corpo de Cole. Cinco pessoas, todas esperando que uma delas se mova. Os três homens lá em cima olham para nós como se fôssemos dois cervos. Tudo acontece ao mesmo tempo.

A arma de Otto reflete a luz da lua quando ele a levanta.

Bo inclina a cabeça.

Tyler dá um passo para a frente.

Cole me abraça mais forte pela cintura e sussurra:

— Não se solte.

Antes que eu possa perguntar o que ele quer dizer com isso, o vento acelera de tal maneira que o mundo parece mais uma vez se dissipar. A grama se achata e as rajadas sobem pela colina na direção dos homens com tamanha força que eu só fico esperando o som do impacto, a batida, mas ouço apenas o zunido do vento em meus ouvidos, e a voz de Cole pairando sobre ele:

— Corra.

E então nós mergulhamos dentro da floresta.

Os galhos rasgam nossas capas e pele à medida que nos embrenhamos em meio às árvores, tentando margear a floresta. Há raízes meio podres enroscadas no chão. Seguro o braço de Cole e corro, mais no instinto do que qualquer coisa, deixando que os movimentos dele me guiem, os pés preenchendo os espaços onde ele pisou.

Seguimos em frente tendo a clareira do lado esquerdo e as profundezas da floresta do lado direito. O centro da floresta está escuro, frio e silencioso. Toda vez que eu começo a tentar me dirigir para lá, me lembrando do vulto da garotinha e dos ossos dos dedos, Cole me puxa de volta para as árvores da margem.

— Não temos muito tempo — diz ele. — Vai saber o quanto... o vento vai segurar.

Ele parece sem fôlego, e sinto que começa a desvanecer sob meus dedos, transformando-se em algo mais próximo de uma névoa.

— Cole? — digo, tentando segurar mais forte.

Ele diminui o passo, apenas o suficiente para me encarar, os olhos brilhando.

— Vou ficar bem — diz ele ao perceber a preocupação em meu olhar. Seu braço parece sólido novamente sob minha mão. — Mas precisamos correr.

Seguimos, meus pulmões ardendo e toda arrepiada de medo e frio.

— Matthew deve ter contado a eles! — digo.

Atrás de nós, galhos se quebram sob o peso de passos.

Os homens estão na floresta.

Olho para trás, mas só consigo enxergar galhos escuros, o luar à nossa esquerda. Tropeço e me atraso um pouco, a mão deslizando pelo braço de Cole, seu pulso, até que nossos dedos se entrelacem. As vozes dos homens ecoam no escuro, mas vão ficando mais fracas. Eles pegaram um caminho mais para dentro da floresta.

Cole, de repente, vira à esquerda, e atravessamos as árvores à margem da floresta. A lua está alta e brilhante novamente, banhando a charneca de luz e deixando tudo exposto. Incluindo nós dois.

Subimos a colina correndo, todo o meu corpo queimando, desesperado por ar e descanso. Quando penso que meus pulmões e minhas pernas não vão mais aguentar, o vento fica mais forte em minhas costas e me empurra para a frente. Chego ao topo da colina, os dedos de Cole ainda entrelaçados aos meus, arrisco uma olhada para a floresta lá embaixo de novo e os três homens acabaram de sair de dentro dela. Antes que olhem para cima, já sumimos.

174

O vento nos empurra até em casa.

Não paramos na casa das irmãs, não falamos, apenas corremos, usando cada gota de força que nos resta para conseguir. Só paramos quando vemos minha casa, e o vento se dissolve em um silêncio assustador. Eu me jogo no chão, ofegante, e fecho os olhos quando sinto uma tontura que parece fazer o mundo girar. Quando os abro novamente, Cole está ajoelhado ao meu lado. Ele abaixa a cabeça, tentando recuperar o equilíbrio. Quando olha para cima, está pálido feito um fantasma.

— Você precisa se afastar de mim — digo. — Eles viram você. Vão achar que estamos escondendo alguma coisa.

— Vá checar a Wren — diz ele, e só então me lembro do pequeno vulto escuro que entrou na floresta.

Eu me viro para a casa. A janela do quarto está aberta e sinto meu coração subir à boca. Vejo as cortinas balançando dentro do quarto que divido com minha irmã, vejo claramente a parede onde o luar desenha formas. Chego ao peitoril mais rápido do que Cole e tento conter a vontade de gritar por Wren na escuridão. Seguro as lágrimas e o pânico ao entrar no quarto, desajeitada e barulhenta.

E lá está ela.

Embrulhada no ninho de cobertas. Vou até ela e vejo o amuleto em seu pulso, ainda cheirando a terra e algo doce. Agradeço em silêncio à Magda e à Dreska. Cole chega até a janela sem fôlego e eu me debruço para fora. Seus olhos estão cheios de preocupação, mas faço um aceno com a cabeça e suspiro. Ele olha para trás.

— Há quantas crianças na aldeia de Near? — pergunta ele, apoiado na janela.

— Pelo menos umas doze — sussurro. — Por quê?

— Uma delas não teve a mesma sorte.

175

23

O PEITO DE WREN SOBE e desce com a respiração.

Eu observo seu sono e penso na silhueta na beira da floresta, e naquela música assustadora do vento. Eu a imagino induzindo as pálpebras da criança a se abrirem, atraindo suas perninhas para fora das cobertas. Incitando o corpinho ainda meio sonolento a sair na escuridão noturna.

Eu me viro para a janela, onde Cole aguarda. Ao longe, um pássaro alça voo, meio desnorteado.

— Você tem que...

— Eu sei. Estou indo embora.

O modo como fala aquilo é tão definitivo, que o pânico na minha expressão deve ter sido muito óbvio, porque ele passa o polegar sobre meus dedos no peitoril da janela.

— Espere por mim. Vou voltar — diz ele, pálido e cansado. Ele parece anestesiado, perdido. As mãos se afastam da minha. — Vamos resolver tudo de manhã.

Ouço passos em algum lugar na escuridão e tento enxergar para além dele.

— Cole, vá embora — aviso, mas, quando olho de novo, ele já foi.

No quarto, tiro a capa dos ombros e as botas dos pés. Puxo as cobertas ao lado de Wren e, ao me aninhar no quentinho da cama, eu sinto o frio indo embora do meu corpo pela primeira vez naquela noite.

— Amanhã — sussurro para o luar e para a silhueta da minha irmã, à medida que o sono se aninha junto comigo debaixo das cobertas.

— Amanhã vamos resolver tudo. Amanhã vamos voltar à floresta e encontrar os ossos da bruxa enquanto ela dorme. Amanhã eu vou encontrar as crianças. Amanhã...

Eu me enfio ainda mais debaixo das cobertas enquanto o vento lá fora fica mais forte, e eu imploro para o sono trazer logo a manhã seguinte.

~

A questão com as más notícias é a seguinte:

Toda má notícia se espalha como fogo, mas, quando ela te pega de surpresa, é quente e direta, lambendo tudo tão rapidamente, que você nem tem chance de reagir. Quando está esperando por ela, é ainda pior. É a fumaça que preenche o espaço tão devagar, que você consegue observá-la roubando o ar de você.

De manhã. Eu me apego a essas palavras e espero pelo amanhecer. Eu pisco e o tempo parece passar em saltos estranhos, mas o sol não nasce.

Eu me pego observando os restos de luar que desenha círculos no telhado. Olho para eles, olho para além deles, esperando que a noite passe, tentando entender tudo, mas incapaz assimilar qualquer coisa com a minha mente agitada.

Meus olhos vão até a janela.

Uma delas não teve a mesma sorte.

Mas quem?

O amanhecer enfim começa a aparecer nas margens do céu. Eu desisto da ideia de dormir, me levanto da cama e vago pelo corredor. Há uma vela acesa na cozinha. Minha mãe está lá fazendo chá.

Sinto um aperto no coração ao ver uma mulher roliça e familiar sentada em uma cadeira na cozinha, mexendo as mãos grandes e inquietas.

A sra. Thatcher estende a mão e pega o chá oferecido pela minha mãe. Foi ela mesma quem fez aquela caneca, dá para ver como seus dedos se encaixam perfeitamente nas ondulações. Ela não chora, como as outras, mas se senta, bebe e xinga. Mal nota as beiradinhas queimadas do bolinho

177

que está comendo, nem que está quente demais. Fico encostada na parede em silêncio, enquanto minha mãe para o trabalho e se senta ao lado da mãe de Riley, também com uma caneca na mão.

— Idiota, idiota — murmura a sra. Thatcher, e ela me lembra um pouco Dreska quando diz isso, apenas um pouco mais jovem e maior. — Eu disse a ele para colocar, por segurança. Mas ele se recusou.

— Colocar o quê?

— Aquele maldito corvo. Jack não quis. Disse que era uma coisa boba, para pessoas bobas com medos bobos. E olhe agora!

Ela bate a caneca na mesa com quase a mesma força que meu tio quando está irritado.

— Nós podíamos ter usado todo tipo de amuleto que nos deram. Para nos proteger de quem — ela olha para mim — ou do que está levando essas crianças. Não estou dizendo que ia resolver. Não estou dizendo que os corvos iam manter meu menino seguro, mas agora... — Ela termina o chá, mas dessa vez apoia a caneca na mesa em silêncio, a raiva, enfim, dando lugar à tristeza. — Agora não sabemos.

Minha mãe segura a mão dela por cima da mesa.

— Não é tarde demais — murmura. — Vamos encontrá-lo. Lexi vai ajudar.

A sra. Thatcher solta um suspiro ofegante e se afasta da mesa.

— Preciso voltar — resmunga, e a cadeira range quando ela se levanta. — Jack está furioso há mais de uma hora, arrancando os cabelos e causando um tumulto. Ele quer sangue. — Ela olha em meus olhos. — Eu avisei a você. Onde está seu amigo agora? — Ela balança a cabeça, em um gesto de reprovação. — Se ele tiver alguma coisa na cabeça, já deve estar bem longe de Near.

— Venha — diz minha mãe. — Vou levar você para casa.

Minha mãe, então, a conduz lá para fora, no frio da manhã.

Onde está Cole? Sua promessa ecoa em minha mente. *Espere por mim. Vou voltar.* Minhas mãos começam a tremer, então cerro os punhos. Eu devia sair antes que Otto tenha a chance de vir me impedir. Devia encontrar Cole para irmos até a floresta. Não quero voltar lá sozinha, mesmo de dia. Onde ele está? E se estiver se escondendo? E se precisar de mim?

Wren entra na cozinha sonolenta, o cabelo já arrumado. Faço carinho em sua cabeça, um movimento simples, agradecido. Ela olha para mim como se eu tivesse perdido o juízo. Não é um olhar de criança. É de solidariedade. *Pobre irmã mais velha,* imagino que ela esteja pensando. Velho é velho para as crianças. Eu poderia ser Magda ou Dreska para ela. *Pobre Lexi, está perdendo o juízo. Acha que o garoto fala com o vento e incendeia aldeias. Acha que a Bruxa de Near está sequestrando crianças. Acha que pode impedir alguma coisa.*

— Wren, onde acha que seus amigos estão?

Ela examina meu rosto.

— Não sei, mas estão juntos. — Ela suspira e cruza os braços. — E *eles* não têm que ficar dentro de casa.

Eu me abaixo para lhe dar um beijo na testa.

— Está ficando muito frio lá fora, de qualquer forma.

No jardim, surgem barulhos que vão aumentando, um por cima do outro. O silêncio tenso da casa, de repente, é substituído por um clamor de vozes e um arrastar de pés. De Otto, do sr. Drake, do sr. Thatcher, de Tyler e de vários outros que se juntaram. Mas uma das vozes é suave e etérea, e não combina com a raiva seca e rouca dos outros.

Cole.

Eu me levanto da cadeira e saio correndo para o jardim bem a tempo de ver Otto empurrar a coronha do rifle no peito de Cole, mandando-o ficar de joelhos.

O vento fica mais forte nesse exato momento, mas não é muita coisa, e ninguém mais percebe. Para mim, é como se Cole tivesse tido um sobressalto. Sinto o seu conflito entre a dor e o temperamento, e vejo na tensão do maxilar sua tentativa desesperada de não perder o controle. Ele tenta se levantar, mas Otto o acerta com o punho e ele cai de novo no chão. Uma rajada de vento irrompe, violenta.

— Cole! — grito, e olho com raiva para meu tio. Corro em direção a eles, mas um vulto aparece diante de mim, e dou um esbarrão em carne e osso, cabelo loiro e sorriso irônico.

Tyler me agarra com os braços, colando o corpo ao meu. O vento uiva.

— Pare, pare, Lexi — diz ele, me apertando. — Não faça isso.

Tento me soltar, mas ele é forte. Eu me lembro de quando ele era um fiapo de gente, do meu tamanho. Agora, seus braços me envolvem, pressionando minha pele.

— É culpa sua que tenha chegado a esse ponto — acrescenta meu tio. — Você devia ter me escutado.

— Venha, vamos lá para dentro — diz Tyler, dando uma olhada para Cole, curvado sobre o chão cheio de ervas daninhas. Ele tenta se levantar, cambaleando, e Tyler me empurra, praticamente me carrega, na direção da casa.

— Tyler, me solte — aviso, mas ele apenas continua com aquele sorrisinho sarcástico.

Há algo em seu olhar, algo pior do que aquela arrogância. É raiva. Ódio. Ele sempre pensou que minha resistência fosse um joguinho, mas ele me viu ontem à noite nos braços de Cole. Entendeu que não é uma questão de eu não querer escolher ninguém. Eu não quero escolher *ele*. Tyler me aperta com mais força e eu tento não gritar.

Eu o avisei, lembro a mim mesma, então o acerto com o joelho e ouço um barulho de estalo muito satisfatório. Tyler tem um sobressalto e cambaleia para trás. Cole já está de pé agora, com as mãos sobre o peito. Eu corro na direção dele, mas então sinto braços vindos de trás de mim, que envolvem meu pescoço e mal consigo respirar. Luto contra Tyler, mas o ângulo é ruim e, em vez de me desvencilhar, só estou piorando a situação.

— Pare, Lexi — pede Cole, meio sem ar, ainda se ajeitando. Ele esfrega o peito e não olha nem para o meu tio e nem para mim, e sim para a terra. O vento vai se acalmando aos poucos.

— Pare de bobagem, garota — dispara meu tio, com a mão pesada sobre o ombro de Cole, que parece estar prestes a desmaiar sob o peso daquela mão, mas seus olhos seguem fixos na terra.

Há um ar de conformidade estranho e cansado nos olhos do meu tio, e só consigo pensar em Matthew balançando a cabeça e dizendo que o Conselho fez o que julgou necessário.

— Só precisamos falar com ele — diz Otto.

— Porcaria nenhuma — respondo.

— Ele devia ter ficado longe — sussurra Tyler para mim, a respiração na minha bochecha. — Devia ter fugido quando teve a chance. Mas Otto sabia que ele não ia fugir. Sabia que ele ia voltar.

Então Tyler fala mais alto para o grupo de homens reunidos.

— Ontem à noite eu testemunhei este estranho levando uma criança até uma floresta na charneca, ao leste.

É uma mentira deslavada e todo mundo ali sabe disso.

— Veja, Lexi — diz Otto, frio e calmo. — Tyler diz que o viu. E eu também vi.

— Ele levou a criança até um lugar escuro e saiu de lá sozinho.

Estão todos mentindo, tão descaradamente.

— Isso é um absurdo. Vocês sabem que não foi isso que viram. Soltem ele.

Os olhos de Cole se voltam para mim. Ele abre um sorriso fraco e forçado.

— Eu vou ficar bem. Os ossos, Lexi.

— Não diga o nome dela — vocifera Tyler, mas Cole parece só ter olhos para mim.

— Resolva tudo — diz ele.

Há algo de estranho no olhar dele. Está tentando parecer forte, tentando me garantir que tudo vai ficar bem. Agora mesmo, é isso que ele está *tentando* dizer, mas há um vislumbre de tristeza em seus olhos, um indício de *adeus* ou de *sinto muito*. Não sei o que é exatamente, mas sei que não quero descobrir. O vento recua, tão exausto quanto Cole. Eu me lembro de algo que ele me disse.

Às vezes eu me pergunto o que eu faria se alguém tivesse sobrevivido ao incêndio. Será que eu teria confessado e deixado que me punissem? Aquilo aliviaria a dor de alguém?

Não. Não posso deixá-lo fazer isso. E ele não faria. Será? Ele me prometeu que nós resolveríamos isso. Juntos. Quero acreditar nele. Faço uma investida para a frente, aproveitando um momento de distração de

Tyler, mas, antes que consiga me soltar, as mãos dele estão me puxando de novo.

— Vamos — ordena meu tio.

Ele vira Cole de costas para mim, de costas para a casa, de costas para Near, e o conduz na direção norte, para a charneca selvagem.

— Mantenha Lexi aqui — grita Otto.

Todos a não ser Tyler e Bo vão atrás de Otto e Cole. Rapidamente, somem atrás de uma colina. Aonde estão indo? Onde vão levá-lo?

— Não vão derramar o sangue de um estranho no solo de Near — murmura Bo, a voz doce como mel. Ele parece estar quase se divertindo.

— Mas ele não... — digo e tento me soltar, mas Tyler é como um muro.

— Que droga, Tyler, me *solte* — exijo.

— Otto avisou a você, Lexi — responde **Tyler**. — *Eu* devia ter avisado. Você já está encrencada o suficiente, mas sinto muito que tudo tenha que terminar assim.

Terminar. Terminar. Essa é a palavra que bate no meu peito junto com meu coração. Estou com falta de ar.

— Agora, venha — diz ele, calmo. — Vamos entrar.

Relaxo a postura e inclino a cabeça para trás, no peito dele. E, tiro e queda, ele solta meu pulso. Devagar, eu me viro para ele, encaro seus olhos azuis e frios. Ele sorri, cauteloso. E eu dou um soco na cara dele.

24

Minha mão dói, mas tenho certeza de que o rosto dele está doendo mais, só que nada disso se compara à sensação apavorante na boca do meu estômago. Eu devia ter corrido atrás de Cole no instante em que Tyler caiu no chão, mas hesitei por um segundo e Bo segurou meus braços, tentando me arrastar para dentro da casa.

— O que está acontecendo? — pergunta minha mãe, que apareceu voltando na trilha.

— Lexi não está bem — responde Bo.

Tyler se levanta com um filete de sangue escorrendo no canto da boca. Minha mãe chega até nós, olha para Bo, depois para Tyler, depois para mim. Com o olhar, eu imploro que ela me ajude, mas ela apenas observa. Deixa que eles me arrastem para dentro de casa com uma expressão estranha no rosto, como se estivesse prendendo a respiração, tudo nela quieto e imóvel, a não ser pelos olhos, que revezam freneticamente entre nós três.

Ando de um lado para o outro dentro do quarto, fazendo questão de ser bem barulhenta, os passos ecoando, porque o silêncio dessa casa parece me sufocar. Consigo ouvi-la na cozinha com Bo, que calmamente narra as mesmas mentiras sobre Cole. Tyler está sentado do lado de fora porque minha mãe não o deixou entrar. Tenho certeza de que ele adoraria me vigiar dentro do quarto, em cima da minha cama, porém minha mãe só lhe dirigiu um olhar e algumas palavras ríspidas, e ele pegou uma das cadeiras da cozinha e a colocou do lado de fora, ao lado da porta, debaixo das nuvens que começam a se juntar. Consigo imaginá-lo ainda segurando um pano sobre o nariz, a cabeça apoiada na porta.

Eles não podem me manter prisioneira dentro da minha própria casa. Eu sei como escapar, como ser discreta e silenciosa. Coloco a faca do meu pai na cintura e a capa verde sobre os ombros. Tyler pode até estar na porta, mas o vento sabe usar a janela, e eu também. Quando a empurro, ela não abre. Há dois pregos grandes e enferrujados fincados na madeira, prendendo-a na moldura. Chuto a parede abaixo da janela e sinto as lágrimas escorrerem pelo meu rosto, de frustração, cansaço e medo.

— Lexi — chama a voz da minha mãe do batente da porta.

Ela segura uma cesta e parece mais acordada do que a vi em todo o último ano. Enxugo as lágrimas com as costas da mão e ela se aproxima de mim.

— Venha — diz ela, me conduzindo pelo corredor, segurando minha mão.

Na cozinha, Bo está encostado na mesa, de costas para nós. Wren brinca com alguns bonecos de pão, mas não parece muito entusiasmada. Tyler ainda está empoleirado na porta, cantarolando alguma música abafada pelo pano em seu rosto. Minha mãe me leva até o quarto dela e fecha a porta. Coloca a cesta no chão e tira minhas botas lá de dentro, ainda sujas de lama. Eu a abraço e depois calço as botas, enquanto minha mãe abre a janela com seus dedos silenciosos. Ela me dá um abraço apertado antes de se virar e sair do quarto. Saio pela janela aberta e pulo para o chão em silêncio, as pernas dobradas e as botas enfiadas na terra. Então eu corro.

Quero correr para o norte.

Para bem longe de Near, onde as colinas se ondulam e escondem dezenas de vales. Para onde Otto e os homens levaram Cole. Tudo dentro de mim quer correr naquela direção, mas me forço a pegar o caminho do leste. Para a floresta e os ossos. É minha única chance. Cole também sabia disso. O sol está alto no céu, revelando o fim da manhã.

"Eu vou ficar bem." A promessa de Cole ecoa no vento enquanto corro. "Os ossos, Lexi. Resolva tudo."

Cole vai ficar bem.

Cole tem que ficar bem.

Outra voz se intromete, a de Bo, calma e até mesmo entretida. "Não vão derramar o sangue de um estranho no solo de Near."

Eu me obrigo a seguir na direção das colinas do leste.

Enquanto corro, o rosto do meu tio aparece de vez em quando na minha cabeça, assim como seu rifle brilhando sob o luar. Queria que Cole tivesse lutado naquela hora, no jardim, mas dava para ver em seus olhos: ele sabia que aquilo não ia ajudar. Agora eu busco um sinal dele em cada rajada de vento. Ele passa pelas minhas bochechas, balança o cabelo em meu pescoço, mas é só o vento. A promessa de Cole de que nós consertaríamos tudo se sobrepõe ao quase adeus em seu olhar, e eu imagino ouvir um tiro bem longe. Por um momento, me pergunto se a chuva vai lavar o vermelho do chão, fazer pequenas poças escuras como acontece depois de uma caçada, limpando as manchas da terra. Não. Agora não. Percebo que meu peito está apertado e me concentro em respirar fundo e mover as pernas.

"Fique calma." Ouço a voz do meu pai. "Preste atenção. Não deixe a mente escapulir, ou então sua presa vai fazer o mesmo." Balanço a cabeça e subo a quinta e última colina, sabendo o que me espera a seguir. As árvores aparecem como se fossem nuvens baixas no vale, tão pesadas que afundaram na terra. Desço a encosta.

A floresta é diferente à luz do dia, mas não parece melhor nem menos assustadora. Não tem aquele brilho branco e azulado por dentro, mas, sim, uma luz opaca e acinzentada por fora, difusa pelos galhos mortos das árvores. As árvores em si formam fileiras irregulares, como postes estreitos cravados no chão. Há algo de violento na forma como foram fixadas no solo, como alfinetes. Afiadas e indiferentes. Tudo parece mórbido, em um silêncio sufocante.

Caminho na direção da beira da floresta e o chão estala, uma camada de folhas mortas e galhos frágeis. Passo os dedos pelas árvores da parte mais externa e a mão de ossos me vem à mente, branca e enroscada ao redor do tronco escuro. Estremeço. Não quero tocar esse lugar. Não quero deixar rastros. Tenho tanto medo de encontrar respostas quanto de não encontrar nenhuma, e esse medo me deixa com mais raiva do que qualquer outra coisa. Acho o lugar onde a Bruxa de Near apareceu diante de nós, respiro fundo, toco de leve a faca do meu pai e obrigo meus pés a seguirem em frente, para dentro da floresta da bruxa.

25

Prendo a respiração, mas nada acontece, nada aparece.

O vento não acelera, o mundo não se altera, então eu sigo em frente. Em vez de margear a linha das árvores e me manter na beira da floresta, eu me embrenho mais para dentro, em direção ao centro, para onde a bruxa deve ter ido. Engulo em seco e lembro a mim mesma que os mortos estão presos ao lugar de descanso enquanto o sol estiver no céu. Olho através da copa das árvores, mas é impossível ter uma noção do horário. A floresta engole o mundo ao redor, consome toda a luz e calor, de modo que apenas pequenos raios de sol conseguem penetrar ali. Parece infinita.

Procuro por qualquer sinal do vulto infantil, mas só encontro folhas mortas. Essa floresta é densa e ao mesmo tempo vazia, ressecada, as cascas frágeis, os troncos quebradiços.

A maior parte das florestas abriga uma variedade de animais. Alguns rastejam pelo chão, outros escalam as árvores. Voam, se empoleiram ou saltitam. Tudo que faça algum barulho. Mas aqui não há nada.

Então um grasnado agudo quebra o silêncio. Um corvo. Lá em cima, um único pássaro preto voa entre as árvores. E então mais um. E um terceiro. Todos seguindo em direção às profundezas da floresta. Sigo a trilha de grasnados e penas pretas, abrindo caminho em meio a árvores, galhos e espinhos que se engancham em minha capa e espetam minhas pernas. Começo a andar mais rápido até que tropeço e caio sobre a terra úmida. Sinto uma pontada de dor na perna e tento me soltar, mas fico ainda mais presa. Uma raiz grande e retorcida agarrou a fivela da bota. Eu me esforço para soltar a tira de couro e quando estou me levantando é que vejo.

Meio apagada pela minha queda, em meio ao musgo e à terra, há uma pegada. Cinco pequenos dedinhos. A planta do pé. O calcanhar. E depois outra. Eu me levanto.

E mais outra.

E mais outra.

Não há pegadas entre a aldeia e este lugar, mas a floresta está cheia delas. Diversos pares de pés de criança.

Há pegadas, mas não há crianças. E nenhum dos sons que as crianças fazem. Penso em como Edgar e Cecilia são barulhentos quando brincam, na forma como Emily dança e ri, no estrondo que Riley faz ao derrubar as coisas. Agora, a única coisa que ouço é um grasnado eventual dos corvos que voam sobre minha cabeça.

Tento seguir as pegadas, mas elas se espalham em dezenas de caminhos diferentes.

O par menorzinho, talvez de Edgar, se arrasta de modo meio sonolento para a direita, levando a terra e borrando as outras marcas.

Um par de uma menina saltitante, deixando marcas de pequenos passinhos de dança, praticamente só a ponta dos pés, vira para a esquerda.

Outro par anda de um lado a outro de maneira bem constante, como se caminhasse sobre uma corda bamba imaginária.

E o quarto par de pegadas anda seguro, orgulhoso, como um garotinho que tenta fingir que é um homem.

Sigo cada uma das pegadas e descubro que, apesar de pegarem caminhos diferentes, todas elas vão para o mesmo lugar. Chegam até um local mais à frente onde as árvores se afastam e formam uma espécie de clareira. Quando chego lá, um farfalhar nervoso de asas atrai minha atenção para cima. Há pássaros pretos esqueléticos pousados em quase todas as árvores meio mortas, os olhos escuros bem abertos. Soltando grasnados afiados como os galhos.

Olho para o chão, onde a floresta deu a espaço a uma espécie de monte. Há um punhado denso de galhos emaranhados e folhas no meio desse lugar. É aqui, na clareira, que as pegadas desaparecem.

— O que é isso? — pergunto em voz alta, porque às vezes é melhor fingir que há outra pessoa junto. Imagino a resposta tranquilizadora do meu pai, já que não tenho nenhuma.

Deixe a charneca contar a você, ouço, uma versão mais esmaecida do que fora o habitual dele.

— E então? — pergunto novamente à charneca.

Um dos corvos lá em cima solta um único grasnado. Chego mais perto e vários deles batem as asas, ameaçadores, mas não saem de seus poleiros. Aquele emaranhado de galhos que parece um ninho, na verdade, são várias árvores cujos galhos se dobraram de um jeito estranho, como se para proteger o espaço entre elas.

É como uma casa, eu me dou conta. Uma cabana. Eu construo minhas cabaninhas com lençóis e cobertores, mas esta aqui é toda feita de gravetos afiados e madeira meio apodrecida. Os galhos estão bem juntinhos, lado a lado em alguns trechos, mas, em outros, deixam lacunas grandes o suficiente para que eu passe. Já estou com uma das pernas dentro da cabana quando uma rajada de vento sai de lá em minha direção. É densa, úmida e tem cheiro de podre.

Lá em cima, um dos corvos segura algo branco e liso em seu bico. Algo que lembra uma peça de jogo. O pássaro brinca com o objeto, mas ele cai lá de cima dentro da cabana, batendo em um galho antes de mergulhar no buraco frio e escuro. Vejo lá embaixo ele sobre a terra, um brilho claro. Então vejo que há outros objetos lá embaixo, brancos e meio enterrados.

Ossos.

Eles reluzem sob os raios de luz que entram pela floresta e pelo ninho de árvores. Vejo um antebraço em meio a um emaranhado de ervas daninhas.

É a Bruxa de Near, ou o que sobrou dela.

Eu me lembro novamente dos cinco dedos de ossos segurando a árvore naquela noite, e do modo como o musgo e a terra foram avançando sobre eles como se fossem músculo e pele. Então olho para baixo e fico nauseada. Está tudo podre. Engulo em seco e estou prestes a descer pelo fosso cheio de musgo, a mergulhar naquela área em decomposição, para resgatar os ossos da bruxa, quando ouço alguma coisa.

Um estalo alto o suficiente para fazer um dos corvos sair voando.

Os galhos fazem barulho para além do meu campo de visão, e já estou com a faca do meu pai na mão antes mesmo de me virar para encontrar a fonte do som. Tiro a perna de dentro da cabana, me agacho e dou um passo para trás, deixando o ninho de árvores retorcidas entre mim e o barulho de passos que se aproximam. Há duas pessoas, dois tipos de caminhada diferentes, uma mais pesada do que a outra. Reconheço a voz do sr. Ward, uma versão mais grave da de Tyler, e ele fala com alguém que murmura uma resposta. Pelo tom de voz do outro, dá para saber que está mais desconfortável e é mais supersticioso. É o sr. Drake, pai de Edgar, um fiapo de homem, sempre nervoso, cujos olhos se movem tanto e tão rapidamente de um lado para o outro, que eu me pergunto como é que não saltam para fora.

O que estão fazendo aqui? O que fizeram com Cole?

— É, foi aqui que os viram ontem à noite — diz o sr. Ward, a voz ficando mais alta. Deve ter entrado na clareira. — Do lado de fora da floresta.

Dou mais um passo para trás devagar, o ninho ainda entre nós.

O sr. Drake faz um comentário sobre o cheiro, mas eu estou prendendo completamente a respiração enquanto examino a floresta para tentar orquestrar uma fuga silenciosa.

— Lexi e o estranho? — pergunta, nervoso. O sr. Ward deve ter assentido, porque o sr. Drake continua: — Você acha mesmo que ele sequestrou o Edgar?

— Não importa — resmunga o sr. Ward. Dou mais um passo para trás à medida que as vozes se aproximam e consigo até vê-lo do outro lado da cabana, passando as mãos sobre os galhos. — Pelo menos ele já se foi.

Sinto um nó na garganta.

Não.

Fecho os olhos certa de que eles podem ouvir meu coração batendo forte.

Não.

— Você não acha que foi ele — diz o sr. Drake, e não é exatamente uma pergunta.

— Como eu disse — afirma o sr. Ward. — Não importa. Não vai trazer o seu garoto de volta.

Não. Não. Não, digo a mim mesma, dando mais um passo para trás em silêncio. Balanço a cabeça e tento me concentrar. Eles estão errados. Eles estão errados e Cole disse que eu precisava achar os ossos, e que ele ia me encontrar. Então onde ele está? E onde estão as crianças? Eu me concentro nessa última pergunta porque parece ser a única que talvez eu consiga responder.

— Então por quê?

Eu vi uma criança entrar nessa floresta quando o luar entrou pelas árvores e a música começou a tocar. Eu vi uma criança. Elas devem estar por perto, mas *onde*?

— Para garantir, eu acho — responde o sr. Ward.

Eu vasculho as árvores, o chão, a terra, o musgo, os galhos mortos e...

Piso com força em um galho frágil, que estala bem alto e, mesmo sem ver os homens, sei que eles ouviram. Lá em cima, todos os doze corvos se alinham e começam a grasnar, sons agudos e terríveis. Não posso esperar. Essa é minha única chance. Eu me viro e corro o mais rápido que consigo em meio à floresta e na direção da charneca, deixando os ossos para trás. Meus joelhos estão trêmulos, o corpo já passando do limite da exaustão. Olho para cima e fico chocada ao perceber que o sol já percorreu todo o seu caminho no céu e está bem baixo, se pondo em múltiplas cores. Corro pelas cinco colinas na direção da casa das irmãs. Meus pulmões e minhas pernas choram. Só que eu não posso chorar. Não vou chorar.

A expressão nos olhos de Cole, aquele estranho quase adeus, o pedido de desculpas.

Será que eu teria confessado e deixado que me punissem?

Não vou chorar.

Aquilo aliviaria a dor de alguém?

Não vou.

Ele prometeu. Ele disse que ficaria bem. Ele...

Meus joelhos sucumbem quando chego ao topo da última colina e vejo a casa das irmãs. Caio no chão, sem fôlego, e enterro os dedos no solo.

— O que está fazendo aí no chão, querida?

Olho para cima e Magda está debruçada sobre mim do seu jeito característico. Sua voz está fina, cansada. Todo mundo parece tão cansado. Ela me ajuda a levantar e me conduz em silêncio na direção do chalé. A capa cinza não está pendurada no prego do galpão. Dreska está de pé no jardim, de braços cruzados, olhando para o canteiro ressecado. Seus olhos verdes me encaram, mas ela não sai do lugar. A terra debaixo de nós parece cantarolar. Passamos por ela e Magda me leva para dentro da casa.

— Vocês não viram o Cole, não é? — pergunto com a voz rouca, como se estivesse gritando antes.

— Não, não, não — diz ela, como um suspiro, indo colocar água na chaleira.

Eu me sento em uma cadeira. Sinto as lágrimas descendo pelo rosto à medida que as imagens de poças vermelhas passam diante dos meus olhos. Eu as seco.

— Eles o levaram — conto, porque preciso contar.

Magda assente, aquele aceno triste de quem já sabia, e segura meu ombro com seus dedos retorcidos.

— Eles nos viram ontem à noite. Vieram hoje de manhã e o levaram para a charneca. E Bo disse que não derramariam o sangue de um estranho no solo de Near, e eu não sei o que eles fizeram, mas ele prometeu que viria me encontrar se eu achasse os ossos, e eu achei, mas ele não estava lá. Ele não estava lá e os caçadores disseram que ele…

Respiro fundo, as mãos em volta das costelas. Ele se foi. Eu devia dizer *Cole se foi*, mas isso não está certo. Se eu falar desse jeito, alguém pode pensar que ele simplesmente foi embora, pelo mesmo caminho por onde chegou. Mas Cole foi levado por homens de carne e osso. Homens que procuravam alguém para culpar.

Eu devia dizer *Cole está morto*, mas acho que não consigo falar essas palavras sem me destruir por completo, e eu não posso ficar assim agora. Não peguei os ossos nem encontrei as crianças, ainda tenho muitas coisas a fazer antes de me permitir desmoronar.

— Então você os encontrou — disse Dreska, do batente da porta. Eu nem a ouvi chegar.

— Não está ouvindo? — digo, me afastando da mesa. A cadeira cai no chão. — Cole *se foi*.

— Assim como quatro crianças.

— Como é que você não se importa que eles o tenham levado? Que eles provavelmente...

— Ele sabia o que estava fazendo.

— Não! Ele não sabia. Ele não sabia. Ele me prometeu!

Tudo em mim dói. O cômodo gira. A chaleira apita.

— Então confie nele — diz Magda, afinal.

Ela tira a água do fogo. Uma estranha sensação de entorpecimento se instala em mim, como se minha cabeça estivesse preenchida de algodão. Eu me agarro a isso.

— As coisas estão prestes a ficar bem piores — murmura Dreska, mas não acho que está falando comigo.

— Preciso voltar lá — digo. — Preciso pegar os ossos. Cole disse... E eu não encontrei as crianças. Não consegui encontrá-las.

— Você vai para casa, Lexi Harris — diz Dreska.

— O quê? Mas nós precisamos daqueles ossos agora! Ela vai voltar à noite.

— Vá para casa, querida — sugere Magda, a mão retorcida sobre a minha. Percebo que estava segurando a mesa.

— Não saia do lado da sua irmã — recomenda Dreska.

— E de manhã — acrescenta Magda — venha direto para cá, querida, e vamos resolver tudo.

Ela dá um tapinha na minha mão e se afasta.

— Volte aqui de manhã, Lexi — repete Dreska. — Vai ficar tudo bem.

Essa maldita frase de novo. As pessoas estão sempre dizendo isso e nunca é verdade. Lanço um olhar para ela que demonstra exatamente isso.

— Vá para casa, Lexi — diz ela, com uma voz diferente, mais suave, como falava com meu pai. Dreska me conduz até a porta. Seus dedos longos e ossudos apertam meus ombros. — Vamos colocar tudo no lugar.

Eu saio. O céu está vermelho.

— Vai ficar tudo bem — repete, e dessa vez eu não contesto. Não discordo.

Como?, pergunta uma voz dentro de mim, mas ela está mergulhada debaixo de algo quentinho como um cobertor.

～

Não sei como, mas consigo encontrar a direção de casa. Meus pés, espertos, parecem me levar por instinto, já que não consigo ver o caminho com os olhos.

Vejo minha casa e lá estão Otto, Tyler e Bo. Estão parados no batente da porta, banhados pela luz vermelha. Bo inclina a cabeça para o lado. Tyler está de costas. Otto me vê e, mesmo em meio à minha confusão mental, eu espero que ele tenha um acesso de raiva, mas em seu rosto há apenas uma expressão sombria e cansada. Não é um olhar de vitória. É um que diz: *Talvez eu não tenha ganhado ainda, mas você perdeu.*

Passo por eles e pela minha mãe, que sabia que eu voltaria. Ela se vira para mim, um tipo de olhar trocado entre prisioneiras, e se volta para o forno. Tiro a capa, as botas e vou colocá-las do lado de fora da janela. A janela ainda está fechada por fora, a madeira ainda recém-furada pelos pregos. Esfrego os olhos e deixo as botas caírem no chão, depois tiro o vestido e ponho a camisola.

Cada centímetro do meu corpo implora para dormir. Há quanto tempo eu não durmo? Ainda falta uma hora para escurecer. Posso descansar, só um pouquinho, para estar bem acordada e vigiar Wren durante a noite. Levanto as cobertas, me enfio lá embaixo e o sono me envolve, quentinho, completo e bem-vindo.

A PRIMEIRA COISA QUE PERCEBO é que o quarto está escuro.

Eu dormi demais e sinto uma onda de pânico, mas então vejo que Wren está segura e está profundamente adormecida sob as cobertas. A noite já caiu à nossa volta, e o vento sibila pelas frestas da janela, dos tacos no chão e pelo espaço debaixo da porta.

Os pensamentos começam a chegar devagar. Ainda sinto aquele entorpecimento preenchendo meu peito. Eu me arrasto para fora da cama na intenção de acender as velas, mas o quarto parece rodar, o corpo e a mente ainda estão sonolentos. Paro ao lado da cama e espero a tontura passar. Então ouço uma voz. Um nome, suave, meio distorcido.

Meu nome. *Lexi*. O vento está pregando peças de novo. Meus olhos vagueiam sonolentos até a janela e a charneca ao longe, sem a expectativa de enxergar qualquer coisa.

Mas há uma pessoa em pé lá fora, na escuridão. Esperando logo depois da fronteira da aldeia, depois da linha onde Near encontra a charneca ao norte, está alguém alto, magro, com a aparência de um corvo.

— Cole? — pergunto.

Ele não desaparece, então me deixo levar naquele estado de atordoamento, de quase sono, até a janela, e me esqueço que está fechada com pregos. Encosto as mãos sobre a superfície e olho através da janela, o calor deixando o vidro embaçado ao redor dos meus dedos. Do lado de fora, o vento acelera e faz o vidro vibrar. Cole inclina a cabeça para o lado e os pregos começam a tremer, deslizam para fora e caem sobre a grama. Empurro a janela: depois de um rangido, ela abre fácil e silenciosamente sob meus dedos. O barulho lá fora fica mais forte. O vento sibila para dentro do quarto e varre todas as superfícies.

Eu hesito e olho para minha irmã dormindo debaixo das cobertas, mas ela está em um sono profundo, com o amuleto bem preso ao pulso.

Do lado de fora, o frio e a escuridão tomam a charneca, e eu pulo pela janela, quase tropeçando em meus próprios pés. Fecho a veneziana com pressa. Quero ver Cole, seu rosto e seus olhos, que parecem pedras de rio, quero saber por que ele me deixou, como conseguiu voltar e o que aconteceu. Ele estremece ao longe, quero sentir sua pele e confirmar que ele está mesmo ali. Caminho pelo pequeno trecho de terra vestindo apenas a camisola, entorpecida demais para notar a terra áspera com meus pés descalços e a noite fria em meus braços.

— Cole — chamo novamente, e dessa vez ele faz um movimento na minha direção e estende a mão. Ao chegar perto, vejo que *é* ele. Fecho os olhos e tenho dificuldade para abri-los novamente quando ele segura minha mão, os dedos estranhamente frios entrelaçados aos meus. Ele não hesita e nem se esquiva. Pelo contrário, sua pegada é firme, e ele me puxa em sua direção. Faz meu coração bater de um jeito estranho, não muito diferente de quando estou rastreando: vejo minha presa e todos os meus nervos parecem se eriçar, em alerta, sob a pele. Ele me abraça em silêncio e o vento nos envolve.

— Você está bem? — pergunto, passando os dedos por ele. — Você está vivo. Cole, eles disseram... Eu os ouvi dizer...

Ele não diz nada, apenas me puxa para caminhar na direção da charneca, e eu vou atrás, em meio a um delírio proporcionado pelo alívio.

— Onde você estava? O que aconteceu?

Estou com raiva por ele ter ido embora, por ter deixado que o levassem. Paro e o puxo de volta.

— Cole, diga alguma coisa.

Tento me virar de volta para minha casa, para Near, mas ele me puxa para perto dele, colando meu corpo em sua silhueta fria. Encosta a bochecha na minha. Eu sinto que estou esquecendo alguma coisa, mas então seus lábios encontram os meus e aquele beijo rouba todo o meu fôlego.

— Venha comigo — ele sussurra em meu ouvido, sua respiração fria no meu rosto. Sinto minhas pernas cederem e me esforço para fazê-las seguirem atrás dele, e então ele acrescenta: — Vou te contar tudo.

— O que aconteceu? Para onde Otto levou você? — As perguntas vão jorrando. — Aonde você foi?

— Eu vou te mostrar — responde ele, tão baixinho e rápido, que mal parecem palavras.

— Encontrei os ossos — digo.

A mão de Cole me aperta por um segundo e seu rosto fica sombrio, mas aquilo logo passa e seus olhos se acalmam. O vento fica mais forte e ele me abraça pela cintura enquanto me guia pela charneca. Sempre que eu resisto ou peço explicações, ele para e se vira para mim, os olhos nos meus, e segura meu queixo. Sinto meu rosto enrubescer no contato com a mão dele. Quando beija minha testa, é como uma gota de chuva na pele.

— Cole — sussurro, confusa e aliviada ao mesmo tempo, mas então ele me beija de novo, beija de verdade, frio, suave e fantasmagórico.

Não há medo nesse beijo, nem incerteza. Ele me beija, toca minha bochecha corada com as costas da mão e me conduz para mais longe, além das colinas. Eu mal percebo a aldeia ficar para trás. Bocejo e me apoio nele na escuridão, certa de que isso é um sonho e talvez eu tenha deslizado para o chão de madeira na casa da minha mãe. E aqui, nesse sonho, Cole está vivo e estamos caminhando. Eu consigo vê-lo e senti-lo ao meu lado, mas o resto do mundo parece ter desaparecido.

— Aonde estamos indo? — pergunto.

A mão de Cole me segura de modo estranho, seu toque às vezes é suave e outras vezes meio agressivo, e eu resisto momentaneamente, me concentrando no movimento de empurrar. Empurrá-lo para longe de mim. Empurrar com meus dedos. É difícil. Cole para novamente e se vira para mim.

— Lexi — diz ele, daquele jeito sussurrado, passando os dedos em meu rosto.

Por mais gentil que seja o toque dos seus dedos, não consigo me soltar dele. Pisco os olhos e sinto o ar frio e o pânico invadirem meu peito. Eu não devia estar aqui. Devia estar em casa.

— Cole, me solte, e me diga o que está acontecendo. Explique o que aconteceu. — Então, quando aquilo não provoca nenhuma reação que não sejam mais beijos, eu grito: — Cole, me solte!

Mas ele não solta. Ele me segura firme com uma das mãos e, a outra, que antes estava em minha bochecha, desce pelo maxilar até meu pescoço. Ele aperta minha garganta. Eu sufoco, principalmente pelo choque, e tento lutar, mas minhas mãos atravessam o corpo dele como se não fosse nada além de... ar.

— Eu fiz aquilo — sussurra ele em meu ouvido, os dedos apertando cada vez mais minha garganta. Não consigo respirar.

— Fez o quê?

Estou sufocando e seus olhos de pedra encontram os meus. É estranho, mas agora eles se parecem com pedras de verdade.

— Eu sequestrei as crianças. — As palavras se transformam em sibilos. — Eu levei todas elas.

Tento me soltar desesperadamente, lutar, mas nada parece atingir aquele Cole feito de vento e pedra. O sonho se dissipa e o mundo começa a aparecer ao nosso redor novamente, a noite densa e as colinas se avolumando em todas as direções. Como é que viemos parar tão longe da aldeia? Mesmo que eu conseguisse gritar, alguém ouviria em Near? Ou os gritos apenas se perderiam no vento?

— O que houve, Lexi? — pergunta ele enquanto me enforca. — Você parece chateada. Fique quietinha. Vai ficar tudo bem.

Cole começa a cantarolar aquela música horrível e sinto meu coração acelerar à medida que o vento bate forte.

Como é que eu pude esquecer a faca do meu pai? Não estou nem de sapato, percebo ao olhar meus pés arranhados e ensanguentados. Não sinto nada. O medo se sobrepôs a qualquer outro sentimento. Eu o empurro com toda a minha força e nem tudo ali é vento, porque consigo encontrar algo sólido para tocar e ele dá um passo para trás, me soltando. Caio sobre a grama e grito de dor quando um galho quebrado rasga a minha camisola e faz um corte profundo em minha perna. Sinto algo quente escorrer sobre meu joelho.

198

— Por que está fazendo isso? — pergunto, tentando recuperar o ar.

— Você me atrapalhou — sibila Cole, e aquela não é mais sua voz, e sim de alguém mais raivoso, mais velho.

Seguro o galho, que ainda tem meu sangue, me levanto e tento atingir Cole com ele. Erro a mira, então o vento vem forte e o arranca das minhas mãos. Eu tropeço para a frente. Cole, feito de pedra, gravetos e vento, além de mais alguma coisa horrível e sombria, está debruçado sobre mim.

O vento prende minhas pernas e me levanta ao mesmo tempo em que enche meus ouvidos de ruído de fundo. Ao redor daquele garoto que eu chamei de Cole há diversos galhos afiados que pairam no ar, como se fossem folhas levadas pelo vento.

— Boa noite, Lexi — sussurra ele, e os galhos apontados para mim zarpam pelo ar em minha direção.

É só então que alguém me segura por trás, alguém sólido feito de carne e osso. Dois braços me envolvem e me puxam para baixo, para o chão de terra da charneca, enquanto os galhos pontiagudos se despedaçam ao atingir as pedras atrás de mim.

O Cole raivoso feito de charneca avança contra mim, mas a silhueta que me segura solta uma espécie de rugido e o vento vem forte pelo outro lado. Quando atinge Cole, ele se desintegra no chão, em um amontoado de pedras, grama e gravetos. Fecho os olhos e luto contra o corpo que me imprensa no chão, tentando me soltar de seu peso. Dou um soco e acerto em cheio.

— Caramba, Lexi — diz uma voz familiar. — Sou eu.

Pisco e vejo os olhos escuros de Cole, como se fosse, em um pesadelo, uma espécie de reprodução daquele rosto que acabara de se desintegrar.

— Saia daqui! — grito, empurrando-o e tropeçando nas pedras. — Não chegue perto de mim.

Cole parece magoado, mas eu também estou com dor, e bastante confusa.

— Do que você está falando? — pergunta ele em voz baixa, e suas palavras são nítidas e claras.

Ele olha para mim e depois para o punhado de coisas que, até alguns momentos atrás, se pareciam muito com ele.

— Não era eu — diz, se aproximando devagar, como se eu fosse um cervo e estivesse com medo de me assustar. — Não era eu. Está tudo bem. — Ele dá mais um passo. Seu rosto é tão pálido quanto a lua no céu. — Está tudo bem.

Eu respiro com dificuldade e abraço meu próprio corpo, mas fico onde estou.

— Sinto muito, Lexi. — Agora seus dedos tocam minha bochecha, e eles estão quentes, não são feitos de vento. — Está tudo bem. — Ele me abraça. — Não era eu.

Olho para ele e para a pilha de pedras.

— Então quem era?

Mas, quando a pergunta sai dos meus lábios, eu já sei a resposta. Dou um passo para trás e me sento em uma das pedras menores, tentando recuperar o fôlego, com pedaços de madeira espalhados no chão ao redor dos meus pés. O mundo já não está mais rodando como antes, mas ainda me sinto estranha. O corte na minha perna não é tão profundo. Na verdade, não sinto dor. Sinto um calafrio, em parte pelo choque, e Cole tira a própria capa e a coloca sobre meus ombros. A blusa que ele veste por baixo está velha e gasta, e eu olho bem para ele pela primeira vez. Vivo. E machucado.

Sob a luz da lua eu vejo a mancha espalhada sobre o peito, mais escura do que a camisa. Toco a mancha com os dedos. Eles ficam molhados.

Meu tio. Meu tio fez isso. Ou Bo. Cole segura minha mão suja de sangue e me puxa para perto, fazendo uma careta de dor.

— Eu consegui fugir — diz ele.

Sua mão está cálida ao redor da minha, e tenho vontade de abraçá-lo porque ele está aqui e é real, mas a mancha na roupa e a dor em seus olhos me impedem. Ainda não consigo tirar os olhos daquele pedaço escuro que cobre sua camisa, e uma parte de mim está agradecida por ser de noite e eu enxergar aquele sangue em tons de preto e cinza, não de vermelho.

— Eu estou bem — diz ele, mas o maxilar fica tenso quando passo os dedos sobre a mancha.

— Se "bem" significa "sangrando", sim, você está — repreendo, tentando examinar o ferimento. Começo a levantar a camisa, mas ele segura minha mão.

— Eu vou *ficar* bem — corrige ele, baixando a camisa e afastando meus dedos com gentileza.

— Vamos levar você para casa — diz ele, e me ajuda a me levantar.

— Acho que não, Cole. É você quem precisa de ajuda. Temos que levá-lo até as irmãs.

Ele balança a cabeça do mesmo jeito vagaroso que Magda faz. Um pequeno sorriso aparece em seu rosto.

— Lexi, eu deixo você sozinha uma noite e já conseguiu ser sequestrada e quase morta pela Bruxa de Near. De jeito nenhum que eu vou deixar você voltar sozinha para casa.

Ele aponta para os fragmentos de madeira no chão e para o meu estado deplorável.

— Em minha defesa, ela parecia você — explico, cansada de repente. — E depois que você não apareceu hoje, eu estava tão... — Minha voz falha. — Quando vi aquela coisa — digo, apontando para a pilha de gravetos, musgo e pedra. — Eu fiquei tão aliviada...

— Sinto muito — sussurra ele, segurando minha mão. — Sinto muito por não ter ido encontrar você.

Volto a olhar para a mancha escura.

— O que aconteceu?

Não consigo parar de balançar a cabeça. Sinto como se aquela sensação de estar com a cabeça cheia de algodão estivesse sendo retirada, e o sangue e os sentimentos começassem a voltar.

— Eles me levaram para a charneca — diz ele. Toca os ombros com os dedos. — Não importa. Estou aqui.

— Importa, *sim*.

Cole dá um passo para trás e tenho um sobressalto quando ele puxa a gola da camisa o suficiente para ver tiras do tecido cinza do forro de sua capa enroladas ao redor do ombro, logo acima do coração. O cinza ficou quase preto no lugar que a bala pegou.

Não tenho palavras para descrever a raiva que borbulha dentro de mim.

— *Quem?* — consigo perguntar, afinal.

— Não foi seu tio, se é o que está pensando. — Ele solta a camisa com um gesto de dor. — Ele não conseguiu. Outro homem pegou a arma.

— Bo — digo. — Você vai ficar bem?

— Já estou melhor.

Dá para ver a dor em seus olhos, mas ele segura minha mão com mais força. Cole me conduz de volta pela charneca, me segurando com cuidado ao seu lado. Apesar dos ferimentos, parece sentir o mesmo que eu: estamos ambos com medo de que o outro desapareça. Ele também tem a mesma necessidade desesperada de lembrar à sua pele que a minha está ali, provar que estamos os dois presentes.

— Como você sobreviveu? — pergunto.

— Não foi do jeito que eu gostaria — responde ele, soltando um suspiro. — As coisas vão ficar mais difíceis.

— Como assim?

— Não tive escolha. Manter o controle não era uma prioridade naquele momento.

Ele quase ri, mas para, sentindo dor.

— Você se revelou a eles como bruxo?

— A única coisa que passava pela minha cabeça era sobreviver.

— O que você fez?

Cole responde me soltando e, quando me viro para olhá-lo, ele começa a se dissipar, como em ondas de calor. O vento acelera e parece soprar *através* dele, que desaparece bem diante dos meus olhos. Eu me viro de um lado para o outro, mas ele sumiu. Sinto uma onda de pânico à medida que o vento aumenta, balançando a capa de Cole e rodopiando ao meu redor. Mas, segundos depois, os braços dele estão me envolvendo e Cole está me encarando.

— Lexi, quando eles me levaram para a charneca, pela primeira vez em muito tempo eu não queria sofrer. Eu não queria perder... tudo por causa do crime de outra pessoa. Queria ter me dado conta disso antes — diz, com uma risada breve e pesarosa. — A única coisa em que eu pensava quando ele levantou a arma e puxou o gatilho era você. Queria ouvir sua voz. Sentir sua pele tocando a minha. Eu me sinto conectado a você, e não conseguia imaginar perder isso.

Ele me dá um beijo na testa. Diz "obrigado" sem som, com a boca colada na minha pele.

— Para minha sorte, eles não esperavam que eu fizesse o que fiz. Devia ter visto a cara deles. Nem coelhos correm tão rápido.

Eu dou uma risada com ele porque precisamos rir. Dou uma risada enquanto ele me beija na bochecha, depois nos lábios. Os beijos deixam rastros no meu rosto, frios e suaves o suficiente para me fazer parar e me lembrar do Cole feito de pedras e galhos que me beijou com o vento da charneca. Ele estremece de dor ao se inclinar na minha direção, e ainda estou rindo quando sua boca encontra a minha, quente e viva. Não há ciclone nenhum em volta, mas o mundo começa a desaparecer de novo. Tudo para além de nós se dissipa. Seus beijos tiram completamente da minha cabeça o Cole feito de charneca, o Cole da Bruxa de Near. Eles afastam meu medo de fracassar e de ser banida. Seus beijos afastam tudo para longe.

A fase mais escura da noite já passou, e continuamos caminhando. Estamos quase na minha casa. Então ele para. Eu me dou conta de que provavelmente há algum caçador, muito provavelmente Otto, esperando do outro lado da última colina. Cole leva a mão ao peito, na defensiva, e olha para a encosta. Eu tiro a capa e a coloco de volta nele.

— Cole — digo, ao me lembrar. — Eu encontrei os ossos. Da bruxa.

Não sei por que fiquei animada de repente, mas ainda não tivera a chance de contar para ele. Tento manter o sorriso no rosto por ele. Ele precisa disso.

— Voltei lá na floresta e encontrei.

— Sabia que ia encontrar. O que fazemos agora?

— Vamos lá de novo logo de manhã.

É quando me lembro. Não devia estar aqui. Eu devia estar com Wren. Vigiando-a. Protegendo aquela janela que a réplica fantasmagórica de Cole conseguiu abrir.

— Logo cedo.

Eu já estou me afastando.

— Boa noite, Lexi.

— Vejo você daqui a algumas horas — prometo.

Nossas mãos se soltam e ele vai embora.

Vejo minha casa e Otto está lá, escorado na cadeira que minha mãe colocara para Tyler, e dorme profundamente. Está com o queixo no peito e faz um som que é como se o estômago estivesse roncando. O sol está prestes a nascer, o halo de luz nas margens da charneca anuncia sua chegada.

Logo a manhã vai chegar, diz o sol, já roçando a grama. *Logo o dia vai raiar,* diz, refletindo no orvalho. *Logo cedo,* acrescento, entrando de volta pela janela e fechando-a. Vejo o ninho de cobertores de sempre e me deito ao lado em uma onda de alívio. *Logo cedo vamos resolver tudo.*

NOS MEUS SONHOS, alguém está gritando.

A voz brada, mas se perde no vento. Emaranhada, vacilante. Então ela muda, se estende, longa e fina, esticada no limite até quebrar, e então tudo fica em silêncio. Tão quieto quanto a casa de pedra das irmãs, onde o vento não consegue alcançar. Acordo assustada, sufocada, os cobertores muito apertados sobre mim, quentes demais. O único som no quarto é meu coração batendo, mas está tão alto que tenho certeza de que vai acordar minha irmã. Não sei como consegui, mas eu dormi. Não apenas até o amanhecer, como eu planejara, mas muito mais. Por tempo demais. O sol já entra em feixes de luz dentro do quarto enquanto eu me solto dos lençóis que me envolvem, uma perna de cada vez. Paro ao examinar o quarto e notar algumas mudanças sutis.

Há duas mesinhas de madeira, uma de cada lado da cama. Na minha, está a faca de caça do meu pai, dentro da bainha de couro, com todas as suas falhas e entalhes. Mas, na de Wren, está seu amuleto, deixado de lado, ainda com um cheiro fraco de terra e algo doce. A janela está aberta, o sol brilha, e os lençóis estão enrolados do mesmo jeito que estavam ontem à noite, como um ninho, mas minha irmã não está debaixo deles.

O ar faz um nó em meu peito. Wren deve estar deitada na cama da minha mãe, mas eu sinto uma náusea ao me levantar e vestir a roupa, e estremeço de dor quando o tecido roça no corte da minha perna. Amarro a faca do meu pai na cintura, dou uma olhada de relance no corredor e tiro uma mecha de cabelo escuro do rosto. Vou tropeçando até o quarto da minha mãe. Está vazio. A cama está desarrumada, mas está intacta do lado esquerdo, onde Wren costuma se deitar, onde meu pai dormia. Nenhum vestígio no travesseiro.

Nada de Wren.

Há vozes vindo da cozinha, da minha mãe e de Otto. Estão baixas, tensas e denotam algo pior, o tipo de coisa que arranha a garganta e faz as palavras saírem desafinadas. Saio correndo.

— Cadê ela? — Quase engasgo com a pergunta. — Cadê a Wren?

E a resposta está na expressão de Otto quando ele se vira para mim, inquieto, um olhar que não oferece nenhuma e uma boa dose de culpa. Ele está apoiado na mesa, uma caneca com algo quente e forte na mão. A outra mão está sobre o rifle diante dele, onde as fornadas de pão da manhã deveriam estar. Minha mãe não está cozinhando. Está parada na janela, olhando para fora e segurando com tanta força a xícara de chá que os dedos ficaram brancos como farinha. A imagem parece oscilar, e percebo que estou balançando a cabeça para a frente e para trás.

O silêncio naquela cozinha, a ausência de respostas para a minha pergunta, aquele silêncio está me sufocando.

Corro até minha mãe e a abraço pela cintura, forte o suficiente para ela saber que estou aqui. Em carne e osso, e aqui. Ela me aperta de volta e ficamos ali paradas por um minuto, abraçadas em silêncio. Tento respirar fundo, me concentrar. Vou encontrar minha irmã, lembro a mim mesma. Vou encontrar minha irmã, digo a minha mãe em silêncio. Cole e eu vamos encontrar as crianças hoje e vamos consertar tudo isso. Repito de novo, e de novo. Wren não se foi. É só por um momento, só até chegarmos à floresta.

Minha mãe se solta e volta ao trabalho. Mede a quantidade de farinha em movimentos lentos e regulares, os olhos perdidos, do mesmo jeito que fazia nos dias seguintes à morte do meu pai. *Traga Wren de volta*, dizem os nós dos dedos pressionando a massa. *Traga meu bebê de volta*, ela dobra as palavras junto com a massa.

— Foi aquela bruxaria — diz Otto. E, por um momento, apenas um momento, eu penso que ele sabe a verdade. Até que acrescenta: — Devíamos ter mantido o garoto preso.

Otto coloca a caneca vazia sobre a mesa, sem a batida forte habitual, mas de um jeito mais tenso e silencioso. Pega a arma.

— Você ainda acha que foi o Cole? — pergunto, me virando para ele. — Aquele que vocês tentaram *matar*?

— Ele nos atacou — responde Otto, inexpressivo. — Não tínhamos outra opção a não ser nos defender.

— Ele atacou vocês antes ou depois de atirarem nele?

Minha mãe levanta os olhos.

Há uma pausa, e então Otto diz:

— Como sabe que atiramos nele?

— Ouvi Bo se gabando. — As palavras simplesmente saem. — Se gabando que você não conseguiu atirar.

Ele aperta a arma com mais força e eu me viro.

Preciso sair daqui.

— Aonde você vai? — pergunta Otto.

Não respondo.

— Lexi — avisa ele. — Eu disse a você...

— Então eu vou enfrentar o banimento — interrompo. — Quando tudo isso acabar.

Quando Wren estiver segura em casa. Enfrento qualquer coisa depois que ela estiver a salvo.

— Lexi, não faça isso — pede ele.

Otto baixa a arma, que atinge a mesa e faz um barulho de metal contra madeira. O som faz meus pés se moverem mais rápido. Eu me viro e corro para a entrada de casa.

A porta da frente está aberta, e o corvo de madeira, antes pregado à porta, agora jaz todo quebrado e retorcido nos degraus da entrada. O Cole feito de charneca conseguiu arrancar os pregos da minha janela. Deve ter arrancado o corvo da porta. A Bruxa de Near sabia que eu estava procurando as crianças. Sabia que eu poderia atrapalhá-la.

Cruzo a soleira da porta e tento me lembrar do momento em que cheguei e entrei no quarto pela janela. Eu me lembro da pilha de cobertores. Wren já não devia estar mais lá.

Eu me sinto enjoada.

Já estou no meio do jardim quando alguém me segura com força pelo punho.

— Onde acha que vai?

— Bo, me solte.

Ele franze a testa e me segura mais forte.

Um braço, o de Tyler, envolve meus ombros pelo outro lado.

— Eu cuido disso, Bo.

Mas Bo não me solta. Tyler me puxa para perto, colando a lateral do corpo com o meu.

— Eu disse que cuido disso. Vá dizer a Otto que estamos prontos.

Bo me solta, um dedo de cada vez, com a expressão debochada novamente no rosto.

— Prontos para quê? — pergunto, tentando me soltar dele também. Não consigo.

— Como é que tudo deu tão errado? — pergunta Tyler, com calma, mas seus braços ainda me seguram com força. — Você fez muita besteira dessa vez, Lexi. O Conselho sabe o que anda fazendo. Estão furiosos. Vão levar você ao tribunal, mas nós vamos apelar.

Ele corre a mão pelo meu braço e entrelaça os dedos aos meus.

— Isso não tem nada a ver com nós dois, Tyler. Nada mesmo.

— Sinto muito por Wren.

— Eu vou encontrá-la. Eu sei onde ela…

— Na floresta, não é?

— Isso! Sim, é exatamente onde ela está. — Solto os dedos e levo as mãos ao peito dele. — Eu só preciso ir…

— Lexi, nós sabemos sobre a floresta, e não há criança nenhuma lá. Nós procuramos. — O rosto dele fica sombrio. — Mentiras não vão ajudar o seu *amigo* agora.

— Tyler, isso não é…

— A única coisa escondida naquele lugar é um bruxo, e nós vamos resolver isso.

— O que vocês vão…

— Estamos prontos — chama Bo, de volta ao jardim. Otto e minha mãe estão atrás dele. — Vamos.

— Para onde? — pergunto, exasperada.

Está tudo errado.

— Temos que ir até a aldeia — diz Otto, apoiando o rifle no ombro. — *Todos* nós.

Bo, Otto e minha mãe vão na frente, mas Tyler fica para trás por um momento.

— Sei que quer acreditar naquele bruxo, Lexi, mas ele te enganou. Jogou algum feitiço em você.

— Não é assim que funciona, Tyler, e você sabe disso. — Tento empurrá-lo, mas ele me puxa para mais perto, o nariz quase tocando o meu.

— Não é assim? — sussurra ele. — Ele não lançou um feitiço nessas crianças, incluindo sua irmã, para atraí-las para fora da cama? Deve ter feito o mesmo com você.

— Não é ele que está fazendo...

— Teria sido melhor que ele tivesse morrido de uma vez — diz ele, em voz baixa. — Eu nunca tive certeza se era mesmo ele. Até nos atacar. A expressão nos olhos dele, Lexi.

Isso tudo não faz sentido. O sumiço de Wren e essa procissão maluca até a cidade, e os braços de Tyler me apertando demais, é tudo um pesadelo. Eu me sinto sufocada de novo, envolta em cobertores demais. Fecho os olhos na esperança de acordar.

— Não minta, Tyler. Não para mim...

— Há quanto tempo sabia que ele era um bruxo? — interrompe Tyler.

— Isso importa?

Depois de uma longa pausa, ele responde:

— Não, acho que não importa.

Ele me puxa para caminhar atrás dos outros, em direção ao centro de Near.

— É melhor a gente se apressar.

Todos os moradores já estão reunidos quando os três velhos Mestres do Conselho sobem no pequeno muro de pedra da praça. Vejo Helena do outro lado e me esforço para chamar sua atenção, mas ela não me vê. A sra. Thatcher está parada ao lado da minha mãe. Ela me olha por um momento, mas então Tyler me puxa, me obrigando a entrar no meio daquela turba de pessoas cansadas, tensas e raivosas. Mas ele para no meio da multidão.

— Eles vão prender você — sussurra. — Ao fim da reunião.

Sinto meu coração bater mais forte. Os três sinos do Conselho tocam, cada um em uma afinação diferente, e a praça fica em silêncio. Isso não pode estar acontecendo.

Não há qualquer eco quando os Mestres falam. Suas vozes murchas apenas raspam umas nas outras.

— Há seis dias, um estranho chegou a Near — anuncia Mestre Eli, os olhos escuros e fundos estreitados em seu rosto.

— O estranho é um bruxo — interrompe Mestre Tomas, falando mais alto do que ele.

Um murmúrio se espalha pela praça.

— Ele tem a habilidade de controlar o vento — acrescenta Matthew, o sol refletindo em seus óculos.

— O bruxo usou seu poder para atrair as crianças da aldeia para fora de suas camas.

— E usou o vento para encobrir seus rastros. É por isso que não conseguimos encontrá-las.

Tento me soltar, mas Tyler ainda me segura.

— E ontem, quando enfim confrontamos esse bruxo, ele usou o vento para atacar nossos homens e fugiu.

O murmúrio fica mais alto, os tons, mais agudos.

Algumas fileiras à frente e bem perto do muro, Bo, Otto, o sr. Ward e o sr. Drake estão reunidos, cochichando, mas não consigo ouvi-los em meio à multidão.

— E as crianças? — pergunta a sra. Thatcher. Dezenas de vozes gritam em concordância, e a massa de pessoas parece avançar um pouco para a frente.

Os olhos embotados de Matthew passeiam pela multidão até chegarem a mim.

— Não encontramos nenhuma pista — responde ele, parecendo ainda mais velho do que da última vez em que o vi. — Ainda estamos procurando.

A multidão parece avançar um pouco mais para a frente, me deixando mais próxima do grupo de homens perto do muro, e consigo distinguir as palavras do sr. Drake. Ele está inclinado na direção de Otto e parece abalado, do mesmo jeito que Helena estava à beira do rio. Do mesmo jeito que Edgar ficou quando caiu naquele dia na praça.

— Acha mesmo que ele está na floresta? — sussurra.

— Tem alguma coisa lá — resmunga Otto.

— O que vamos fazer?

— Nos livrar dele — sugere o sr. Ward.

— Isso deu muito certo da última vez, não é? — interrompe Bo, com a voz seca.

— Pelo menos sabemos que ele sangra.

— Não vou errar de novo.

— Precisamos achá-lo primeiro.

A voz de Mestre Tomas paira sobre a multidão.

— Este bruxo está à solta. Ninguém está seguro enquanto ele não for capturado...

A multidão vira uma algazarra. Vozes misturadas ao som de passos, e armas sendo empunhadas.

Eles estão caçando o bruxo errado.

Empurro Tyler com o cotovelo e arqueio as costas, formando um pequeno espaço entre nós.

— ... estou dizendo, Bo — diz o sr. Drake. — É ela. Eu e Alan fomos novamente naquela floresta, como você disse, e ouvimos os corvos dela...

As vozes dos homens começam a se misturar em meio à balbúrdia que aumenta na praça.

— Matthew acha que é ela, a Bruxa de Near.

Bo e o sr. Ward soltam uma risada amarga.

— Não pode estar falando sério.

— A Bruxa de Near está morta.

— Um bruxo ou uma bruxa, tanto faz.

— Mas quando Magda trouxe o amuleto, ela disse...

— Por mim, damos cabo nas irmãs também — afirma Bo. — Queimar tudo que há de mau de uma vez.

— Isso não tem nada a ver com elas — interrompe Otto.

— Não tem? Elas não abrigaram o estranho? — sugere Bo, o sorrisinho surgindo no rosto. — Elas não sabiam o tempo inteiro quem ele era? São tão responsáveis quanto.

A força de Tyler segurando meu ombro cede um pouquinho. Consigo enfiar uma das mãos entre o corpo dele e o meu.

— Mas e se as crianças estiverem em algum lugar naquela floresta?

Elas estão, penso. *Elas têm que estar.*

Consigo segurar o cabo da faca do meu pai.

De repente, ouço a voz do Mestre Eli.

— O bruxo não estava agindo sozinho.

Não. A multidão começa a cochichar.

— Nós teríamos encontrado as crianças lá — murmura Bo.

— Você não pode ter certeza — afirma Otto. — Assim que a reunião acabar, nós mesmos vamos até a floresta. Se houver algo ou alguém lá, vamos encontrar.

— E, se não encontrarmos, botamos fogo na floresta.

O Mestre Tomas pigarreia.

— Há um traidor entre nós.

Dou um pisão no pé de Tyler, ele dá um grito e me solta. É só por um momento, mas é o tempo de que preciso. Tiro a faca da bainha, me viro para ele e então puxo seu corpo na direção do meu. A ponta da faca está debaixo do queixo dele.

— Lexi — sibila ele. — Não faça isso.

— Desculpe, Tyler.

Eu o empurro para trás e corro.

Há muita gente ao meu redor, o caminho é apertado, e Tyler segura meu braço bem quando consigo chegar ao limite da praça. Mas, de repente, sua mão me solta e ele cai no chão, confuso. Há uma silhueta grande parada ao lado dele. A sra. Thatcher. Ela o segura pelo colarinho com suas mãos grandes.

— Tenha respeito, sr. Ward — diz ela, virando-o para o outro lado. — Seu Conselho está falando.

Ele tenta se soltar, mas ela o arrasta de volta para a multidão e olha para mim com um olhar forte e um aceno de cabeça, e então eu fujo.

CORTO CAMINHO EM MEIO ÀS CASAS para me afastar do centro da aldeia. Vou tomando fôlegos curtos e meus pés seguem na direção da casa das irmãs. O caminho mais rápido. Não olho para trás. Pelos descampados, pelo bosque e subindo a colina, tudo que consigo pensar é no mundo em chamas.

Magda está agachada no jardim murmurando alguma coisa e se parece cada vez mais com uma erva daninha enorme e enrugada. Dreska está apoiada na bengala dizendo à irmã que ela está fazendo aquilo errado, o que quer que seja. Só consigo ver alguns botões de flores e brotos salientes no solo. Alguns metros mais distante, no canteiro de terra destruído, há uma pilha de pedras que não estava ali antes, que ressoam e se movem.

As irmãs olham para mim enquanto subo a colina.

— O que foi, menina?

Paro, completamente sem fôlego.

— Wren sumiu — digo de uma vez. — O Conselho colocou a aldeia inteira contra Cole. Bo está querendo queimar a floresta. Agora.

— Homens idiotas — diz Dreska. Magda se levanta e vira o rosto enrugado na direção do sol.

— Onde está Cole? — pergunto, tentando respirar mais fundo.

Magda balança a cabeça.

— Ele esperou, mas você não apareceu. Foi direto para a floresta.

Se eu tivesse qualquer ar nos meus pulmões, teria ficado sem.

A floresta.

Tudo o que é importante para mim está naquela floresta.

— Traga os ossos — diz Dreska, olhando para a pilha de pedras em movimento. — Todos eles. Vamos colocá-la para descansar.

— Corra, Lexi querida — acrescenta Magda. — Corra.

Eu quero tanto parar de correr.

Parece que meu coração vai sair pela boca. Meus pulmões gritam.

Eu não preciso de ar, digo a mim mesma.

Só preciso da imagem de Wren vagando por uma floresta em chamas. A imagem de Cole cercado de homens vendo o mundo queimar mais uma vez. A cabana se desfazendo sobre os ossos da bruxa.

Quão longe os homens de Otto já chegaram? Será que Bo tem fósforos? Aquelas árvores mortas da floresta vão queimar como se fossem palha.

Subo a última colina e, lá embaixo, no vale, eu vejo os galhos emaranhados, tão escuros e próximos uns dos outros, que, a princípio, penso ser fumaça. Desço quase deslizando colina abaixo até o amontoado de árvores e vejo uma capa cinza entrar na floresta.

Entro logo atrás.

— Cole — grito, irritando um corvo pousado em um galho por ali.

A capa cinza se vira, eu me aproximo e praticamente me jogo em seus braços antes de me lembrar do ferimento. Ele não usa mais a camisa por baixo da capa e seu peito é um emaranhado de ataduras, com um vermelho que escapa aqui e ali. Ainda dá para ver a sombra da dor em seu rosto, e os dedos seguram a alça de uma cesta com força.

— Você não apareceu, então achei que eu devia… — Ele para e examina meus olhos. — O que foi? O que aconteceu?

215

— A Wren — digo, tentando puxar o ar. — Ela sumiu.

Sinto um aperto no peito e mal consigo respirar. Não foi a corrida, e sim aquelas palavras que me deram um nó na garganta. Cole me puxa para perto e sua pele está fria ao tocar meu rosto corado.

— E a aldeia — continuo. — Estão todos pensando...

— Lexi, agora não importa mais — diz ele, a voz calma e serena.

Eu me afasto.

— Cole, eles estão vindo agora para incendiar a floresta.

Ele estreita os olhos, mas tudo o que diz é:

— Então é melhor a gente se apressar.

Ele dá uma olhada para a entrada da floresta e as colinas ao longe. O vento sobre a grama fica mais forte, intricado e violento. Aumenta e aumenta até que o chão parece ondular. O mundo começa a ficar embaçado. É bem silencioso do nosso lado desse muro de vento.

— Para atrasá-los um pouco — diz ele, respondendo à pergunta em meu rosto.

Vamos de mãos dadas em direção à clareira e aos ossos.

— Você andou praticando — digo, olhando para trás.

— Estou tentando. Tenho um longo caminho pela frente.

— No que estava pensando quando fez aquele muro?

— Não é bem pensar, na verdade — responde ele, sem parar de caminhar. — É *querer*. Quero manter você segura. Quero encontrar as crianças. Quero colocar a Bruxa de Near para descansar. Porque quero ficar aqui. — Ele olha para o chão, mas consigo ouvi-lo dizer: — Quero ficar aqui com você.

Entrelaço os dedos aos dele e entramos na parte mais densa da floresta.

⁂

— Tudo nesse lugar obedece a ela. — Cole faz um gesto apontando para a floresta, para sua essência arruinada. Tudo nela está meio podre, meio decadente, como se um bosque espetacular tivesse ficado sem manutenção. — Ela deve ter sido uma bruxa muito poderosa.

— Mas como ela consegue ter esse controle? Está de dia. As irmãs disseram que ela só conseguia assumir forma à noite.

— Assumir forma, talvez — opina Cole. — Mas ela ainda está aqui e ainda é forte. As árvores obedecem a ela. Estão enfeitiçadas.

Eu o conduzo em meio às árvores fininhas e afiadas, meus pés criando mais pegadas além dos pezinhos menores que ainda aparecem de leve no chão. Os homens de Otto também deixaram suas pegadas. Pés grandes caminhando sem rumo pela terra. Nenhum método, nenhuma habilidade. Tento seguir as pegadas das crianças, mas muitos dos rastros já foram perdidos. Olho para cima, para a luz fraca que consegue atravessar as copas das árvores.

Estamos andando há muito tempo.

— Não era para ser tão difícil de achar.

— O que estamos procurando? — pergunta Cole.

— Um ninho de árvores. Uma clareira. Mesmo se a bruxa conseguisse se mover, aquelas árvores são velhas e têm raízes profundas.

Olho para baixo, para as pegadas meio esmaecidas e paro. Há um novo par de pés, mais leve e saltitante.

Wren.

Seus passinhos são tão leves que mal deixam marcas, mas eu os conheço e sei como ela se mexe. Eu me abaixo e examino o trajeto peculiar dos passos. Ela estava brincando. Não era aquela brincadeira de rodar em círculos com a Canção da Bruxa, já que para essa é preciso um grupo, mas, sim, uma das suas brincadeiras particulares, que ela faz no corredor antes de dormir.

— O que foi? — pergunta Cole, de braços cruzados, mas eu levanto a mão.

Eu me levanto e vasculho os pulinhos, pinotes e saltos laterais de Wren. Então vou correndo atrás daqueles passos estranhos que jamais pareceriam um rastro para ninguém a não ser para mim. Cole vem atrás de mim em silêncio.

Por fim, Wren nos leva até a pequena clareira, o espaço onde as árvores se afastaram para acomodar a terra e então os troncos se curvaram formando uma espécie de abrigo. Na clareira, os passos de Wren somem junto com todos os outros, e tento conter o pânico de ter perdido seu rastro.

— Wren? — chamo, mas só ouço de volta o rangido das árvores. Circundo a clareira em busca de alguma coisa, qualquer coisa, mas não há sinal de nada.

— Lexi?

Cole me chama, mas não está olhando para mim. Está virado para o caminho de onde viemos. Sigo seu olhar, mas a floresta é densa e a entrada está bem longe do nosso campo de visão. Eu me pergunto se os caçadores já chegaram à beira da floresta e se Bo já está pegando os fósforos ou o óleo.

— Eles estão vindo — diz Cole. — Onde estão os ossos?

— Lá dentro.

Aponto para o emaranhado de troncos. Por todos os lados, acima do ninho, há uma dúzia de corvos parados como se fossem sinalizadores, observando e esperando com seus pequenos olhos de pedra e bicos que reluzem até mesmo sob a luz cinza.

Cole deixa a cesta no chão e sobe na cabana, olhando pelas frestas do emaranhado. Ele parece esperar que a cabana simplesmente se abra e nos deixe entrar, mas isso não acontece. Inclusive, se acontecesse, eu não confiaria nem um pouco. Cole tira a capa e deixa expostos os curativos que cruzam seu peito e suas costas. Os galhos estalam e rangem em protesto quando ele se enfia em uma das frestas e desaparece na escuridão lá de dentro. Acima da minha cabeça, um dos corvos bate as asas.

— Espere. — Eu me apresso, pensando nos ferimentos dele. — Deixe que eu faça isso — concluo, mantendo a voz baixa, no caso de os homens estarem perto.

— Estou bem — diz ele, automaticamente, com a voz abafada pelo muro de galhos.

Encontro uma fresta maior, onde os galhos se cruzam e formam uma espécie de janela. Dou uma olhada lá para baixo e o musgo e o cheiro de podre me deixam enjoada. Cole está de joelhos bem no meio do ninho e começa a cavar. Ele me entrega um osso depois do outro, brancos e reluzentes, como se tivessem sido limpos, e não saídos do meio da lama e do musgo. Ele vasculha em meio à escuridão parcial, eu pego a cesta e escalo até o topo da cabana.

— Cuidado — aviso, e então piso forte com a bota sobre o telhado de galhos. A maioria deles resiste, petrificado pelo tempo, mas vários dos menores se quebram, cobrindo Cole com uma chuva de pedaços de madeira e feixes de luz. Os ossos brancos reluzem para fora da terra, agora iluminados por novos raios do sol da tarde. Volto ao meu lugar e vou recolhendo os ossos à medida que Cole me entrega. Cada um é uma surpresa. Um dedo fino. Um fêmur lascado. Uma omoplata.

E então um crânio. Ele me entrega e tenho um sobressalto ao pegar aquele rosto meio esmagado, coberto de musgo e flores. É como um vaso de plantas macabro, as raízes escapando pelos olhos. Então foi isso que fizeram com ela, com a Bruxa de Near, quando encontraram o menino morto em seu jardim. Passo os dedos pelo crânio destruído — a maçã do rosto rachada, a cavidade ocular esfacelada — e sinto um arrepio ao pensar na equipe de buscas arrastando Cole para a charneca.

— Lexi? — pergunta ele, esperando para me entregar outro osso. — Você está bem?

Inspiro fundo, expiro e coloco o crânio com cuidado dentro da cesta. O sol cruza o céu em meio às arvores. Demoramos muito tempo para encontrar os ossos. Estamos demorando ainda mais para recolhê-los.

Cole continua a cavar, mas está ficando mais difícil e ele demora muitos minutos entre encontrar um osso e outro. Ouvimos um tiro à distância e me viro para trás, mas só vejo árvores.

— O quanto você quer isso, Cole? — pergunto, e ele sabe do que estou falando.

— Com todo meu coração — responde ele, fazendo uma careta de dor ao me entregar mais um osso.

A mão dele parece ainda mais fina ao segurá-lo e eu juro que consigo ouvir o vento pressionando as colinas e os caçadores.

— Mas não vou conseguir segurá-los por muito tempo.

Ouço um *tic, tic, tic* no alto, olho para cima e vejo um corvo brincando com um ossinho, como da outra vez. Mas, dessa vez, eu preciso desse osso. Desço até o chão, coloco a cesta ao meu lado, encontro uma pedra e miro no corvo. A primeira tentativa falha, um arremesso desajeitado e apressado. O corvo nem se mexe, não parece nem ter ficado incomodado. Consigo ouvir a bronca do meu pai.

Concentre-se, Lexi. Faça valer a pena.

Eu pego a faca, deslizo os dedos pelos velhos sulcos, depois a viro ao contrário, segurando pela lâmina. Eu me mexo devagar e meço a distância. Levanto a faca, a posiciono atrás do ombro e sinto aquele roçar familiar do metal contra a pele ao lançá-la. A lâmina dispara pelo ar e prende o corvo na árvore. Ele solta um grasnado agonizante e então, para minha surpresa, se transforma em um punhado de penas pretas, pedras e gravetos. Exatamente como o Cole falso daquela noite. Fico olhando para aquele montinho, o osso pousado ali em cima como uma coroa, e então o retiro do topo da pilha. Penso em atirar a faca nos outros corvos, mas então ouço um farfalhar e bater de asas, e a pilha de elementos da floresta começa a se montar de volta. Parece vagamente um pássaro, só que o bico agora está meio descentralizado e um dos olhos de pedra caiu. O corvo desfigurado se ajeita e, ao chegar ao seu poleiro, volta a se parecer mais com um pássaro do que com terra. Eu me arrepio toda, tiro a faca do tronco da árvore e volto para a cesta e para Cole, colocando o ossinho junto com os outros e guardando a faca do meu pai na bainha de couro.

Ouço mais um tiro, e dessa vez ele não está abafado pelo vento. Eles estão na floresta.

— Estamos quase terminando — grita Cole, com as mãos enfiadas até a altura do cotovelo naquela terra podre.

Olho para o horizonte e vasculho os espaços entre as árvores. Tento ouvir, sintonizo meus ouvidos para escutar o som de passos e homens, mas não há barulho algum.

Cole me passa outro osso. Alguns dos menores estão grudados uns aos outros pelas ervas e raízes, que se emaranham neles como se fossem tutano. Pelo menos os torna mais fáceis de encontrar, digo a mim mesma, estremecendo quando Cole me passa um pé, os ossos quase todos ainda conectados, pendurados em um punhado de musgo e plantas. Coloco dentro da cesta e me abaixo no chão, de costas para Cole por um momento. Acho ter escutado a voz de um homem, ainda ao longe, mas desse lado do muro de vento. Otto. A luz do outono vai ficando mais fraca em meio às árvores, o sol descendo cada vez mais. À medida que a temperatura vai esfriando, os dias ficam mais curtos.

Sinto cheiro de fumaça.

— Cole.

— Eu sei. Estou quase terminando.

Mas tem alguma coisa errada. Otto nunca deixaria isso acontecer, não sem antes procurar pelas crianças em cada centímetro da floresta. Os homens e o fogo estão vindo de direções diferentes. A voz de Otto vem do lado direito e o rastro fraco de fumaça paira do lado esquerdo.

Esquadrinho o chão da floresta mais uma vez, na esperança de encontrar as crianças. Minha irmã. Meus olhos vasculham as árvores, ao longo dos troncos e sobre a terra, e é aí que eu vejo. A terra. A terra está seca, um emaranhado de ervas daninhas, gavinhas e musgo assentados ali há muito tempo. Mas, a poucos metros de distância, perto da cabana, a terra está diferente. Recém-revirada. As palavras da bruxa ressoam em meus ouvidos: "Não ousem mexer no meu jardim."

Ah, não. Não, não, não.

Eu me ajoelho ao lado da terra revirada e começo a cavar com minhas mãos. Não há nada. Nada. E é quando meus dedos tocam algo macio.

Uma bochecha.

Cole me chama lá do meio do ninho, fazendo uma pergunta, eu acho, mas tudo que consigo ouvir é meu coração, as palavras da Bruxa de Near e a melodia suave no ar. Eu o ouço escalar a massa emaranhada de galhos e tentar sair de dentro do ninho. O vento e a fumaça seguem soprando à medida que eu cavo até revelar um rosto de criança.

Wren. Ela não está respirando. Seu rosto está pálido, a camisola estendida gentilmente sobre ela, o cabelo ainda absurdamente liso. Não, não, Wren. Era para termos impedido isso. Era para termos resolvido tudo. Eu contenho a vontade de gritar e, em vez disso, afasto o tecido de cima do peito dela e colo meu ouvido ali, tentando encontrar os batimentos. Eu os ouço: baixos, lentos e regulares. Meu próprio coração dá um salto de alívio e eu puxo os ombros da minha irmã para fora da terra.

— Cole, me ajude aqui! — grito.

Ele, então, aparece ao meu lado e cava a terra ao redor do corpo dela, revelando as pernas e os pés descalços. Depois, começa a cavar em volta. Logo outros rostos aparecem. Edgar. Cecilia. Emily. Riley. Cinco crianças no total, todas enterradas no jardim. Eu percebo que Cole está falando alguma coisa.

— Lexi, vamos.

Ele puxa meus dedos e percebo que eu estava apertando forte os braços de Wren. Ouço as vozes agora, chegando mais perto. A fumaça vai preenchendo a clareira e escuto o estalo da madeira queimando.

— Lexi, leve os ossos, você precisa ir.

Eu balanço a cabeça e tiro o cabelo loiro e sujo de terra do rosto de Wren.

— Não posso. Não posso deixá-la aqui.

— A equipe de busca está chegando — diz ele, mais firme. — Você precisa levar os ossos para as irmãs antes que o sol se ponha.

Balanço a cabeça.

— Não. Não, o fogo. Não posso deixar minha irmã.

— Olhe para mim. — Ele se ajoelha e levanta meu queixo com a mão fria. — Eu fico. Consigo usar o vento para afastar o fogo de Wren e dos outros, mas você precisa ir. Um de nós tem que levar os ossos, e eu não vou deixar você aqui.

Meus dedos relaxam sobre o corpo de Wren, mas não consigo soltá-la.

— Lexi, por favor. O tempo está acabando.

Ouço galhos estalando sob passos bem perto, mas Wren parece um peso morto sobre meu colo, tão fria, e não consigo fazer minhas pernas se mexerem. Ouço um estalo tão alto e tão perto, que é surpreendente que os homens não tenham aparecido ainda. O fogo chega à clareira por um lado e as vozes dos homens aumentam do outro.

— Vá. Vá para a casa das irmãs. Eu encontro você lá.

Ele olha para as crianças, depois para mim.

— Vamos todos nos encontrar lá. Eu prometo.

Os corvos batem as asas lá em cima, nervosos, e eu vejo o pânico nos olhos de Cole. Deixo que ele me ajude a me levantar, o cabelo loiro da minha irmã deslizando de cima do meu vestido de volta para o chão. Sinto minhas pernas novamente, então olho para cima e vejo entre a copa das árvores que o céu está mudando, escurecendo. Cole me entrega a cesta e pega Wren nos braços. O vento faz uma barreira ao redor dele e das outras crianças. Tudo começa a ficar embaçado, mas não sei se é o vento ou se são as lágrimas. Eu me viro, firmo a cesta na mão e saio da clareira. A floresta se fecha ao meu redor como uma cortina, e meu mundo mergulha em fumaça, fogo e árvores.

29

Corro pela floresta morta e a luz vai diminuindo mais e mais, de maneira terrivelmente rápida, na direção do horizonte. Alguma coisa me puxa para trás. Minha capa ficou presa em um galho baixo e eu luto para me soltar. O galho quebra e eu tropeço.

Eu confio a mim mesma à charneca... Tento recitar a oração do meu pai, mas as palavras parecem ocas. Tento uma segunda vez e, então, desisto.

Por favor, decido, então, implorar à floresta.

Consigo atravessar a linha das árvores e saio em meio às colinas.

Por favor, imploro ao céu e à grama emaranhada.

Por favor, os proteja. Não posso entregar minha irmã ao solo tão cedo. Não posso devolvê-la à charneca do mesmo jeito que fizemos com meu pai. Não posso permitir que o mundo de Cole queime pela segunda vez.

Lá de cima da colina, vejo que a floresta foi engolida pelas chamas. Seguro a cesta com força ao correr, a curva mais baixa do sol já está tocando as colinas, o círculo dourado reluzindo sobre a relva. Luto contra a vontade de olhar para trás, de diminuir o passo. Preciso chegar até as irmãs. A charneca se estende lá embaixo e eu imagino que há um vento frio nas minhas costas, me empurrando.

Chego até a última colina antes da casa das irmãs. Só mais uma. Uma subida, um vale, e depois mais uma encosta, e estarei lá.

Estou prestes a soltar o ar quando o chão treme repentinamente e uma rajada de vento arranca a cesta das minhas mãos. Caio com força no chão. Minha cabeça dói. Um ruído invade meus ouvidos. Eu me contraio de dor tentando me levantar, apoio as mãos e os joelhos no chão, mas fico tonta e sou obrigada a parar.

Ainda estou tentando entender o que aconteceu quando vejo a cesta de ossos virada de cabeça para baixo e os fragmentos brancos espalhados sobre a encosta. O chão ondula e me levanto tremendo. Alguma coisa escorre no meu rosto e, quando limpo, vejo uma mancha escura na minha mão. O sol também está sangrando, bem no horizonte, e no mundo inteiro paira um vermelho sinistro no céu.

Eu me viro de costas, olho para baixo da colina, e depois para o topo. Minha bússola interna parece ter sido completamente deslocada com o impacto, e mal consigo escutar minha própria voz acima do zunido em meus ouvidos. Para cima é melhor, penso, devagar. Preciso subir.

Há vários ossos espalhados pelo chão, e me ajoelho para catar o máximo possível, aos trancos e barrancos. Uma luz explode diante dos meus olhos, mas tento me concentrar.

A vários metros de distância, a cesta se mexe. Ou melhor, algo *dentro* da cesta se mexe assim que o sol mergulha atrás das colinas. Um osso de braço sai lá de dentro, serpenteando, enquanto a charneca vai se alastrando sobre ele, cobrindo o branco lúgubre com terra e grama.

Solto um palavrão e me arrasto para longe do braço, que agora desliza pelo chão tentando se juntar a um pulso desconexo, à procura dos dedos em meio às ervas daninhas.

Corra, grita uma voz dentro da minha cabeça.

Subo a colina rastejando meio de costas, com os olhos fixos no corpo que começa a se formar na minha frente. Já quase não se vê mais o sol. A minha fuga é muito sem jeito, muito lenta, mas eu não consigo dar as costas para a criatura diante de mim enquanto a relva se enrola ao redor dos ossos que vão se juntando. Um pé encontra uma perna. Costelas encontram a coluna. Consigo desembainhar a faca do meu pai enquanto subo a última colina, cambaleando. O que vou fazer com ela, não tenho a menor ideia.

Um braço, agora completamente formado, mergulha na cesta e pega o crânio, a flor silvestre ainda saindo do olho. Em cima da palma da mão feita de grama, a terra e as ervas cobrem o crânio, duas pedras se enfiam nos buracos onde as raízes aguardam como se fossem tendões.

Já estou perto do topo da colina quando a bruxa refaz sua cabeça e a vira para mim. O crânio, de onde agora cresce cabelo feito de grama, ainda está na palma da mão enquanto o resto do corpo se acomoda.

A Bruxa de Near levanta os olhos de pedra, abre a boca de musgo e fala com sua voz de vento:

— Você destruiu o meu jardim.

— Você roubou a minha irmã — rebato, levantando a faca como se tivesse a menor ideia do que fazer com ela.

O vento começa a soprar mais forte ao nosso redor.

— Shhhh — murmura ela, com a boca meio formada, os pedaços de terra pendurados nos lábios.

O chão se move. Meu calcanhar fica preso em um sulco novo da encosta e eu caio para trás sobre o solo inclinado.

— Quietinha, menina.

Ela sorri e as palavras são como uma força tangível, densas no ar. Elas pairam pelo vento como um feitiço e, antes que eu possa me levantar, a charneca me ataca: raízes e um emaranhado de grama envolvendo meus braços e minhas pernas me prendem ao chão. Os gravetos cortam minha pele. Respiro fundo ao senti-los me apertando mais e consigo cortar as raízes com a faca, mas então vejo mais uma dúzia delas se espalhando sobre minhas botas e panturrilhas. Com os braços livres, golpeio as ervas daninhas que prendem meus tornozelos à medida que a Bruxa de Near se aproxima. A princípio, ela vem mancando, parte da perna ainda se acoplando ao resto do corpo, mas, ao chegar mais perto, seu andar é tão fluido quanto o da minha mãe. Corto diversas das raízes ao redor da minha perna com a faca. Ela estende a mão para mim.

— Eu disse para você — resmunga, os olhos de pedra reluzentes, as palavras altas e nítidas pelo ar — não mexer no meu jardim.

Finalmente, corto os últimos galhos. Antes que voltem a me prender, eu os chuto o mais forte que consigo. Ao atingir a Bruxa de Near, ela tropeça para trás e seu corpo meio que se desfaz, ainda pouco estável, mas, antes que ela saia rolando colina abaixo, a grama e a terra se enroscam para segurá-la.

Chego ao topo da colina enquanto ela se recupera. A cada passo, mais um pedacinho da charneca se acopla ao corpo dela, deixando-a mais forte.

Recuo mais um passo e sinto que a descida da colina está bem atrás de mim. Ouso olhar para trás e deixo escapar um pequeno sobressalto de alívio ao ver o muro baixo de pedra, como se fosse o rabo da charneca e, ao lado dele, a casa das irmãs.

— Como você ousa.

Sinto aquelas palavras, o ar frio tocando minha pele. Eu me viro e a Bruxa de Near está a poucos centímetros de distância, os lábios de musgo fazendo uma careta de ódio.

Os ossos dos dedos, agora cobertos de ervas daninhas, se estendem para a frente e apertam minha garganta. Fecho o punho sobre a madeira quente do cabo da faca e desfiro um único golpe, arrancando a mão da bruxa. A mão cai e eu também, rolando colina abaixo por muitos metros antes de conseguir parar. Mas ela já está vindo atrás de mim e acopla a mão de volta ao pulso. Consigo me arrastar até a base da colina. Ao olhar para a casa das irmãs, vejo que há um túmulo de pedra aberto, esperando. Elas conseguiram. A estrutura está lá, um jazigo retangular, onde antes só havia terra árida e aquela pilha de pedras. Magda e Dreska o construíram grande o suficiente para abrigar os ossos da bruxa. Agora preciso levá-la até lá.

Eu me viro para encarar a bruxa e me preparo para o ataque, mas ela para de se mexer. Fica imóvel só por um momento, e seus olhos se voltam para o chalé e, ao lado, para o pequeno jardim cheio de flores, vicejante, apesar do outono frio. São tipos diferentes em fileiras perfeitas e arruma-das. É nítido que o dom das irmãs não se perdeu de todo ao longo dos anos.

Alguma coisa se move perto do muro baixo de pedra e vejo algo cinza de relance. Entra na charneca em minha direção e vem tão rápido que quase não consigo identificar.

— Cole?

A palavra tira a Bruxa de Near de seu transe, e seus olhos de pedra se voltam para mim, reluzentes. Ela avança e ao mesmo tempo Cole me al-cança, colocando-se diante de mim. Então vem um som, um estalo feroz, dez vezes mais alto do que qualquer galho se quebrando, alto o suficiente para fazer a charneca tremer e a bruxa se virar na mesma hora, com raiva, na direção dele.

— Agora, Cole! — grito, e, naquele momento, o vento acelera, pegando a bruxa de surpresa.

O vento nos joga no chão e a atinge em cheio, carregando a bruxa em uma rajada que passa por nós, pelo jardim e vai até o túmulo onde ficava sua casa. Os ossos batem com tanta força nas pedras do túmulo que a estrutura colapsa sobre eles, uma montanha de pedras, terra e ervas, e os ossos lá embaixo em algum lugar.

De repente tudo fica em silêncio.

Aquele tipo de silêncio em que os ouvidos ficam bloqueados pela pressão, antes de o som voltar. Cole segura os joelhos com as mãos e tenta respirar. Estou tonta, e me sento na grama, atordoada, observando as ervas daninhas que pouco a pouco vão cobrindo o túmulo e fazendo crescer flores silvestres até que a estrutura de pedra pareça tão velha quanto a casa das irmãs, meio carcomida pela charneca. Acabou. Não consigo tirar os olhos do pequeno túmulo de pedra, esperando que ele chacoalhe e a bruxa raivosa e feita de charneca saia lá de dentro, mas não há nenhum som, nenhum movimento.

Vejo um metal reluzente do outro lado do muro de pedra, a fonte do estalo. Otto está parado, o rifle ainda posicionado, e parece tão chamuscado quanto Cole. Ele continua com o cano apontado para nós dois, exaustos na charneca, e eu o imagino apontando a mira para Cole por um segundo a mais, refletindo. Mas enfim ele abaixa a arma, e o sr. Ward e Tyler pulam o muro e correm na nossa direção. Cole deve ter trazido todos eles. Na minha cabeça, eu imagino o cenário: o fogo se espalhando rapidamente pela floresta e seus apelos para que os homens viessem logo para ajudar. Será que eles hesitaram? Será que pensaram duas vezes?

Vejo outros homens subindo atrás do meu tio com alguns seres pequenos no colo. As crianças. Otto pula o muro também, e Magda e Dreska saem de casa e vêm cambaleando em nossa direção. Magda acaricia o túmulo quando passa por ele, parecendo satisfeita. Dreska vem atrás e o toca também. Cole se senta ao meu lado, pálido e ofegante.

— Você conseguiu — digo, em meio a um suspiro.

— Eu prometi.

O sol se pôs e a noite parece prestes a cobrir o céu, apenas os últimos feixes de luz atravessam as nuvens.

Otto para diante de nós. Ele me olha com calma e depois se vira para Cole.

Meu tio observa o garoto pálido e ensanguentado no chão ao meu lado. Seu rosto está tão sujo e suas roupas tão queimadas quanto as dele. Os dois parecem ter lutado na mesma batalha. Cole também olha para Otto, sem medo ou raiva. O que aconteceu na floresta? Otto olha para as crianças, depois para o túmulo de pedra. Após um longo momento, ele se vira novamente para Cole, que tenta se levantar. Otto estende a mão e Cole aceita a ajuda.

As irmãs examinam as crianças, todas cinco deitadas no chão ao lado do muro de pedra. Elas ainda não estão se movendo. Então Wren se mexe, inquieta, e rola para o lado, como se estivesse dormindo. Dormindo. Chego a ficar tonta devido ao alívio.

Quando olho para Otto, ele ainda não soltou a mão de Cole, que está coberta pela dele.

— Obrigado — diz ele, enfim, tão baixo, que mais parece um resmungo do que uma palavra.

Mas eu ouço, e Cole também, e a julgar pela expressão em seu rosto, Tyler também ouviu. Otto solta a mão, Cole me olha e não consigo tirar o sorriso do rosto. Ele vem até mim e me envolve em seus braços. O vento se move ao nosso redor. E, pela primeira vez em muito, muito tempo, tudo parece certo. Em seu devido lugar.

30

Meu pai dizia que mudanças são como um jardim.

Não acontecem da noite para o dia, a não ser que você seja uma bruxa. As coisas precisam ser plantadas e cuidadas e, o mais importante, o solo precisa ser bom. Ele dizia que o povo de Near tinha a terra errada, e por isso é que rejeitavam tanto as mudanças, do mesmo jeito que as raízes rejeitam uma terra dura. Dizia que, se conseguíssemos ultrapassar essa primeira camada, haveria um solo bom, lá no fundo.

Na noite seguinte, há uma festa na praça da aldeia. As crianças dançam, cantam e brincam. Edgar segura uma das mãos de Wren, Cecilia segura a outra e eles entram no círculo com o restante. Até as irmãs vieram, e estão tentando ensinar novas canções às crianças, além de algumas outras bem antigas. Vejo o cabelo loiro de Wren balançar enquanto ela saltita de um lado para o outro, sem nunca parar por mais de um segundo no mesmo lugar.

Minha mãe lhe disse que ela saiu para se juntar aos amigos e acabou pegando no sono na floresta.

Eu lhe disse que a Bruxa de Near a sequestrou no meio da noite e sua irmã corajosa foi lá salvá-la.

Acho que ela não acredita completamente em nenhuma das duas versões.

Helena está sentada em um pedaço do muro que vai diminuindo até chegar à praça e vigia o irmão como se ele pudesse desaparecer de novo a qualquer momento, os olhos ainda nervosos, mas a pele, enfim, ganhando cor novamente. Vejo quando Tyler chega perto dela pelo muro e olha para as crianças, tentando parecer interessado. O rosto de Helena se ilumina e, de onde estou, do outro lado da praça, percebo que fica corada. Tyler parece satisfeito em sentir-se tão desejado por alguém, ainda que não seja quem ele deseja, porque, quando ela sente um arrepio de frio, ele chega mais perto e se oferece para abraçá-la. Helena fica radiante e se aninha sobre o peito dele, e os dois observam as crianças rodarem e cantarem. De vez em quando, ele dá uma olhada para mim e finjo não perceber.

Near ainda é Near. Não vai mudar ao amanhecer. Não vai mudar em um dia, nem em uma semana.

Mas há algo de novo, no ar e no solo. Mesmo com o frio do outono chegando, eu consigo sentir.

O Conselho ainda está de pé sobre seus degraus, os sinos prontos caso tenham algo a dizer, mas Matthew está inclinado para a frente, observando as irmãs ensinarem uma canção às crianças. Seus olhos azuis se revezam entre Magda e Edgar. Eli está em pé de costas para a aldeia, conversando com Tomas em particular. Algumas pessoas nunca vão mudar.

As casas que ficam mais perto da praça abriram suas portas para a aldeia.

A mãe de Emily, a sra. Harp, está ao lado da minha mãe, servindo pães e doces. Outra casa oferece bebidas quentes e fortes, e Otto está recostado em um muro, rodeado por diversos outros homens. Eles conversam e bebem, mas meu tio fica mais apenas olhando para a praça com um misto de alívio e cansaço. E, quando nenhum deles está olhando, vejo-o levantar a taça para ninguém em particular, e seus lábios se mexem em silêncio, como se fizesse uma oração. Eu me pergunto se está rezando pela charneca, pelas crianças ou por meu pai, mas é rápido e silencioso, e então ele é engolido pelo grupo de homens, que se juntou para fazer um grande brinde em voz alta. Apenas Bo não está ali.

Estou sentada em outro pedaço do muro, a última parte reta antes de diminuir e entrar por completo no chão. Meus dedos brincam com o cabelo escuro de Cole, que se alonga sobre a superfície de pedra, a cabeça em meu colo. Começo a dar batidinhas em sua pele ao ritmo da música das crianças, ele me olha, ri e leva minha mão aos lábios. Ao nosso redor, o vento sopra em comemoração, balançando lamparinas e vestidos.

Ouço os três sinos e levanto o rosto, mas não é o Conselho que se prepara para falar. É meu tio.

— Sete dias atrás, um estranho apareceu em Near. E, sim, esse estranho é um bruxo.

Um silêncio paira sobre o festival, sua voz grave ribombando pela multidão. Otto olha para baixo, os braços cruzados sobre o peito largo.

— Meu irmão me disse que a charneca e os bruxos e bruxas são como todas as outras coisas, podem ser bons ou maus, fortes ou fracos. Existem de diferentes formas e tamanhos, assim como nós. Só na última semana já conseguimos comprovar isso. Suas crianças estão aqui hoje graças às irmãs Thorne e graças à ajuda desse bruxo.

Otto olha para Cole, que se senta, apoiado no cotovelo.

— Nossa aldeia está aberta para você, se quiser ficar.

Com isso, Otto se afasta, e, aos poucos, por toda a praça, a comemoração volta a todo vapor.

— Bem — pergunto, me inclinando na direção de Cole. — Você quer ficar?

— Quero.

— E por que, Cole? — digo, chegando pertinho a ponto de nossos narizes quase se tocarem.

— Bom — diz ele, com um sorriso. — A temperatura é bem agradável.

Eu me afasto com um riso de escárnio, mas ele me segura pelo pescoço, passa as mãos em meu cabelo e me puxa para perto de novo, as testas coladas. As mãos deslizam pelo pescoço, ombros e pelas costas. Dessa vez, eu não me afasto.

Ele me dá um beijo no nariz.

— Lexi.

Beija meu queixo.

— Eu quero ficar aqui.

Beija meu pescoço.

— Porque você está aqui.

Sinto o sorriso dele tocando a minha pele.

A comemoração desaparece, a aldeia desaparece, tudo desaparece a não ser pelas mãos dele, que seguram as minhas. E os lábios dele, que tocam os meus. Eu me afasto e examino seus olhos grandes e cinzentos.

— Não me olhe desse jeito — diz ele, com uma risada.

— Que jeito?

— Como se eu não fosse real ou não estivesse aqui. Como se eu fosse sair voando.

— Você vai? — pergunto.

Ele franze a testa, se senta direito e se vira para mim.

— Espero que não. Esse é o único lugar onde quero estar.

Mais tarde, naquela noite, Wren se mexe inquieta ao meu lado na cama, e aquela sensação nunca foi tão boa. Deixo que ela roube os cobertores, faça seu ninho, dou um empurrãozinho de brincadeira. Estou ansiosa para que a manhã chegue, com os bonequinhos de pão e as brincadeiras no corredor. Estou ansiosa para vê-la crescer diante dos meus olhos, dia após dia.

Lá fora, o vento sopra.

Sorrio no escuro. Não há luar nem qualquer imagem formada pelas sombras na parede. O sono vai vir rápido. Quando fecho os olhos, continuo vendo o rosto da bruxa, aquele crânio esmagado, as flores saindo lá de dentro. A maneira como a raiva se transformou em outra coisa quando ela viu a sua casa. O jardim dela. Espero que tenha encontrado paz. Eu me pergunto se é isso que estou sentindo agora, e que me cobre como se fosse um lençol confortável. Neste lugar tranquilo, eu imagino meu pai sussurrando as histórias que ouvi milhares de vezes. Histórias que o mantiveram perto de mim.

O vento na charneca sempre vai pregar peças. Ele consegue transformar sua voz e dar a ela a forma que quiser, seja longa e fina o suficiente para deslizar por debaixo da porta, seja tão robusta a ponto de parecer de carne e osso.

Também vou incorporar essa nova história, acomodá-la bem ao lado das histórias de ninar do meu pai, das conversas com chá de Magda. Vou me lembrar de tudo.

Minha própria voz começa a contar enquanto o mundo vai se apagando.

Às vezes, o vento sussurra nomes, palavras bem nítidas, de modo que você, quase pegando no sono, imagine ter ouvido o seu. E você nunca sabe se aquele som passando por debaixo da sua porta é apenas o uivo do vento ou a Bruxa de Near, lá de sua casinha de pedras ou de seu jardim, cantando para as colinas dormirem.

Agradecimentos

ACREDITAR É UM NEGÓCIO CONTAGIOSO.

À minha família, pela crença inabalável de que eu estava destinada a escrever.

À minha editora, Abby, por acreditar em minha pequena brasa de livro e me ajudar a transformá-la em uma fogueira de verdade (e à sua assistente, Laura, por espalhar comentários legais no meio da edição).

À minha agente, Amy, por, de alguma maneira, acreditar em mim e nas minhas histórias, não importando o quanto eu saia dos trilhos (ainda vou escrever aquele livro sobre um grupo de bruxas na menopausa em uma escola de arte, eu juro).

Aos deuses e às divindades do mercado editorial, agentes e amigos que acreditaram que eu pertencia a esse mundo e ajudaram no percurso do livro.

Aos meus parceiros críticos e leitores, por acreditarem em mim o suficiente para me incentivarem, e também para me manterem com os pés no chão caso o sucesso em algum momento subisse à cabeça.

À comunidade on-line de blogueiros, resenhistas e amigos, por acreditarem em mim desde o começo, por fazerem eu me sentir uma estrela do rock mesmo que eu só tenha juntado umas palavras nas outras.

O fato é que estou fazendo o que eu amo, o que sinto, no âmago, que é meu destino fazer e, de alguma forma absurda, estou conseguindo. Obrigada.

Este livro foi composto na tipologia Minion Pro,
em corpo 11,5/16, e impresso em papel off-white
no Sistema Cameron da Divisão Gráfica
da Distribuidora Record.